四叠半神话大系

〔日〕森见登美彦 著

冯锦源 译

新星出版社 NEW STAR PRESS

目 录

....

第一话 ………… 四叠半的棒打鸳鸯者

我可以斩钉截铁地说，直到大三春天的整整两年里，自己没做过哪怕一件有意义的事情。我为什么要放弃和异性的正常交往、学业有成、强身健体这些成为社会有用之才的必要条件，反而选择了被异性疏远、学业荒废、体魄退化这条不归路呢？

必须有人为此负责，可那人又是谁呢？

我并不是生来就这般狼狈的，据说襁褓中的我一尘不染，可爱得仿佛婴儿时期的光源氏，凭借天真无邪的笑容将爱的光芒洒遍故乡的山野。可现在我又成了什么样子呢？每每面对镜子中的自己，我就对如今的状况愤愤不平。难道说，这一切都是我罪有应得？

或许有人会说我现在还年轻，是可以改变的，鬼才信呢。

俗话说，三岁看到老。身为大好青年的我今年已经二十一岁，眼看就要在这世上度过四分之一个世纪了，再想强行纠正自己的人格，又能怎样呢？我的人格已然坚挺在虚空之中，强行扭转的话只会造成拦腰折断的后果。

我只能带着这样的自己度过漫长的下半辈子，这是我必须正视的现实。

我是绝对不会视若无睹的。

可是，情况多少有些不堪入目。

○

日本人常说，棒打鸳鸯的人会被马踢死。于是，我始终远远避开学校北边冷清的马术社练习场。一旦我靠近那里，气急败坏的马儿们就会越过栅栏，齐心协力地将我碾作齑粉。出于同样的考虑，我也对京都府警平安骑兵队避之不及。

一切都是因为我那个无人不知、无人不晓的恶名——"棒打鸳鸯者"。身为酷似死神的黑暗丘比特，我用镰刀替代爱心弓箭，不知疲惫地斩断宛如红外线探测网一般错综复杂的命运红线。据说在我的努力下，年轻男女们流下的苦涩泪水足以装满六只大号脸盆。

我也知道，自己的所作所为罪恶滔天。

即使是我这样的人，在踏入大学校门之前也曾满心期盼着能和异性发生玫瑰色的邂逅。开学几个月后，我就发现自己没必要下这么大的决心，却依然坚持不走野兽路线，自愿成为一位正直的绅士，与美丽的少女们谈笑风生。不管怎么说，我当时的气度还足以容忍那些将理性抛诸九霄云外、只知道耳鬓厮磨的男女。

不知从几时起，我再也做不到心平气和，堕落成一个十恶不赦之徒，沉醉于目睹他人恋情一拍两散的快感，执迷于那些被生生斩断的命运红线、悔恨的泪水，以及失恋的街景。我之所以会走进这条绝望的死胡同，都是因为那个亦敌亦友、令人唾弃的男人。

○

小津与我同级，就读于工学院电力电子工程系，却对电力、电子、工程都深恶痛绝。他大一的学分和成绩就不堪入目，让人不得不怀疑他留在大学里的意义。不过，他本人却毫不在意。

不爱吃蔬菜的他和方便食品形影不离，脸色差得就像来自月球背面的外星人，看上去令人毛骨悚然。要是在大晚上撞见，十个人有八个会误以为他是妖怪，剩下的两个会认定他就是妖怪。欺软怕硬、我行我素、趾高气扬的小津不光脾气古怪，还好吃懒做、厚颜无耻，可以就着别人的不幸吃下三碗饭。如果没认识他，想必我的灵魂也会比现在纯洁几分。

每每想到这里，我就不得不承认，大一那年春天自己不该踏入电影社团"襖"的大门。

○

当初的我还是一个如假包换的大一新生，校园里的樱花树落英散尽，枝头绿意盎然，令人心情舒畅。

大一的新生只要在校园里走上几步就一定会收到同学们派发的传单，我也只好怀揣着那些远远超出个人信息处理能力的纸张，不知何去何从。传单的内容形形色色，其中让我很感兴趣的有这么四份，分别是电影社团"禊"、古怪的弟子征集宣传、垒球社团"暖暖"，以及秘密组织"福猫饭店"。虽然它们各自散发着不同程度的可疑气息，但刚刚迈入未知大学生活的我依旧怀揣着心中仅存的一点点好奇。我居然会相信，不管自己选择哪一个都将打开一扇趣味盎然的未来大门，真是愚蠢到家了。

下课后，我来到校园的钟塔下，因为各类社团都在这里举行面向新人的介绍会。

热闹非凡的钟塔周围聚集了跃跃欲试的新生和摩拳擦掌的社团引路人。我以为这里到处都是通往传说中的至宝——玫瑰色的校园生活的入口，于是眼神迷离地四下徘徊。

我最先发现的是几个拿着电影社团"禊"招牌的学生，他们还说马上要举行欢迎新生的放映会，可以为我带路。如今想来，我真的不该跟去。随后，我更是听信了"一起快快乐乐拍电影"的花言巧语，当天就加入了社团，一心想要结交一百个朋友，只能说我在玫瑰色的未来之梦中迷失了自我。从此以后，我便误入歧途，四面树敌，更别提交到什么朋友了。

虽说我成了电影社团"禊"的一分子，却始终无法融入那种让人气急败坏的和谐氛围。我安慰自己这些都是必须经受的考验，只要不卑不亢地适应这种诡异的欢快氛围，玫瑰色的校园生活、黑发少女，甚至整个世界都将为我所有。即使如此，我依旧一败涂地。

就在我被逼到阴暗角落里的那一刻，我发现身边站着一个面相晦气的诡异男人。我还以为那是来自地狱的使者，只有我这种心思细腻之人才看得见。

这便是我和小津的相遇。

○

转眼间，我与小津已认识两年了。

大三的五月末，我坐在钟爱的四叠半房间里，与可憎的小津大眼瞪小眼。

我租住的学生公寓位于下鸭泉川町，名为下鸭幽水庄。听说自从幕府末年烧毁重建后，这里就一直保持着原样。要是没有阳光照进来，这里就和废墟没什么两样。被大学生协[1]介绍来这里的时候，我甚至怀疑自己走失在了九龙城的街头。摇摇欲坠的三层木楼看得人提心吊胆，活脱脱就是一处文化遗产嘛。但是不难想象，就算这里因为一场大火化为灰烬，也不会有人扼腕叹息，甚至能让隔着东墙居住的房东大为畅快。

那天晚上，小津来公寓打发时间。

我们死气沉沉地交杯换盏，听他说想吃东西，我就用电热锅烤了一个鱼肉饼，可他才尝了一口，就不知足地说什么"想吃顿像样的肉""最好是香葱盐烤牛舌"之类的话。实在忍无可忍的我拿起一个烤得吱吱冒油的鱼肉饼塞进他嘴里。见他那副眼泪汪汪的模样，我才总算消了气。

那一年的五月初，我们俩主动退出了耗费两年时间、一心让内部关系恶化的电影社团"襖"。俗话说，水鸟过水水无痕，而我和小津恨不得用尽浑身解数，把一池清水搅得无比浑浊。

我和小津依旧保持来往，不过即使退出了电影社团"襖"，他也还

---

1 注：全称为"大学消费生活协同组织"，是日本一种为大学生与教职员工在购买、互助、医疗、住宅等方面提供服务的全国性联合组织。

是忙得不可开交。听说他在运动社团和可疑组织身兼数职，就连他当天晚上来找我也是顺便的。他真正要拜访的是住在这座下鸭幽水庄二楼的租户。小津称那人为"师父"，从大一开始就时常来拜访他。归根结底，我之所以斩不断与小津的孽缘，一方面是因为我们俩在电影社团里都不受人待见，另一方面也是因为他时常拜访下鸭幽水庄。我也问过小津那个"师父"是什么样的人物，他却只是露出一脸不正经的笑容，对我守口如瓶。想来，那人教给他的也不是什么正经学问。

尽管我和电影社团"襖"已然一刀两断，但消息灵通的小津还是会打听各种新鲜情报来给我添堵。为了改变社团，我们搭上了最后的一丁点颜面（或者说我们其实早就颜面扫地了）。然而据他所说，我和他舍身赴义的抵抗也以失败告终，社团内部的格局纹丝不动。

在酒精的作用下，我心中越发恼怒。自从被社团开除，我过上了学校和公寓两点一线的乏味生活，过去埋藏在内心深处的激情似乎即将死灰复燃，偏偏小津又是最擅长煽风点火的家伙。

"咱们来干一票吧。"小津像某种诡异的生物一般扭动着身体说道。

"嗯。"

"一言为定，明天傍晚，我准备好就来。"

说完，他便兴高采烈地回去了。我感觉自己又上了他的贼船。

我想睡一觉，但二楼聚到一起的中国留学生玩得正起劲，让人难以进入梦乡。刚好我也觉得有些饿了，便起身离开常年不收拾的床铺，为一碗"猫咪拉面"走进了夜幕下的街道。

○

就在那天晚上，我认识了住在下鸭幽水庄二楼的神明。

猫咪拉面是一家路边摊，有流言说他家拉面的高汤是用猫熬煮出来的，也不知是真是假，不过那家拉面的味道堪称一绝。出于种种考量，我不便在此给出详细地址，只能透露它就在下鸭幽水庄附近。

深夜时分，无与伦比的美味拉面让我的精神在恍惚和不安之间来回摇摆。就在此时，一位客人在我身旁落座，那装扮看起来非比寻常。

只见他身穿深蓝色的浴衣，足蹬一双仿佛从天狗脚上扒下来的木屐，颇有些仙风道骨。埋头吃面的我抬起头来，侧目瞧着他，想起自己好像在下鸭幽水庄见过这个怪人几次，脑海中浮现出他走在嘎吱作响的楼梯上的背影、在晾衣台上边晒太阳边让女留学生替自己理发的背影，以及在公共水槽洗着某种古怪水果的背影。他的头发乱得仿佛刚被八号台风刮过一般，长长的下巴如茄子似的翘了起来，眼神优哉游哉。他的年纪很难判断，看着既像中年人，又像个大学生。即使是我，也压根儿没想到他会是神明。

那个男人似乎和摊主认识，笑着和对方东拉西扯。他一旦埋头吃面，那气势能让人联想到倒流的尼加拉瓜瀑布。我还没来得及吃完，他就已经把汤都喝光了，简直神乎其技。

男人吃完拉面后，目不转睛地看着我。过了一会儿，他文绉绉地对我说道："阁下住在下鸭幽水庄吧？"

见我点头，他心满意足地笑了。

"我也是那里的租户，请多指教。"

"彼此彼此。"

尽管我不再搭理他，那男人还是毫不客气地打量着我的脸，还确信地点着头，说什么"原来是你"。我虽然还有些微醺，但也开始察觉此人亲切得异乎寻常。难不成他是我失散十年的哥哥？可我从来不曾和哥哥失散，因为我压根儿没有哥哥。

我吃完拉面后起身离开，那个男人也跟了上来，理所当然地走在我旁边。只见他掏出烟卷点了火，开始吞云吐雾。即使我加快了脚步，他也依旧不紧不慢地与我并肩而行，仿佛用了法术一般。

哎呀，不好！就在我暗自这么想时，男人冷不防地开口说话了。

○

"虽说光阴如箭，但四季辗转得如此之快，未免让人恼火。自开天辟地以来，也不知经过了多少个年头，不过照这个节奏来看，想必也没过多久。在这短短的岁月中，人类居然繁衍到了如此地步，着实让人震惊。而且他们总是费尽心思地努力生存，真是一帮勤劳的家伙，太了不起了。所以凭良心讲，我觉得人类是很可爱的，但不管再怎么可爱，我也没有闲工夫怜悯这么多人。

"一到秋天，我又得跑一趟出云，电车费可不便宜。从前我们也会为手头的案子一一斟酌，争得面红耳赤，甚至花一整晚的时间来裁定，可这年头就没那么多闲工夫了，我们都会直接把各自手头的案子随手扔进代表审查完毕的木箱里，真是乏味。反正就算我们绞尽脑汁地给男男女女们牵线搭桥，那些没出息的男人也会错失良机，而把握住好姻缘的红颜们很快又会去和别人相爱。这不是让我们白费工夫吗？简直就像用勺子去舀干琵琶湖的水一样。

"除了神无月以外的十一个月里，我们每天都忙着建立案件档案。在这种情况下，有些神明会一边喝着红酒，一边抠着鼻子，用抽签的方式来决定结果。而我是个实诚人，才不忍心随机决定那些可爱人类的良缘。一不留神，我就过分投入了。我开始仔细地观察他们，就好像是自己遇到了那些问题一样。为了给他们量身定做适合的邂逅，我真的伤透了脑筋，搞得好像开了婚姻介绍所似的。可我是神明啊。就因为这样，我才会抽烟过量，头发也越来越少，还狂吃自己最爱的蜂蜜蛋糕。胃一难受就去喝中药，一大早起来又发觉自己睡眠不足。沉重的压力导致我的下颌关节发生了病变。医生让我缓一缓，可那么多人的命运都担在我的肩上，我怎么可能昏昏度日呢？

"其他人恐怕已经坐上了伊丽莎白二世女王号那样的豪华邮轮，开启了一场海上两万里的旅行。他们会在兔女郎的身边像个没事人似的品着香槟酒，还会在背地里讥讽我，还说什么'那家伙不行，顽固得像块石头'。就凭他们也想瞒过我的火眼金睛？一群不称职的神明！凭什么只有我每年都像这样一丝不苟地想牵好每根命运的红线？我到底是造了什么孽才会坐上这艘贼船的？

"阁下觉得呢？"

○

这个怪人滔滔不绝地说着什么鬼话？

"你这人是怎么回事啊？"

我在昏暗的夜路上停下来问道。我们正好从下鸭干道向东拐进了御荫街，前方不远处的纠之森漆黑一片，还发出瑟瑟的声响。下鸭神社的漫长神道空无一人，向北延伸。森林深处，御神灯的橙色光芒依稀可见。

"阁下，我可是神明，是神明哦。"他若无其事地说道，还竖起食指，"名唤贺茂建角身神。"

"什么？"

"贺茂煎饺森神……贺茂建角身神。你要我说几遍啊？舌头都不利索了。"

说着，男人指了指下鸭神社漆黑的神道。

"阁下明明住在下鸭神社附近，却没听说过吗？"

虽然我也曾到下鸭神社参拜过，但从未听说过还有一位这样的神明。京都满大街都是历史悠久的神社，规模可观的下鸭神社更是屈指可数的世界文化遗产，拥有着令我难以想象的历史背景。胆敢自称是这个大神社的祭神，眼前的男人还少了些说服力。说得客气点，他不过是个仙人；说得难听点，他就是个穷神，哪里长得像下鸭神社里供的神明了？

"阁下不相信我啊？"他略显惊讶。

我点了点头。

"可悲可叹。"尽管嘴上这么说，男人却一点儿也不像在叹息。他吸着烟卷，嘴里吐出的清香烟雾被温柔的晚风吹散。纠之森沙沙作响，令人惶恐不安。

我抛下这个男人快步向前。和这种神秘兮兮的人打交道不会有什么好结果的。

"喂，还是等一等。"他叫住了我，"我知道关于你的一切，包括你父母的姓名。我知道你还是个婴儿的时候经常呕吐，闻起来酸酸的。我还知道你小学时的外号、初中文化节上的表现、高中时的情窦初开……当然，最后以失败告终。第一次看成人影片的时候，你既兴奋又惊讶。高考复读过，上了大学后又过着懒惰又不知廉耻的……"

"你胡说。"

"我是无所不知的。"他自信地点了点头，"比如，阁下在放映会上偷偷播放了一部影片，揭露了一个叫城崎的人的不齿行径，最后不得不主动退出电影社团。我还知道，你是因为什么才过着整整两年没出息的大学生活。"

"都怪小津……"

我下意识地试图解释，却被他伸手制止。

"我承认，阁下受到了小津污秽灵魂的影响，可原因也没有这么简单吧？"

这几年来发生的林林总总如走马灯一般在我脑海中一闪而过，痛苦的回忆折磨着我脆弱的内心，让我几乎要不分场合地在神圣的下鸭神社的森林里放声惨叫。幸亏凭借绅士的意志，我才免于失态。那个自称贺茂建角身神的男人饶有兴致地看着我暗自伤神的模样。

"多管闲事，这些和你没有半点关系。"

听我这么一说，他摇了摇头。

"看看这个。"

说着，他从浴衣胸口抽出一叠脏兮兮的纸，然后靠近身旁装着荧光灯的广告牌，还朝我招了招手。在这番邀请下，我也走到了光亮处。

他拿出来的是一本陈旧的账簿，仿佛每一页都能扬起积攒了上百年的灰尘，到处都是被蛀虫啃噬过的痕迹。他翻账簿时还不时舔着手指，想必吃了不少灰。

"就是这里。"

他指给我看的地方靠近账簿的末尾，脏兮兮的灰色书页上用毛笔写着一个女生的名字、我的名字，以及小津的名字。书页上的字体格外正式，他还真把自己当成了不起的神明了。

"想必你也知道，一到秋天，我们就会聚集到出云去决定男女的姻缘。光是我身上带着的案子就有数百件，这是其中之一。你明白是怎么一回事了吗？"

"不明白。"

"你不明白？没想到你这么蠢。简单来说，你认识的这个女生——明石同学，她将来的感情之路将由我来一锤定音。"神明如是说，"这就意味着，不是选择阁下就是选择小津。"

一股阴风呼啸而过，搅动着纠之森的林木。

○

第二天下午醒来后，我端端正正地坐在快要腐烂的床铺上，回想起昨夜的愚蠢表现，暗自羞红了脸。

下鸭神社的神明出现在猫咪拉面摊，而且就住在我楼上，还说什么要为我和明石同学牵线搭桥。就算是胡思乱想，也该有个度啊。我居然寂寞难耐到精神失常，沉浸在如此妄想之中，简直丢尽了绅士的颜面。

话说回来，昨晚和神明相会的情景未免过于平常了。我既没有看到丝毫奇迹的现象，也不曾遭遇突如其来的闪电，更没看见恭恭敬敬跟随在神明身旁的狐狸和乌鸦。神明只是凑巧来路边摊吃拉面而已。即使说这种看似毫无说服力的情景才最具说服力，也很难让我信服。

判断真假的方法很简单，只要立刻上二楼见见那位神明就好了。但万一开门的恰好是昨晚的神明，可他又不认识我，我该怎么搪塞过去呢？要是他笑话我信以为真，那我就更无地自容了。到那时，我多半会在对自己的痛骂声中度过灰暗的后半生。

"打定主意了就来见我，我住在二楼最靠里边的房间。不过，最好能在三天之内给我答复，我可忙得很呢。"

那个古怪的神明嘱咐道。

假如学校与公寓两点一线的生活节奏将我打败，让我在妄想的牢笼中上蹿下跳，我该情何以堪。于是，我口诵"南无南无，南无南无"，强行抑制住如气球般膨胀、即将飞上五月天空的妄想。

对了，那个自称是神明的人说要大老远地跑去出云给男女结缘，真的会有那种怪事吗？

于是，我在书架上翻出了一本词典。

○

所谓神无月，指的是农历八月，届时八百万神明将离开自己的岗位，从日本各地聚集到出云。这段传说在日本家喻户晓，我也有所耳闻。

至于这八百万神明具体包括哪些，我就不一一详述了，不过这个数字大约相当于现今日本人口的十五分之一。在如此庞大的队伍中，难免混进不少稀奇古怪的神明，就好像在声称聚集了多少优秀学生的大学校园里，总是随处可见万众公认的蠢货一样。

说到这里，我有个疑问：浩浩荡荡聚集到出云的神明究竟要讨论什么呢？难道说，他们关心的议题包括如何防止气候变暖和促进经济全球化吗？既然要召集全日本的神明花整整一个月的时间来商议，想必会是某个重大的问题，探讨的气氛也一定如火如荼。我想他们不可能只是和臭味相投的朋友一边涮火锅，一边聊一些难登大雅之堂的内容，不然就和那些愚蠢的学生没什么两样了。

那天，我从公寓的词典中得知了一个耸人听闻的真相——书上写着，八百万神明在出云经过激烈争辩，将会决定男女之间的姻缘。没想到，各路神明居然是为了系上或解开命运的红线才齐聚一堂的，看来那个可疑的神明在拉面摊上说的话确有其事。

我心中不禁对神明们燃起熊熊怒火——这不是吃饱了撑的吗？

○

为了换换心情，我打算努力学习。

可是，当我面对教科书时，我感觉自己是在拼死地弥补荒废的两年时光造成的落后，而那种拼命挣扎的样子又与我的美学原则背道而驰。于是，我潇洒地丢下了书本。这一点潇洒我还是有自信的，堪称绅士的典范。

如此一来，我要交的报告就只能拜托小津了。只要联系一个叫"印刷厂"的神秘组织，就可以让他们帮我完成一份虚假报告。因为长期依赖那个可疑组织，我已经沦落到每逢死线逼近就不得不让小津请"印刷厂"助我一臂之力的地步，以至于身心都被蚕食殆尽。我之所以无法斩断和小津的孽缘，原因正在于此。

现在明明还是五月底，天气却闷热得宛如夏日提前造访一样。我不惜冒着被邻居指控展示成人用品的危险，敞开了房间的窗户，然而，空气依然不流通。浑浊的空气蕴含着形形色色的神秘成分，随着时间的推移逐步发酵，宛如山崎蒸馏所酒桶中的琥珀色威士忌，让所有踏足四叠半房间的人酩酊大醉。话虽如此，只要打开面朝过道的门，在幽水庄四下徘徊的可爱小猫便会不请自来。小猫发出喵喵的叫声，让人忍不住想把它一口吞下。不过，我还不至于做出此等野蛮行径，哪怕身上只穿着一条裤衩，也必须保持绅士风度。我帮小猫擦去眼屎，迅速将它打发出去。

我关上门，像根木桩似的躺在房间里，本想沉浸在春光乍泄的幻想中，却发觉自己做不到。我想制定一个通往玫瑰色未来的计划，却无功而返。我想到的净是些叫人光火的事，只感觉气不打一处来。在四叠半房间遍地燃烧的怒火中，一只穿行而过的蟑螂成了我宣泄一切的对象，那个倒霉蛋落得粉身碎骨的下场。

因为起床时已是下午，没过多久，太阳就快下山了。窗外射入的夕阳又给我添了堵，身为孤独的暴躁将军，我在橙色的日光中生着闷气，有种立刻骑上高贵的白马驰骋在无尽的海岸线上的冲动，偏偏我又是"棒打鸳鸯者"，见到马就想逃。

在无意义的烦躁中抓狂的我，一想到与小津约定的时间正在步步逼近，便准备放自己一马。如果继续这样自我折磨下去，是否终有一天释迦牟尼会用蜘蛛丝把我拉到天上，抚摸着我的头呢？反正不管我抓得多紧，那根蜘蛛丝也会断作两截，让我重新坠入四叠半地狱，成为释迦牟尼的笑料[1]。

傍晚五点，经历过令人头晕目眩的自虐式妄想后，情绪跌落谷底的我迎来了小津。他对我说道："你的脸还是这么脏兮兮的。"

"彼此彼此。"我冷冰冰地回敬道。

小津脸上一样不干不净，活像公寓的公共厕所，不知是不是我的错觉，我总感觉有一股淡淡的氨臭气。两个二十出头的男人在燥热的暮光中四目相对，在"不爽"和"不爽"的相互作用下诞生出"新的不爽"，"新的不爽"又繁衍生息，形成臭气熏天的连锁噩梦，让我忍无可忍。

"准备好了吗？"我问道。

小津轻轻晃了晃手上的塑料袋，从其中蹿出一堆刺眼的蓝、绿、红色筒状物。

"真拿你没办法，我们走吧。"我说道。

○

我和小津离开了耸立在宁静街头的"九龙城"——下鸭幽水庄，经

1　注：此处源自于日本小说家芥川龙之介的短篇小说《蜘蛛之丝》的情节。某日，在极乐世界的释迦牟尼看见生前杀人放火的强盗键陀多在地狱的血池中挣扎，想起他生前曾放生过一只蜘蛛，便大发慈悲将一根蜘蛛丝投入地狱。获得蜘蛛丝的键陀多喜出望外，顺着蜘蛛丝往上爬，却发现许多罪人紧随其后。键陀多怒斥众人后，不料蜘蛛丝突然断开，将他再次送入地狱之中。

过御荫街，穿过下鸭神社的神道后，来到了下鸭干道。只要从京都家事法院门口穿过下鸭干道，眼前就是贺茂川与葵桥了。

再怎么面目可憎也该有个限度啊，两个一脸死相的男人站在葵桥上俯瞰着清澈的贺茂川，简直糟蹋了这夕阳西下的绝世美景。我们双手抱胸，眺望着河流下游。在晚霞的映照下，两岸郁郁葱葱的新绿令人心旷神怡。葵桥上方的天空广阔无垠，下游的贺茂大桥上车流不息。即使相距甚远，我也能感受到在河边嬉戏的学生们弱不禁风的气质。再过不久，那里将会化作阿鼻地狱。

"真的要这么做吗？"我问道。

"咱们昨天不是说好要替天行道吗？"小津回答道。

"我们自己当然觉得是在替天行道，可是在世人看来这不过是一场闹剧。"

听我这么一说，小津不屑地笑了。

"你会因为在意世人的眼光而改变自己的信仰吗？我可不会将身心托付给这样的人。"

"少啰唆。"

他之所以会说出这种让人直起鸡皮疙瘩的话，就是为了唆使我和他一起制造一场让他兴致勃勃的闹剧。对他这种可以就着别人的不幸吃下三碗饭的人来说，目睹他人因为各种愚不可及的感情晕头转向、丢人现眼的情景，正是无与伦比的享受和存在的意义。

"好了，我们上吧，快走快走。"

虽然我对他顽劣的秉性不屑一顾，但为了忠于自己的信念，我迈出了勇敢的一步。

我们走下葵桥，踏上贺茂川的西岸，一路朝下游走去。

自东北而来的高野川和自西北而来的贺茂川相聚后形成了鸭川，在两条河流的交汇处有一个倒三角形地带，学生们称之为"鸭川三角洲"。从春天到初夏，那里经常举办新生欢迎会。

不一会儿，我们就来到了鸭川三角洲附近，可以清楚地看见人们围着蓝色塑料布有说有笑的模样。我们越发小心，藏匿于出町桥的阴影中。万一被三角洲上嬉戏的敌人发现，我们出其不意的闪电战计划将会化为泡影。

我取出塑料袋中的烟花，将它们排列在地上。小津拿出我借给他的卡尔·蔡司单筒望远镜，观察着河对岸的三角洲。

我给自己点上一支烟，燃起的烟雾被河畔傍晚的风吹得四散飘扬。一位带着小朋友的父亲狐疑地瞥了一眼在出町桥下鬼鬼祟祟的我们，然后扬长而去。可是，我们无暇顾及普通人的目光，因为开展这场行动是为了贯彻自己的信念。

"怎么样？"我问道。

"同年级的人都在，嘿嘿，但没看到相岛学长和城崎学长。"

"身为酒鬼居然不按时出席聚会，这是闹哪出啊？一点常识都没有。"我不满地说道，"要是那两个人不来，突袭就没意义了。"

"啊，是明石同学。"

明石同学是比我们低一届的学妹。听见她的名字时，我想起了昨晚那个可疑的神明给我展示的账簿。

"她也来了？"

"你瞧，她就坐在那边的河堤上自斟自饮呢，还是那么独来独往。"

"太潇洒了，可她没必要参加这种无聊的聚会啊。"

"要是连累到她，我会过意不去的。"

我回想着明石同学理智的言行和优雅的作风。

"啊哈！"小津兴高采烈地说道，"相岛学长来了。"

我抢过了他的望远镜，视线追寻着穿过松树林、走下河堤的相岛学长。与此同时，在河畔等候的新生们用欢呼声迎接他的到来。

相岛学长是电影社团"禊"的一把手城崎学长的左膀右臂，始终不知疲倦地欺压着我们。对我们拍的影片吹毛求疵就算了，为了不给我们参加放映会的机会，他居然刻意隐瞒排片表，真是费尽心机。我们甚至承受了几近下跪的耻辱，只求借来剪辑视频的器材。是可忍，孰不可忍？偏偏他还这么受欢迎，我们却只能在对岸饱尝如此光景。今天一定要对他做出正义的制裁，也好让我出这口常年盘踞心中的恶气。他活该在从天而降的烟花中逃窜，为自己的所作所为忏悔，最后在河边与螃蟹含泪嬉戏。

我如同饥饿的野兽般喘着粗气，拿起了身旁的烟花。就在这时，小津按住了我的手，说道：

"不行，城崎学长还没来。"

"管不了那么多了，送相岛学长上路也值了。"

"我能够理解你的心情，不过重头戏还是城崎学长。"

我们又僵持了一段时间。

尽管动机不纯，小津的话还是有几分道理的——相岛学长的身份和替身差不多，就算我们集中火力攻击他，也只会白费工夫。于是，我只得悬崖勒马。

可是，城崎学长迟迟没有露面，真叫人咬牙切齿。晚风在耳边呼呼吹过，一股悲伤的情绪在心底泛滥开来。开始交杯换盏的对岸敌营里传来了欢快的笑声，而我们这两个大男人只能躲在出町桥的阴影中一动不动，承受着遛狗人和慢跑者狐疑的目光。

贺茂川两岸的情景真是天差地别，更让我火上浇油。假如身边是一位黑发少女，哪怕是在黑暗中相依相偎，也不至于让我如此难受，偏偏我身边的人是小津。凭什么对岸的新生欢迎会上其乐融融，我却要和一个一脸死相、仿佛在旧社会放高利贷的家伙挤在一起？我究竟犯了什么错？是我咎由自取吗？好歹也要换成一个志同道合的人啊……如果是黑发少女就更好了。

"真是天差地别的境遇啊。"小津说道。

"废话。"

"对面可开心了。"

"你到底站在哪一边？"

"哎，我们还是别做这种损人不利己的事了，过河去吧，我好想和新生一块喝酒啊。"

"你想当叛徒？"

"我又没答应你什么。"

"你不是说身心都托付给我了吗？就在刚才。"

"太久远了，我早就忘得一干二净了。"

"你小子！"

"别用这么凶恶的眼神看着我嘛。"

"喂，你别靠过来。"

"人家好寂寞啊，晚风又这么冷。"

"真是一个耐不住寂寞的家伙。"

"呀……"

我们在桥下模仿着胡言乱语的亲热男女，不久后便感到了一阵空虚，而正是这份空虚让我们的忍耐到达了极限。虽然城崎学长还没出现，但事到如今也没办法了，不如今后再给他寄一个涂满节肢动物尸体的蛋糕，今晚就退而求其次，在其他人的头上浇一盆冷水吧。

我们怀揣着烟花，走向夜色苍茫的河畔。小津还走到河里，舀了一桶水。

○

烟花本应该在夜空中绽放，绝不该被拿在手上，对着人，轰炸河对岸其乐融融的新生欢迎会。那可是相当危险的，请不要模仿。

虽说是突袭，但不宣而战不是我的风格。于是，我朝对岸的敌人大声喊道："都给我听着，我等坐不更名，站不改姓，正是那个谁……现在，我们要发动复仇之战，注意保护好眼睛！"

说完，我怒目扫视了一遍对岸的人，只见他们傻乎乎地张大嘴巴，不明所以地看向我们。既然他们搞不清状况，那我就让他们清醒清醒。这么一想，我更有斗志了。

忽然间，我看见了怀抱啤酒瓶坐在河堤边缘的明石同学。"笨——蛋——"她以无声的嘴型对我们做出了一针见血的批评，然后迅速起身，钻进松树林避难了。

在河堤下方围着塑料布的家伙们仍旧一头雾水，一副手足无措的模样。既然明石同学已经避难，那我也没必要客气，立刻命令麾下的小津发动炮击。

放完一阵烟花后，我们打算趁对面哀号鼠窜之际扬长而去，不料有几个同年级的男生暴跳如雷，大约是想在学弟学妹面前表现一番，他们居然不怕弄湿身体，开始过河而来，把我们吓傻了。

"喂，咱们快跑吧。"我说道。

"等一等，等一等，放完烟花总得收拾一下。"

"你倒是快点！"

"还有几根没放完。"

"别管了！"

我们刚想朝出町桥方向跑去，就看见一个人影从河堤上飞奔下来。那人看上去怒气冲冲，呵斥我们的粗鲁的声音十分耳熟。

"哇，城崎学长这时候才出现?!"小津大喊道。

"也太不凑巧了。"

小津惨叫着转换了方向，与我擦肩而过，朝我身后跑去。他在一片昏暗中笔直地冲向贺茂大桥，动作毫不拖泥带水。他在奔跑的同时还一个劲儿地喊着"对不起"，真是一点面子都不在乎。

我虽然差点被城崎学长抓住后脖领，但还是像一只猎豹一般行云流水地挣脱了，随后便追着小津跑向了贺茂大桥。

"你们两个，要胡闹到什么时候？"

站在河边的城崎学长对我们做起了思想教育。他根本没资格说我，在说别人之前应该先虚心地照照镜子才对。义愤填膺的我差点就要回过头去，不过双拳难敌四手，无论我如何强调自己的正当性，最后也必定落得个寡不敌众的下场。我可一点都不打算承受那样的羞辱，所以这不叫逃跑，而叫战略性撤退。

小津已经跑到贺茂大桥下方，快看不见了，那逃跑速度简直令人瞠目结舌。我刚想赶紧追上去，却感觉后背被某种滚烫的东西击中，惊叫了一声。

身后传来一阵欢呼，原来是他们朝撤退中的我发射了复仇的烟花。

此刻，两年来自己的所作所为宛如走马灯一般在我脑海中掠过。

○

上大学后的整整两年，我都在无谓的斗争中挥霍时光，尽管我的丰功伟绩丝毫没有愧对"棒打鸳鸯者"这一称号，但我还是忍不住泪流满面。毕竟，那是一条无人欣赏、更不可能收获赞许的荆棘之路。

入学之初，我的脑髓尚有些许玫瑰色，但没过多久，它便丧失了暖色调，转为青紫色。至于这个过程，我不愿意赘述，反正也没什么可说的。为这种事情絮絮叨叨，试图引起读者空虚的共鸣，究竟有何意义？大一的夏天，在锋利无比的"现实"之刃落下的一刻，我愚昧而短暂的玫瑰色之梦就和大学校园的晨露一起消散了。

从此以后，我便用冷峻的目光直面现实，决心严厉制裁那些沉浸在轻浮幻梦中的年轻人。简而言之，我开始棒打鸳鸯。

在东边劝恋爱中的少女放弃"变态男人"，到西边打消单相思男生的"癫蛤蟆情结"，南边溅起的爱情火花会被我立刻用水浇灭，北边常被我用于宣传"恋爱无用论"。于是，人们给我贴上了标签，说我是个"不识好歹的男人"。可他们误会我了，我比谁都会察言观色，并在此基础上处心积虑大肆破坏。

有个怪人对我的斗争非常感兴趣，还帮我煽风点火，在社团里到处挑拨离间并以此为乐。这个怪人正是小津。借助私人情报网，任何难登大雅之堂的小道消息都在他的掌握之中。一旦我埋下火种，他就会立刻在一旁驾轻就熟地散布真真假假的传言，从而引燃烈焰，保证社团始终处于男女感情纠葛的阴影之下，以此来满足他的嗜好。小津堪称邪恶的化身、人类的耻辱，我可不想堕落成他那样的人。

虽然电影社团"襖"的历史尚浅，但各年级加起来，社员总数总能保持在三十人左右。这就意味着，我们不得不面对数量众多的敌人。在我们的努力下，有些人选择了离开。有一次，我遭到了退团者的埋伏，差点沉入琵琶湖水渠。有一段时间我都不敢回公寓，只能去外出旅行的朋友位于北白川的出租屋暂避风头。我甚至因为过于心直口快，在近卫街上惹哭了同年级的女生。

可是，我从未退缩。我绝对不能退缩。

不用说也知道，假如当时我选择了退缩，此刻的我和所有人都能收获幸福。至于小津的幸福嘛，根本就是无关痛痒的事。

〇

我对电影社团"禊"的体制本身就有一肚子气。

"禊"实行的是城崎学长的独裁统治，在他的指导下，所有人都相安无事地拍着电影，简直令人作呕。最初无奈受他颐指气使的我很快就对现行体制心怀不满。可话说回来，我又不愿轻易离开，毕竟那样一来就显得是自己知难而退了。于是，为了在城崎学长他们面前揭竿而起，我开始独自一人拍电影。可想而知，社团内无人响应。无奈之下，我只得和小津一起拍摄电影。

第一部电影是一部充斥暴力的影片，讲述了两个男人继承了从太平洋战争前延续至今的恶作剧大战，耗尽自身的智慧和体力，只为粉碎对方的尊严的故事。电影中，小津像戴着能乐面具一样自始至终保持着一副一成不变的诡异表情，我的演技则过度饱满，再加上大量毫不留情的恶作剧设计，使整部电影给人一种无比恶心的感觉。片尾高潮处是全身染成粉红色的小津和剃了阴阳头的我在贺茂大桥上的决斗场面，虽然颇有看点，却理所当然地被观众忽视了。在放映会上，唯一被逗乐的观众是明石同学。

第二部电影以莎士比亚的《李尔王》为蓝本，展现了一个男人在三名女子之间游移不定的情感。然而，这部影片因为掩饰不住找不到女演员的根本问题，内容变得莫名其妙，甚至和《李尔王》脱离了关系。同时因为将男人优柔寡断的内心表现得过于细致，我们不仅招来女性观众的齐声谩骂，还被冠以"最佳变态奖"的美名。被逗乐的观众也只有明石同学一人而已。

第三部电影是一部求生片，讲述了一个被困在无穷无尽的四叠半房间里的男人为了逃出生天而不断旅行的故事。然而，观众最后给出的回馈却是"设定似曾相识""这算哪门子求生片"，正儿八经评论的还是只有明石同学一个人。

我和小津一起拍的电影越多，社团同伴对我俩就越疏远，城崎学长的目光也越发寒气逼人。最后，他逐渐像对待路边石子那样无视我们。

不可思议的是，在我们的努力下，学长的个人魅力居然节节攀升。如今想来，我们简直成了抬高他人威望的杠杆，不过现在说这些已经太迟了。

我着实缺少人生的智慧，简直过于单纯了。

○

我们平安从鸭川战略性撤退，决定上街去庆祝庆祝。

在寒冷的晚风中骑着自行车，心中不禁感到一阵寂寥。我们跳下车，默默地在河原町步行。城市灯火星星点点，照映着深蓝色的夜空。忽然间，小津拐上了三条大桥，在西边下桥后走进一家卖棕毛刷的老旧小店。我则独自站在黑黢黢的店门口等着。

过了一会儿，他表情失望地走了出来。

"如何？买到棕毛刷了吗？"

"没有，我得找一个能孝敬樋口师父的东西，他要的是可以刷去任何污垢的超高级梦幻龟之子棕毛刷。"

"哪里有那种东西啊？"

"传说中是有的，不过我也被店里的人笑话了，看来只好给他别的东西了。"

"你就为这些蠢事浪费自己的精力吧。"

"师父要的东西五花八门，真叫人伤脑筋。像小鱼干煮青花椒和出町双叶的红豆糕也就算了，好歹这些还能买到，可他竟然还对什么古董地球仪、旧书市的旗子、海马和大王乌贼感兴趣。要是送的礼物不合他的意，我就会被逐出师门，可怠慢不得。"

虽然嘴上这么说，小津看起来却挺开心的。

随后，我们朝木屋町的方向逛去。

这明明是一次战略性撤退，但我仍旧忍不住怀疑自己打了败仗，心中难免不悦。小津一脸无所谓，反正只要开心就够了，而我做不到像他那样玩世不恭。归根结底，今晚在鸭川的突袭作战是为了让那些可憎的学长和同学记住我们的存在。然而，当我冷静地回顾刚才的战况时，我发现他们仿佛在看我们的笑话。我们的斗争绝不是聚会上的余兴节目，尽管看起来十分相似，但其中的荣誉实属高山仰止。

"嘿嘿。"

小津走着走着，突然笑出声来。

"你别看城崎学长在学弟学妹面前一副盛气凌人的模样，私底下可是一塌糊涂的。"

"是吗？"

听我这么一问，小津露出了得意的神情。

"他名义上是在读博士，却成天拍电影，没空学习，连实验都做不来。父母说要减少他的生活费，他却在打工的地方跟店长吵架，拍拍屁股走了。他之前从相岛学长那里抢来的女朋友上个月和他分手了，他有什么资格来教训我们？"

"你怎么连这些事都知道？"

在城市灯火的映照下，小津那张脸活像滑瓢怪[1]。

"可别小看了我搜集情报的能力。对于你的事情，我甚至比你的女朋友还了解。"

"我又没有女朋友。"

"我……我只是假设你有女朋友。"小津神色复杂，"其实，相岛学长才是真正的坏人。"

1　注：日本的一种妖怪，源于日本民间传说中的客人神，喜欢在别人家中恶作剧。因为是光头，所以也被称为"滑头鬼"。

"是吗？"

见我将信将疑，小津的脸上浮现出恶作剧的笑容。

"因为你不知道他背后那一面。"

"说来听听。"

"那可不行，太耸人听闻了。"

在我们身边流淌的高濑川毫无深度，正如当年城崎学长像着了魔般量产的自制电影。望着在灯火下闪闪发光的水面，我又感到怒不可遏。

在电影社团"禊"这个如同庭院的小小世界里，备受尊敬的城崎学长那点个人魅力简直微不足道。此刻的他正沐浴在新生们（尤其是女生们）景仰的目光之中，却将本该正视的现实抛到九霄云外，像一只品尝着木天蓼的猫一样神魂颠倒。他口若悬河地发表着空洞的电影论，言行举止装得像个绅士一样。其实，他只对女性的胸部感兴趣，除此之外，眼里别无他物。我盼望他能一直沉醉在对胸部的幻想之中，就这么虚度人生。

"我说你啊，眼神不太正常。"

在小津的提醒下，我这才舒展了眉头。

这时，在街头偶遇的一个女生向我们微笑示意。她眉间透着一股英气，我冷静地承受了她的目光，用一种恰当的明治百年男性的态度还以微笑。紧接着，那个女生向我们走来，原以为是要跟我打招呼，不料她说话的对象却是小津，语气里还带着几分妖娆。

"晚上好啊，你在这里干什么呢？"

"出来办点事。"小津回答道。

我和他们拉开了距离，毕竟我不想偷听别人的谈话，况且他们的气氛也有些暧昧。虽然他们的声音被熙熙攘攘的人群阻隔着，但我还是能远远看见那个女生将手指伸进小津的嘴巴。他们好像很亲密，但我一点也不嫉妒。

围观他人的互动不是我的风格，于是我将目光转向木屋町街两旁的店铺。

○

在一众酒吧和秦楼楚馆的簇拥之中，我看到了一栋不起眼的昏暗民宅。

民宅的屋檐下有张铺着白布的木桌，后面坐着一位算命的老太太。桌边耷拉下来的和纸上写满了意义难明的汉字，旁边一盏看起来很像灯笼的小灯散发着橙色的光芒，映照着老太太的脸。她的表情带着难以形容的威严，使她看起来仿佛一只对行人的灵魂垂涎欲滴的妖怪。我不禁幻想，自己一旦求她算命，便会被这个老太太缠上身，从此厄运连连——等不到人、寻不回失物、错失十拿九稳的学分、即将完成的毕业论文自燃、落入琵琶湖水渠、在四条街被人坑蒙拐骗……在我的注视下，老太太很快察觉到了我的存在。夜色中，她观察我的双目闪闪发光。我被她周身散发出的妖气深深吸引，那股来路不明的妖气相当具有说服力，于是我做出了一番逻辑推理：可以肆无忌惮地释放此等妖气的神人算命怎么可能不准？

出生至今，我已度过了将近四分之一个世纪，虚心接受他人意见的次数却屈指可数，很可能因此选择了一条本不必踏足的荆棘之路。如果能早一点认清自己判断力不足的事实，想必我会过上与现在截然不同的大学生活——既不会加入电影社团"禊"那种古怪的组织，也不会认识性格扭曲得像迷宫一般的小津，更不会被刻下"棒打鸳鸯者"的烙印。在益友和学长的帮助下，我将尽情发挥满腹才能，文武双全，顺理成章地与美丽的黑发少女做伴，拥有金光璀璨的未来，甚至能得到传说中的至宝——有意义的玫瑰色校园生活。对我这样的人才而言，获得这样的结果可谓当之无愧。

没错，现在还来得及尽快听取客观意见，把握住不一样的人生可能性。

仿佛被老太太的妖气吸引了一般，我踏出了脚步。

"学生哥，你想咨询什么？"

老太太口齿不清，嘴里像含着棉花似的，这腔调让我更加庆幸自己的决定。

"嗯，我该怎么说呢……"

见我一时语塞，老太太微笑着说道：

"我从你的表情上看得出你很纠结，不满于现状。我想是因为你没能发挥自己的天赋，如今的环境也不适合你。"

"是啊，您说得对。"

"让我替你瞧上一瞧。"

老太太拉过我的双手注视着，心领神会地点着头。

"嗯，你是一个很认真的人，也很有天赋。"

老人家的慧眼立刻令我为之钦佩。为了贯彻"深藏不露"这四个字，我始终不轻易向他人展示自己的聪慧与天赋，甚至这几年来，连我自己都快忘记它们去哪儿了。没想到见面不到五分钟，老太太就看破了这一切，果然不是泛泛之辈。

"总之，最重要的是别错过良机。所谓良机，就是好机会的意思，懂了吗？只不过，良机这种东西是很难逮住的，有些看似不那么好的机会实则是良机，有些自以为不错的机会到头来会让你空欢喜一场。不过，你一定要抓住良机并拿出行动来。你的寿命很长，准能办到的。"

她说的话饱含深刻的道理，与那股妖气相得益彰。

"我不想一直等下去，希望现在就能抓住良机，可以请您再说得具体一点吗？"

在我的逼问下，老太太皱了皱眉，一开始我还以为她只是右脸发痒，怎料对方原来是在微笑。

"详细情况不便透露，就算我都说出来，良机也有可能在命运的变化中失去光芒，那样反倒对不住你了。毕竟命运无常啊。"

"可是，这样下去我一点头绪都没有。"

见到我疑惑的模样，老人家坏笑了一声。

"好吧，虽然不能说得太远，但我还是可以告诉你一些短期内的事。"

我把耳朵拉得像小飞象一样大。

"斗兽场。"老太太突然压低了声音。

"斗兽场？什么意思？"

"斗兽场就是良机的记号，等你遇见良机时，就会出现斗兽场。"

"您是让我去罗马吗？"

然而，老太太只是一个劲儿地冲我笑。

"你可别错失良机哦，学生哥。当机会来临时，不要漫不经心，犯同样的错。试试看，豁出去，用前所未有的方式逮住它。到时候不满的情绪便会消散，你也可以走上不同的道路。不过，不用我说你也知道，到时候又会有新的不满。"

虽然我听得一头雾水，但还是点了点头。

"即使错失良机，你也没必要担心。我心里有数，你是一个了不起的人，总能把握住机会的。切记不要冲动。"

说完，老太太结束了算命。

"非常感谢。"

我恭恭敬敬地支付了酬劳，起身回头，发现小津正站在我身后。

"你以为自己是迷途羔羊啊？"

他说道。

○

那天，是小津提议上街走走的。

我不喜欢城市夜生活的喧闹，所以很少选择在这种时候外出。但小津不一样，像他那种心怀鬼胎的人，多半每晚都会徘徊街头，虚度光阴，期待来一场难登大雅之堂的艳遇。

小津吵着要吃香葱盐烤牛舌，于是我们就去了木屋町街的烤肉店二楼补充日常缺失的营养。我在烤肉的间隙也点了蔬菜，大口大口地吃着蘑菇，然而小津看我的眼神就像目睹人吃马粪的猎奇现场。

"这么恶心的东西，你居然吃得下去！那可是菌类啊，褐色的菌块！真叫人难以置信。菌盖下面的白色褶皱是什么玩意儿啊？怎么会有这种东西啊！"

记得有一次我对不吃蔬菜、专挑牛舌的小津心中来气，便不顾他的抵抗，强行掰开他的嘴，塞进一块烤得半熟的辣洋葱。他是一个彻头彻尾的挑食鬼，我从没见他吃过一顿正常的饭。

"刚才的女人是谁？"

听我这么一问，小津愣了一下。

"我刚才不是在算命师那里说过了吗？她是羽贯小姐。"他说着，又吃了一口牛舌，"羽贯小姐是樋口师父的朋友，和我也很熟。她好像刚从英语会话班回来，要拉我去喝酒呢。"

"不害臊的家伙，你怎么可以这么讨女人喜欢？"

"我向来都是这么讨人喜欢的啊，不过我推辞了。"

"为什么呀？"

"因为她一喝醉就会舔别人的脸。"

"舔你那张脏兮兮的脸？"

"是舔我这张可爱的脸，大概是一种疼爱的表现吧。"

"谁要是舔了你的脸，准会得不治之症，她真是不要命了。"

我俩一边说着蠢话，一边把肉烤得吱吱冒油。

"刚才那个算命师跟你说什么了？"

小津嬉皮笑脸地重提旧事。

我告诉他，自己咨询的是如何选择今后人生道路的重大问题，没想到狗嘴里吐不出象牙的小津居然一口咬定我占卜的是恋爱运，是在浪费时间。不仅如此，他还像一只坏掉的闹钟一样一个劲地骂我色狼，干扰我严肃的沉思。怒发冲冠的我把烤得半熟的蘑菇塞进他嘴里，这才让他安静了下来。

那位老太太和我提到了"斗兽场"这个词，然而，我与罗马八竿子都打不着，更别提斗兽场了。我仔细回忆着自己生活的点滴，却还是想不到一丁点相关的线索。这么看来，那或许与我未来的人生有关，可那究竟是什么呢？要是不趁现在想出周到的对策，我肯定会再次错失良机，这让我深感不安。

烤肉店里热闹非凡，还能看见一些刚刚高中毕业的稚嫩面庞，大概是因为到处都在举办新生欢迎会吧。虽然不愿想起，但我也曾是一个新生，心中充满着对未来既欢喜又羞涩的期盼，尽管只维持了很短的一段时间。

"你在想，自己应该过上更像样的校园生活吧？"

小津突然一针见血地问道，我只是哼了一声，没有回答。

"没戏的。"

他边吃牛舌边说道。

"什么意思？"

"反正你不管选哪条路，都会落得今天的下场。"

"怎么可能？我就不这么认为。"

"没戏的，你的脸说明了一切。"

"我的脸怎么了？"

"看起来就像命中注定只能过上无意义的校园生活。"

"你的脸看上去不也一样像个滑瓢怪吗？"

小津发出一声奸笑，看上去更像妖怪了。

"我已经积极地接受了自己过不上有意义的校园生活的命运，并全力以赴地过着无意义的校园生活，轮不到你说三道四。"

我叹了一口气。

"就因为你有这样的生活态度，我才会变成这副模样。"

"虽然没意义，但你每天不都过得很开心吗？有什么不满足的？"

"就没有一处令我满意的地方。我之所以会深陷如此不痛快的境地，这都要怪你。"

"竟然大言不惭地说出这种话，真是丢人丢到家了。"

"要是没有认识你，我的生活肯定会更有意义。努力学习、和黑发少女交往、享受没有一丝阴霾的校园生活，一定是这样的。"

"你吃的蘑菇有致幻毒素吗？"

"我今天才意识到，自己究竟是如何虚度校园生活的。"

"我也不是要安慰你，只是直觉告诉我，无论你选择哪条路都会碰上我。无论如何，我都会尽全力把你变成废物，你就别向命运做无谓的挣扎了。"小津竖起了小指，"咱俩是被命运的黑线联系在一起的。"

我想象着两个男人如同无骨火腿一般被漆黑的丝线缠得密不透风、沉入幽暗水底的恐怖画面，不禁打了个寒战。小津看着我，心情愉悦地专挑牛舌吃，真是个无药可救的废柴妖怪。

○

鸭川三角洲的战略性撤退、算命师的神秘预言、坐在眼前的小津……各种思绪交织在一起，加快了我喝干杯中酒的速度。

"明石同学还在社团里啊。"

我嘀咕道，小津摇了摇头。

"不，听说她上周就退出了，城崎学长还挽留了她。"

"那不是和我们隔了没多久？"

"她今晚应该是以社团前成员的身份过来的吧，真是个礼数周到的人啊。"

"话说回来，你竟然连这个都知道。"

"前阵子我还和她一块喝过酒呢，毕竟都是工学院的。"

"胆敢把我晾在一边？"

我回想起明石同学与河堤旁的那群人拉开距离，在松树下潇洒饮酒的样子。

"你觉得明石同学怎么样？"

小津问道。

"什么怎么样？"

"还用说吗？到目前为止，只有我这个不幸的人才能理解你这种史无前例、丑陋无比的蠢货。"

"闭嘴。"

"明石同学也能理解你。要是你错过了这么好的机会，恐怕就无药可救了。"

小津笑眯眯地看着我，我摆了摆手，示意他别再说下去了。

"你不懂，我不喜欢能理解我的女人。我想要的是那种不食人间烟火、心思细腻、如梦似幻、心里只装着美好事物的黑发少女。"

"又在说这种莫名其妙的任性话了。"

"少啰唆，要你管？"

"你该不会还对大一那会儿被小日向甩了的事情耿耿于怀吧？"

"不许提那个名字。"

"果然如此，你可真记仇啊。"

"再说一个字，我就用铁板烤了你。"我接着说道，"我没兴趣和你聊恋爱话题。"

小津将身体完全靠在椅背上，不屑地笑道：

"那这个机会就让给我吧，我会代替你幸福的。"

"你心肠太坏，没戏的。明石同学看人的眼光又不差。再说了，你其实有女朋友吧？背着我和人家亲亲热热。"

"嘿嘿。"

"笑什么笑？"

"不——告——诉——你。"

〇

在令人烦躁的对话中，我忽然想起在"猫咪拉面"与贺茂建角身神如梦似幻的邂逅。那次见面不仅神神秘秘，还充满了可疑的气息，那个胆敢自称神明的男人还隐约透露要比较我和小津。

没错，由于过于可疑，我差点把这茬儿给忘了。

试着用喝得醉醺醺的脑袋冷静想想，此刻的状况不是和那个神秘男人预料的一模一样吗？不，这世上怎么可能会有这种事呢？像我这样高尚的人，可绝不能因为寂寞而沦落成妄想的奴隶，盼着自己能和明石同学那样的黑发少女卿卿我我。不过说来也奇怪，那个神明不仅复述了我的人生经历，揭露了我难以启齿的不堪过去，甚至准确地说出了我如今的状况。这一切都叫人难以解释。他真的是神明吗？每年秋天真的会坐电车去出云，替别人的良缘牵线搭桥吗？

胡思乱想了一阵，眼前的景象渐渐模糊起来，这让我意识到自己醉得不轻。这时，我发现小津没了踪影，刚才他说去上厕所，然后就再也没有回来。

一开始我还不以为意地在幻想之中进进出出，可十五分钟过去了依然不见他的人影。一想到他可能趁我喝醉的时候溜之大吉了，我就忍不住怒发冲冠。像这样在聚会中途宛如春风般稍纵即逝，正是他为了逃避埋单而上演的拿手好戏。

"可恶，又上他的当了。"

我懊恼地嘀咕了一声，这时小津回来了。

"什么嘛……"

我松了一口气后朝对面看去，却发现自己认错了人。

"学长，使劲吃吧，要是还没饱就抓紧吃。"

明石同学一边若无其事地说着，一边将盘子里剩下的肉放到了烤架上。

〇

明石同学比我低一届，就读于工学院。她说话向来直来直去，同年级的同学都对她敬而远之。在关键时刻，明石同学甚至不惜顶撞城崎学长，这令我对她心生好感。她那副伶牙俐齿毫不逊色于城崎学长。因为害怕自己的个人魅力受损，即便欣赏她那冷峻的理智表情和傲人的双峰，城崎学长也不敢轻易与她交谈。

记得在她大一那年的夏天，我们一起前往吉田山，一如既往地按照城崎学长莫名其妙的灵感拍电影。休息用餐的时间，新生们都在东拉西扯地闲聊着，一个和明石同学同年级的学生随口问道："明石同学，你周末有空都在干什么？"明石同学看都不看对方一眼，回答道："我凭什么要告诉你？"从此以后，便再也没有人询问明石同学周末的安排了。

这件事是小津后来告诉我的。我在心中替明石同学加油，希望她贯彻自己的信念。

也不明白像她这样理智的人为什么会加入"楔"这种古怪的社团。话说回来，明石同学做事计划周到、天衣无缝，对器材的使用一点就通，虽然被孤立，但也收获了同学们的尊敬。相比之下，我和小津既被孤立又被轻蔑，自是无法与之相提并论。

然而，即使是如中世纪欧洲城堡一般坚不可摧的明石同学，也有着弱点。

去年初秋，因为人手不足，我被迫参加了拍摄，在老地方——吉田山消极怠工。

为了在树上装录音设备，明石同学带着战时军官那样的冷峻神情一路向上爬去。突然间，她像漫画人物一样发出一声惨叫，一头栽落下来，幸好我眼疾手快，稳稳地将她接住了——其实是因为来不及逃跑被砸中罢了。头发乱蓬蓬的明石同学将我一把抱住，疯疯癫癫地挥舞着右手。

原来她爬树时以为自己的右手抓住的是一块树皮，却感到了一阵蠕动，一看才发现抓到的是一只硕大的飞蛾。

明石同学平生最害怕的就是飞蛾。

"它在蠕动，它在蠕动！"

她仿佛见了鬼一般面无血色，浑身发抖，嘴里一直重复着那句话。一个常常将自己包裹得严严实实的人突然暴露出脆弱的一面，那样的魅力着实难以用言语形容，就连身为"棒打鸳鸯者"的我也差点坠入爱河。在我大一那年夏天之后本应被消磨殆尽的情窦似乎有死灰复燃的征兆，让我不得不勉力克制。面对如梦呓般重复着"蠕动"二字的明石同学，我只能像个绅士一样让她尽快平静下来。

我不觉得明石同学对我和小津徒劳无功的斗争有所共鸣。至少对于社团中的男欢女爱，她始终保持着冷眼旁观的姿态，不发表任何意见。

关于我和小津一起拍摄的影片，她给出的观后感是"又拍这种傻乎乎的电影"。这样的话她总共说了三次——不，算上最后那部的话应该是四次。

只不过，今年春天我们最后拍的那部电影不合她的胃口，因为她还加上了一句"品位有问题"。

○

"明石同学，你怎么来了？你刚才不是还在鸭川三角洲吗？是受到肉欲的驱使才过来的吗？"

我醉醺醺地问道，只见她皱着眉，在嘴边竖起食指。

"学长真是不开窍啊，忘了这是我们社团常来的地方吗？"

"怎么会忘了？我也来过好几次呢。"

"也不知怎么的，三角洲的聚会一结束，城崎学长就吵着要吃肉，然后就兴师动众地带着新生换了地方，现在正坐在那边呢。"

她指了指店门口，我从椅子上起身，想要看看屏风后面的情况，却被她阻止了。

"你会被发现的。"

"聚会结束了还想吃肉？真是食肉动物啊，还有一点农耕民族的尊严吗？"

明石同学丝毫没在意我的牢骚，继续说道：

"要是被逮住就糟糕了。"

"想打架的话我奉陪，只是我没信心打得过罢了。"

"打架还好，就怕他们会使出浑身解数来羞辱你，还是在那群无比单纯的新生面前。好了，快解决剩下的肉吧。"

说着，她把烤肉塞给我，自己也大快朵颐起来。面对我哭笑不得的眼神，明石同学稍显腼腆地说道："不好意思啊，我好久没吃肉了。"说是这么说，她手上却没闲着。

我已经吃饱了，只是意思了几口便说道："行了，你自己吃吧，我先走了。你看见小津了吗？"

"小津学长已经从后门跑了，怪不得别人叫他'逃命小津'。"

其疾如风，简直和甲斐[1]武田军[2]有一拼。

"饭钱我付过了，从前门走会被城崎学长他们看见的，所以请走后门吧。我跟店里的人打过招呼了，他们会放你从后门走的，毕竟都是熟人。"

如此缜密的计划让我震惊不已，我只好对她言听计从，将这顿烤肉钱交到她手中。

"欠你的人情我以后会还的。"

"不用了，请遵守上次的诺言。"明石同学皱起眉头，瞪着我说道。

"什么诺言来着？"

见我不明所以的样子，她挥了挥手。

"算了，请快点走吧，我也该回到他们那边了。"

我灌了几口乌龙茶后，朝她点了点头，然后小心地迈着醉得不稳的脚步，在屏风的掩护下起身钻进昏暗的走廊。

写着"工作人员专用"字样的门边站着一位身穿白色烹饪服的阿姨，见我走近，她替我开了门。我礼貌地向她道谢，只听对方用同情的口吻说道："年轻人也不容易啊。"这让我花了点时间猜想明石同学是怎么向阿姨解释的。

店门外是阴暗狭窄的小巷，就这样，我逃进了木屋町的夜色中。我尝试寻找小津，却一无所获。

〇

来讲讲我最后那部电影吧。

又迎来一个春天，我不满的情绪越发高涨，城崎学长牢牢占据一把手的交椅，丝毫没有退位让贤之意。他就像叼着奶嘴的婴儿那样死抓着小小社团的权力，把一门心思全放在新生年轻的双峰之上。低年

1　注：日本旧国名之一，位于今山梨县。

2　注：指日本战国时代武将武田信玄率领的军队，其军旗上写有"其疾如风，其徐如林，侵略如火，不动如山"的字样。

级的学生被他那点仅有的魅力迷得团团转，白白荒废了本应充实的校园生活。他们需要有人出来泼冷水，于是，我自告奋勇地扮演起了这个吃力不讨好的角色。

四五月间，我们会举办吸引新生的放映会，为此我准备了两部电影。其中一部的内容是小津独自坐在四叠半房间里诵读《平家物语》[1]中有关那须与一[2]的情节。以城崎为首的学长们集体反对播出这样的电影，这完全在我的意料之中。

"你们可以拍自己想拍的题材。"黑暗中的城崎学长不客气地说道，"但别干扰我们招揽新人。"

然而，我凭借堪比丘吉尔[3]的三寸不烂之舌说服了他们，获得了上映的资格。他们之所以退让，或许也是因为我拼命声称这将是我最后的作品。

实不相瞒，我背地里还准备了另一部影片。

那是一部木偶剧，故事情节则以《桃太郎》为蓝本。片中的爷爷奶奶不知为何给桃太郎取名为"正树"，从此开启了他令人唾弃的一生。正树创建了电影社团"鬼岛"，通过在吉备团子[4]里下毒的方式来欺哄学弟学妹，掌握了微不足道的权力，还愚不可及地就人生与爱情高谈阔论，更对心腹帮手狗、猴、山鸡领来的少女们的双峰垂涎欲滴。正树在人前装出一副标签化的男子气概，背地里却有着骇人听闻的变态嗜好。在酒池肉林的荒淫无度中，他建立起"正树帝国"并号令天下。不过，不久之后便有两位正义之士将他全身染成粉红色，用席子把他卷起来扔进了鸭川里，为世界带来了和平。

从表面上看，这是一部很普通的黑色幽默版《桃太郎》，我只是在费尽心思地为观众服务。然而，城崎学长的名字就叫正树，其余的角色也都被冠以本人的真实姓名。《桃太郎》不过是个幌子，我的作品

1　注：日本镰仓前期的战争小说。
2　注：日本平安时代时源氏的武将。
3　注：英国政治家、历史学家、画家、演说家、作家、记者。
4　注：一种糯米点心。

其实是一部用来揭露城崎学长行径的纪录片。

关于城崎学长不为人知的另一面，全部来自小津提供的情报。小津对城崎学长的了解深入骨髓，有些内容就连我也碍于人类的尊严难以揭露。他只说这是从情报组织那里获得的情报，神秘兮兮的。我再次认识到小津那邪恶的心灵，暗自决定尽早与他分道扬镳。

放映会当天，我偷梁换柱，将对原定播出的小津诵读《平家物语》的影片换成了"城崎学长版《桃太郎》"。

随后，我在黑暗中悄悄撤离了现场。

〇

逃出了木屋町烤肉店之后，我在夜色中沿着川端街骑自行车一路向北。

水位增高的鸭川对岸闪烁着城市的灯火，看起来如梦似幻。三条大桥和御池桥之间的男男女女按照"鸭川等距离法则"[1]分散其间。然而，这些丝毫没能勾起我的兴趣。我没必要留意，更没有闲工夫留意这些。不一会儿，都市霓虹和"鸭川等距离法则"都被我远远抛在了身后。

都这么晚了，鸭川三角洲依旧人来人往，诱惑着那些居心叵测的轻浮大学生。再往北去就能看见葵公园郁郁葱葱的森林了。我从三角洲转向下鸭神社，感受着扑面而来的凉爽晚风。

下鸭神社的神道伸手不见五指，我把自行车停在入口，独自走进了黑黝黝的森林。没走多远，我就发现前方架着一座小桥，回想起自己曾经靠在栏杆上喝波子汽水的情景。

那是一年前的夏天，下鸭神社正在举办旧书市。

神道旁有一处南北向的狭长马场，其中兜售旧书的帐篷鳞次栉比，

---

1 注：指在鸭川边约会的情侣们在没有任何标识的情况下，自然地保持着同等距离的现象。

迎接着络绎不绝的读者。这里距离下鸭幽水庄也不远，当时的我每天都会来逛一逛。当时热闹景象早已化为旧梦，夜间昏暗的马场空空荡荡，显得格外阴森可怖。

我就是在旧书市上遇见明石同学的。

沐浴着透过树梢的阳光，我喝着波子汽水，边走边浏览着道路两旁的旧书摊，尽情感受着夏日风情。地上四处堆放着装满旧书的木箱，多少令人眼花缭乱。周围还放着一排排铺着毡子的马扎，坐在上面的人和我一样都在旧书市里晕头转向，不得不稍事休息。我也有样学样，坐在马扎上发着呆。八月闷热的暑气中，我掏出手帕擦拭着额头的汗珠。

我眼前是一家名叫"峨眉书房"的旧书摊，明石同学就坐在门口的折叠椅上。我认出她是社团的学妹，看得出她正在当店员。当时明石同学才刚加入"褉"，却全然没有收敛锋芒的打算，将自己的才华和孤傲展露无遗。

我起身去浏览峨眉书房的商品，目光和明石同学相遇，她朝我点了点头。我买了一本儒勒·凡尔纳的《海底两万里》，刚要离开时，她却起身追过来说道：

"请拿去用吧。"

说着，她递给我一把印着"纳凉旧书市"字样的团扇。

我还记得，那时我朝汗津津的脸上扇着风，带着《海底两万里》走出了纠之森。

○

第二天傍晚，我醒来后便去出町旁边的咖啡厅吃晚餐。

经过鸭川三角洲的时候，夕阳下的大文字山清晰可见。我想，在这里看五山送火会[1]视野一定不错。要是与明石同学一同观赏大文字会

1　注：每年 8 月 16 日晚上 8 点在日本京都左京区的大文字山等山上举行的篝火仪式。

是怎么样的感觉呢？然而，在晚风中胡思乱想只会让我越来越饿。于是，我草草结束了这不切实际的幻想。

及时止损的我回到了四叠半房间，开始阅读《海底两万里》。可惜，即使我很愿意让自己沉浸在经典冒险世界的幻想之中，换来的也只有胡思乱想。我大胆猜测，算命师的预言和贺茂建角身神的出现之间或许存在着某种联系，又嘀咕了一句算命师提到的"斗兽场"。她让我不要错失良机，可我并不知道良机何在。

太阳下山后，小津来看我。

"昨晚多谢你请客了。"

"你还是和从前一样，溜得那么快。"

"你也和从前一样，一脸闷骚。"小津回应道，"你既没有女朋友，又自行退出了社团，还不认真学习，你究竟想干什么？"

"说话注意点，信不信我打死你？"

"打我就算了，你还想让我死？真没良心。"小津嬉皮笑脸地说道，"这个送给你，别闹脾气了。"

"这是什么？"

"蜂蜜蛋糕。樋口师父送了我很多，分给你一个吧。"

"你还会送东西给我？真稀奇。"

"形单影只地品尝一大个蜂蜜蛋糕，那滋味简直寂寞到家了，我就是想让你明白你有多寂寞。"

"原来如此，那我就吃给你看，吃到吐为止。"

接着，小津难得地提起了关于他师父的事情。

"对了，上次师父想要海马，我就从垃圾场搬去了一只大号水缸。我们试着装水进去，没想到装着装着就漏得一塌糊涂，把师父的整个房间搞成水漫金山。"

"等等，你师父的门牌号多少？"

"他就住在你头顶。"

我突然气不打一处来。

有一回我不在家，二楼往下漏水。我一回来就发现自己的宝贵书籍（不管是否猥琐）都被水浸得皱巴巴的，泡了水的电脑里那些宝贵的资料（不管是否猥琐）也都化为了电子垃圾。无须赘述，那场灾祸对我荒废的学业来说可谓雪上加霜。我差点就想冲上去找邻居理论，又怕和来路不明的二楼租户纠缠不清，最终只能忍气吞声。

"原来是你捣的鬼?!"

"不就是个猥琐图书馆被水泡了嘛，多大点事儿啊。"小津满不在乎地说道。

"快给我滚，我还忙着呢。"

"走就走，我今晚在师父那里吃'摸黑火锅'。"

我一脚把嬉皮笑脸的小津踹出门，内心终于重归平静。

○

夜深了。

我听着煮咖啡的咕嘟声，目光落在小津送来的蜂蜜蛋糕上。他让我品尝寂寞至极的滋味，我可不打算认输。咖啡煮好后，我让自己慢慢进入心无旁骛的状态，优哉游哉地吃起蛋糕来。

这甜美又令人怀念的味道将我带回了童年。

我边吃边想，一个人吃这么大的蛋糕未免太无趣了，这不是人干的事，要是可以和某位赏心悦目的人儿一起，一边优雅地品着红茶一边享用就好了，比如和明石同学一起……绝对不要小津，要明石同学。想到这里，连我自己都被吓了一跳。鸭川三角洲的战略性撤退、多管闲事的神明、算命师让人捉摸不透的话、在烤肉店的遭遇，种种突发事件让我心力交瘁，使我的理性宛如方糖一般瓦解了。

尚未坠入爱河的我居然因为短暂的寂寥而眷恋交往未深的女性，这有违我的信仰。正是因为鄙夷那些寂寞难耐、恬不知耻地追求异性的学生，我才甘心背负"棒打鸳鸯者"这一几近骂名的殊荣。我也在徒劳无功的艰苦斗争中日渐憔悴，最终赢得了几近败北的胜利。

"那这个机会就让给我吧，我会代替你幸福的。"

小津在烤肉店里如是说。

我既没有相信那个可疑神明的话，也不认为目光犀利的明石同学会被小津那种变态挑食妖怪骗去芳心。可我转念一想，只要有点缘分，明石同学的宽广胸怀就足以萌生出对妖怪的好奇心。再说，小津也是工学院的学生，两人曾经参加过同一个社团。万一在我踌躇不前的时候，小津和明石同学如天方夜谭一般进入一段亲密关系，那事情可就难以收拾了。这不只是我个人的恋爱问题，也与明石同学的未来息息相关。

不知何时，一只硕大的飞蛾飞了进来，在我头顶新买的荧光灯周围用力扑腾着翅膀，真是烦死人了。

与此同时，我的耳边传来了男女交谈的声音。

我认真听了一番，发现声音似乎来自隔壁房间，听起来有点像亲密的耳语，其中还夹杂着轻声的欢笑。我出门来到过道，试着查看隔壁的状况，却看见门上的小窗户里漆黑一片。然而，只要把耳朵贴到墙上，就能听见那种耳鬓厮磨的声音。

我的隔壁邻居是来自中国的留学生。两个从大陆漂洋过海而来的人，彼此肯定都饱尝了在异国他乡不适应的艰辛，在异国相遇时自然会产生对彼此的依赖之情，轮不到我说三道四。这道理我懂，可我就是忍不住想管管。从关掉灯的隔壁房间传来的是中文版的甜言蜜语，我听得一头雾水，很难通过偷听来疏解心中的郁结。我打心底后悔自己没选择中文作为第二外语。无从排遣之下，我只好郁郁寡欢地将蜂蜜蛋糕大口咽下。

我才不会认输，不会向寂寞屈服！

为了排解独居四叠半房间的孤独感，我对着空气展示自己独自吃下一整个蛋糕的豪迈，如野兽一般将棱角分明的蛋糕啃食了一圈。吃着吃着，我终于回过神来。我强忍住因为无尽的空虚而险些从泪腺中滴落的液体，轻轻放下了吃到一半的蛋糕。我仔细端详了一番被咬得七零八落的蜂蜜蛋糕，它看起来早已面目全非，简直就像古罗马建筑中的……

"斗兽场。"

我轻声说道。

可恶的算命师，居然说了这么拐弯抹角的预言。

○

我想起自己离开社团前与明石同学的那次见面。

春季的招新放映会是在教室里举行的。《桃太郎》刚一播放，我就在昏暗光线的掩护下逃出教室，前往位于学校角落的社团活动室。无论城崎学长如何迟钝，不消数分钟也能看懂那部影片的意图。到时候他一定会率领手下的人对我进行打击报复，所以我要抓紧时间逃回活动室处理个人物品。

在金色斜阳的笼罩下，校园内的新绿闪闪发光，树叶亮得就像炫目的糖果，令我不禁啧啧称奇。两年来，连我都想不通自己为何还要一直待在这个社团里，可真到了离开这里的时候，心中不免泛起一阵感伤。

小津先我一步来到活动室，正蹲下身将自己的东西塞进背包，活像一只翻弄骨骸的妖怪。我不得不佩服这个逃跑速度惊人、令人毛骨悚然的男人。

"你跑得好快啊。"我低声说道。

"我担心后患无穷，还是消失得干脆点，不过已经耽搁很长时间了。"

"你说得对。"

我将个人物品装进提前准备好的包里，看了一圈摆在旁边的漫画和小说，决定都不带走，就当是留下一些馈赠吧。

"你没必要陪我一起走。"我说道。

"你让我做了那种事，还好意思说这种话？要是我一个人留下，岂不是愚蠢到家了？"小津气呼呼地说道，"再说了，我跟你不一样，我的大学生活丰富多彩，到处都有我待的地方。"

"我一直都想问，你还有什么别的活动？"

"我是某个秘密组织的成员，又有个不叫人省心的师父，还加入了宗教社团……该玩就玩，该谈恋爱就谈恋爱，忙得不亦乐乎。"

"等等，我记得你没有女朋友。"

"嘿嘿。"

"你干吗笑得这么猥琐？"

"不——告——诉——你。"

我们收拾了一会儿，小津提醒说有人来了。我还没来得及喊住他，他就背起包飞奔了出去，溜得非常快。我抓起包刚想追上去，就看见明石同学走了进来。

"啊，是明石同学啊。"

我停下脚步，只见她猛喝了几口塑料瓶里的可乐，眉头紧锁，瞪着我说道："又拍这种傻乎乎的电影，我看了一半。"

"没人打断播放吗？"

"观众都挺喜欢的，想停也停不下来。不过相岛学长正带着人找你呢，应该很快就会追过来了。不想粉身碎骨的话，就请赶紧逃跑吧。"

"哦，只要观众开心就好。"

明石同学摇了摇头。

"我更喜欢以前的作品，这次的品位有问题。"

"没关系，反正我们也要跑了。"

她看着我手上提的包，问道：

"学长，你打算退出社团吗？"

"那当然。"

"既然学长拍了那种作品，大概也只能这么做了，毕竟你把自己仅存的那点名誉都挥霍掉了。"

我居然发出一声空虚的笑声。

"正合我意。"

"学长真够傻的。"

"你说得没错。"

"本来要放映的是小津学长的《平家物语》吧？我更想看那个。"

"你想看的话，我下次带给你。"

"真的吗？一言为定。"

"嗯，有机会我一定带给你，不过就连我自己都觉得那部片子不怎么样。"

"学长要遵守诺言哦。"明石同学对我不依不饶。

"漫画我就留下了，你拿去看看吧。"

我离开了浪费了两年时光挑起苦战和自我磨炼的战场，只盼着自己最后的作品可以给城崎学长的个人魅力浇上一盆冷水。不过其实我也知道，这么做很可能徒劳无功。

我从门口回头望去，只见明石同学坐了下来，准备翻看我的漫画。

"明石同学，后会有期，千万别被城崎学长的花言巧语骗了。"

听我这么一说，明石同学抬头瞪了我一眼。

"我看起来有那么蠢吗？"

与此同时，相岛学长带着几个还算强壮的男子朝活动室方向跑来。我还没来得及回应她，便逃之夭夭了。

○

寂寞和理性在我心中纠缠不清，彻夜搏斗，也没分出个胜负，害得我第二天拖着睡眠不足的脑袋去了学校。那一整天我都烦恼不堪，几乎没记住什么事情。

我总是习惯先对事物进行深入骨髓的分析，再慢慢悠悠地想出万全之策。当然，过于强调万无一失，往往导致错失良机。我采用不同的方式分析了明石同学、小津以及自己的人生，对未来可能的走向进行比较和研究，然后绞尽脑汁地衡量各种结局。我也想过究竟谁更有资格获得幸福的问题，倒是不费吹灰之力地得出了答案。我还仔细研究了肆无忌惮地棒打鸳鸯、本该葬身马腿之下的我是否还有可能改变生活态度，却迟迟未能得出结论。

○

当傍晚深蓝色天空逐渐笼罩大地，我也从学校回到了公寓。在房间里休息了片刻后，我开始进行最后的思想斗争。

终于，我下定决心走出房门，去见神明。

尽管在下鸭幽水庄住了两年，但今天还是我第一次走上二楼。二楼过道上堆满了东西，比楼下还要脏。那幅混乱不堪的景象令我仿佛置身街头，越往前走光线越暗，就好像走在通向木屋町的小巷子中。我来到最里面的210号房，发现门口放着一把带脚垫的扶手椅、布满灰尘的水缸、褪色的青蛙吉祥物以及旧书市的旗子，几乎不给人留站的地方。神明住的地方也太不讲究排场了吧？那时候，我已经恨不得立刻撤离混沌不堪的二楼，回到平静的一楼，继续过着与世无争的生活。我对自己不切实际的期待感到厌恶，更何况房门上还没写租户的名字。

罢了，就算是在开玩笑也无所谓，大不了一笑了之。于是，我像个男人一样下定决心，敲响了房门。

伴随着一声无精打采的哈欠，神明探出头来。

"是阁下啊，决定好了吗？"

他问得轻描淡写，就好像和我商量周末去哪里玩。

"不要选小津，请让我和明石同学在一起吧。"

听了我的回答，神明微笑着说道：

"说得好，坐到那边的椅子上吧。"

说完，他回到房间，似乎在里面翻找什么东西。我没心思坐在到处是灰的椅子上，便独自在过道上站了一会儿。

不久，神明走出房间，说道："阁下，跟我走吧。"

○

他想带我去哪里呢？难道说还得到下鸭神社献祭不成？我跟在他

后面，心里七上八下。然而，他没有走向神社，而是走过傍晚点起灯的下鸭茶寮，一路向南。就在我一头雾水之际，我们已经来到出町柳站附近。接着，他沿河走到今出川街，停在贺茂大桥的东侧，看了一眼手表。

"接下来要做什么？"

他没有回答我的问题，只是将食指抵在嘴唇上。

四周已经埋没在深蓝色的暮色之中。鸭川三角洲今晚依旧被大学生占据着，热闹非凡。因为前段时间总是下雨，鸭川水位高涨，浪声滔滔，在星星点点的路灯映照下，摇曳的河面宛如一层锡箔。落日后的今出川街上人来人往，汽车的头灯和尾灯布满整座贺茂大桥。零星路灯装点着桥上粗壮的栏杆，在黄昏中闪烁着神秘的橙色光线。今晚的贺茂大桥显得格外雄伟。

我正发着呆，神明拍了拍我的后背。

"好了，现在过桥去吧。"

"为什么？"

"阁下听着，明石同学会从对面走过来，你可以上前打个招呼，约她去喝咖啡什么的。不然，我为什么要特意选在如此浪漫的地方？"

"恕难从命，我做不到。"

"不许耍性子，往前走，快点！"

"不对啊，你说到了秋天要去出云替人结缘，现在事情都还没办呢，做这些不是白费工夫吗？"

"你这人真是死脑筋，结缘也得有基础啊，快往前走！"

在神明的催促下，我由东向西开始过桥。简直岂有此理，捉弄别人也该有个度啊。神明却在我身后说："喂，有个奇怪的家伙会走在明石同学前面，你无视就好。"

与数名行人擦肩而过之后，在桥栏路灯的映照下，我看见了一张熟悉而不祥的面孔，那正是我想忘都忘不掉的滑瓢怪。这家伙怎么会在这里？我对小津怒目而视，小津却报以微笑。紧接着，他以一种不可思议的架势轻轻一跃，往我肚子上揍了一拳。我闷哼了一声，眼睁睁地看着他往东走去。

我捂着肚子，刚好站在桥中央，脚下是湍急的鸭川。向南望去，在暗淡无关的河流尽头，远处的四条夜景宛如宝石般熠熠生辉。

明石同学向我走来，我本想自然地上前跟他们打招呼，却突然变得不知所措了。

我是她敬重的学长，平日里的交流也很顺畅。可是，一旦我舍弃了"棒打鸳鸯者"的恶名，痛下决心与人喜结良缘，身体就仿佛灌了铅一般僵硬难移，口舌也干燥得堪比火星表面。我的瞳孔难以聚焦，视线越来越模糊，甚至上气不接下气，好像忘记了如何呼吸。我从未像现在这样神态可疑，要是能避开明石同学疑心重重的目光，我宁可跳入滔滔鸭川，从京都落荒而逃。

"晚上好。"明石同学一脸诧异地说道，"前天逃跑得还顺利吗？"

"嗯，多亏了你。"

"学长是出来散步的吗？"

"对对对。"

我波浪起伏的脑细胞随后停止了活动，正所谓"沉默是金"。

"回头见。"她说着，就要和我擦肩而过。

无奈，为了棒打鸳鸯而鞠躬尽瘁的我从未学过一星半点的恋爱技巧，更何况我乃傲岸不逊之人，怎可为了男女之情舍弃尊严？至少也该给自己留点时间悉心钻研。今日便到此为止吧，我已尽力了，已经做得很好了。

我和明石同学刚要擦肩而过，却在不经意间看见一只站在栏杆上的可怕怪物，双双吓得向后跳开。站在栏杆上的人是小津，虽然不知道他意欲何为，但在下方路灯的映照之下，他的脸让人看了觉得毛骨悚然。我们俩一起抬头看向小津。

"你在那里干什么呢？"

听我这么一问，小津对我露出一副要吃人的表情。

"你该不会是在惦记什么'今日便到此为止'吧？我对你太失望了，还不快遵照神明的旨意，在恋爱的道路上冲刺！"

我猛然间想起还有这么一茬，赶紧将目光转向贺茂大桥的东侧。那个贺茂建角身神双臂抱胸，正兴致盎然地观察着我们。

"这一切都是你的诡计吗，小津？"我总算弄明白了，"原来你在给我下套！"

"这是怎么回事？谁来解释一下？"明石同学小声问道。

"你不是和下鸭神社的神明说好了吗？"小津说，"机不可失啊，你没看见明石同学就站在这里吗？"

"要你多管闲事。"

"要是你不肯主动出击，我就从这里跳下去！"

说完这番莫名其妙的话，小津背过身去，张开双臂，似乎打算立刻纵身跳下。

"等等，我谈恋爱和你跳不跳有什么关系？"

"我也不太懂。"小津回答道。

"小津学长，现在水位这么高，跳下去会淹死的。"明石同学也规劝道。

我们的对话听起来着实让人摸不着头脑。就在这时，大桥北面的鸭川三角洲突然传来一阵惨叫，原本兴高采烈的大学生们立刻手忙脚乱地四下逃窜。

"那是什么情况？"

小津惊讶地弯下腰。我也下意识地扶着栏杆闻声望去，只见一大片黑雾状的东西从葵公园的森林向鸭川三角洲蔓延开来，即将淹没我们眼前的河堤。年轻人们在黑雾中东奔西跑，有人挥舞双臂，有人抓耳挠腮，看上去疯疯癫癫的。黑雾继续顺着河面前进，眼看就要到我们跟前了。

鸭川三角洲的喧哗声有增无减，松树林不断向外冒着黑色的雾气，事情似乎非同小可，不停蠕动的黑雾如地毯一般在我们眼前铺开，接着从河面上腾空而起，瞬间越过栏杆，以雪崩之势扑向我们所在的贺茂大桥。

"啊啊啊啊——"明石同学像漫画人物一样发出一声惨叫。

原来，那是一大群飞蛾。

○

虽然这件事上了次日的《京都新闻》，但飞蛾异常爆发的原因依旧未能查明。人们只能根据行进轨迹倒推，判断飞蛾的来源似乎位于纠之森，也就是下鸭神社。看起来是森林中的飞蛾因为某种缘故突然同时开始移动，但这种解释还不足以让人信服。与官方调查的结果不同，有传闻说飞蛾并非来自下鸭神社，而是来自附近的下鸭泉川町，但是这样一来，事情就显得更加匪夷所思了。正好当天晚上，我所租住的公寓一角突然出现了大量飞蛾，引起了一时的骚乱。

那天夜里回到公寓时，迎接我的是过道上随处可见的飞蛾尸体。因为忘了上锁，房门半开，我的房间里也大同小异。于是，我恭恭敬敬地让它们入土为安了。

○

我拨开不断撒到脸上的鳞粉，驱赶着差点钻进嘴里的大量飞蛾，同时来到明石同学身边，像个绅士一样保护她。曾经的我也是一个都市男孩，不愿与昆虫共居一室。可经历了两年学生公寓生活，我早已和五花八门的节肢动物一回生二回熟，对虫子见怪不怪了。

话虽如此，当时的飞蛾数量仍然远超常识可以解读的范畴。震耳欲聋的振翅声将我与外界完全阻隔，仿佛从桥上飞过的不是飞蛾，而是一大群长了翅膀的小妖精。我几乎看不见任何东西，微微睁开眼也只能勉强看见围绕着桥栏上的橙色路灯使劲扑腾翅膀的飞蛾，以及明石同学泛着光泽的黑发。

等了一会儿，飞蛾大部队终于过去了，只剩下一些掉队的散兵游勇还在到处乱窜。明石同学面无血色地站起身，发了疯似的拍打着全身，大声问道："我身上还有吗？还有吗?!"

为了躲开在地上挣扎的飞蛾，她一路向贺茂大桥的西侧狂奔而去，最后全身无力地停在夜色中的一家散发着柔和光晕的咖啡厅门口。

蛾群再次化身黑色地毯，离开鸭川，朝着四条的方向挺进。

不知不觉间，身穿浴衣的神明来到我身旁，扶着栏杆向下俯瞰。他那张茄子般的长脸皱成一团，也不知是在哭还是在笑。

"小津那家伙居然真的掉下去了。"

身穿浴衣的神明说道。

○

我和神明向西跑下贺茂大桥，来到河堤上，眼前的鸭川从左往右滔滔而去。因为水位上涨，原本的草丛也被淹没了，河面看起来比平常更宽阔了。

我们一路走到水里，渐渐靠近贺茂大桥桥底，发现桥墩的阴影处有一团东西正在蠕动。小津正像烂泥一般趴在那里，似乎动弹不得。尽管深度一般，水流却相当湍急，就连神明都脚底打滑，差点被水冲走。

我们费了九牛二虎之力，终于接近了貌似小津的物体。

"蠢货！"

浑身是水的我冲着小津怒吼道，只听小津带着哭腔笑着说道："我捡到这个了，哈哈。"说着，他得意扬扬地伸出手臂，手里攥着一只海绵做成的小熊布偶。

"它刚才就在这里漂着。不才小津，可不会白白掉下来。"小津一边说一边痛苦地呻吟着。

"别再说话了。"神明说道。

"是，师父。我的右脚好疼啊。"小津老实下来。

"你就是小津的师父？"我问道。

"正是。"神明微微一笑。

在神明，也就是小津师父的帮助下，我把他扛了起来。

"疼死了，你们轻一点啊！"

我们无视了小津过分的要求，先带他上了岸。明石同学晚了一步下来，虽然在飞蛾的冲击下她面色苍白，但她仍然周到地替我们叫了救护车。她打完急救电话后，坐在河边的长椅上，用双手覆盖住苍白的脸庞。我们像摆弄木桩一般给小津翻了个身，一边拧着衣服上的水，一边在寒风中瑟瑟发抖。

"疼疼疼，疼死人了，快想想办法啊！"小津还在呻吟。

"闭嘴，谁让你爬上栏杆的？"我说道，"救护车快到了，再忍一忍。"

"小津，阁下很有前途啊。"他的师父接着道。

"多谢师父夸奖。"

"虽说是为朋友两肋插刀，但你也不用真的玩命啊，真是蠢得离谱。"小津又哭哭啼啼起来。

大约过了五分钟，一辆救护车停在贺茂大桥下。

小津的师父奔上河堤，带着急救人员过来。真不愧是专业人士，急救人员手脚麻利地用毛毯裹住小津，将他抬上担架。要是把他扔进鸭川倒也让人省心了，可他们是一群对所有人一视同仁、救死扶伤的天使，即使面对无恶不作的小津，也只能将他小心翼翼地抬上救护车。

"我去陪他吧。"

师父说完就不紧不慢地上了车。

很快，救护车便开走了。

○

之后，这里只剩下长椅上捂着苍白脸庞的明石同学和浑身湿透的我。我手上拿着的，是刚刚卡在桥墩下的小津手中攥着的小熊布偶。我用力挤了一下，表情松垮的小熊身上流出一大摊水，还真是"娇艳欲滴"啊。

"你还好吧？"我问明石同学。

"我真的受不了飞蛾。"她坐在长椅上呻吟道。

"喝杯咖啡放松一下吧？"我接着问道。

我可不是在乘人之危，更没有非分之想，只是不忍心看她继续面无血色。

我在附近的自动售货机里买了热的罐装咖啡，和她一块喝着。明石同学渐渐平静了下来，捏着我递过去的小熊布偶，琢磨了一会儿，说道："这是饼熊啊。"

"饼熊？"

明石同学告诉我，她有五只同款的宝贝小熊，捏起来不是一般的软。所以，她给它们起名叫"饼熊"，五只小熊凑在一起就组成了"软软饼熊战队"。平时她总喜欢通过捏捏小熊的屁股来获得治愈。然而，挂在包上的那只饼熊却在去年下鸭神社的旧书市上不小心弄丢了。此后，可怜的小熊便不知去向了。

"是它吗？"

"真叫人难以置信，饼熊怎么会在这里？"

"是从上游漂下来的吧。"我猜测道，"反正是小津捡来的，你就带回去吧。"

明石同学先是吃了一惊，表情又转为欣喜，大约是在庆幸"软软饼熊战队"又能齐聚一堂了吧。她挺直了腰，似乎已经从飞蛾袭击的阴影中走出来了。

"今天小津学长约我去那边的咖啡厅，来了之后他就让我走过贺茂大桥……也不知是为了什么。"

"谁知道呢。"

"不过，小津学长可有意思了，之前他还挥舞着法拉利的大旗，在百万遍交叉路口来回斜着跑。"

"别把他的事放在心上，不然会被那股傻气传染的。"

明石同学点了点头。

"我看学长你已经来不及了，被感染得不轻。"

我一时之间不知该作何表情，过了一会儿，我才说道："我想起了一件事。"

"什么事？"

"我说好要把那个带给你的。"

我提起了在自行退出社团前拍摄的电影，也就是那部小津诵读《平家物语》的作品，连我都不知道那部电影有什么意义。

"对对对。"她看起来很开心。

我们约好下周见面，到时我会将影片交到她手中。在约定好的那天，我们去了百万遍交叉路口西南方的团居餐馆，顺便共进晚餐。

电影的评价两极分化，连我自己都持有批评观点，幸好明石同学对这部电影很满意。

○

后来，我和明石同学关系的发展脱离了本书的主旨，请恕我不再一一详述那段既甜蜜又腼腆的时光。诸位读者也不必浪费宝贵的时间，去读那些令人皱眉的内容。

终成眷属的恋情，不提也罢。

○

即使我的大学生活如今有了些许新气象，也请别以为我会天真地肯定自己的过去，像我这样的男人是不会轻易对曾经的错误网开一面的。的确，我也想以宽大的爱去拥抱自己，可是谁会想去抱一个二十出头的臭男人？换成豆蔻年华的少女还差不多。我心中的愤懑无从宣泄，在怒火的驱使下，我断然拒绝救赎从前的自己。

我很后悔当初在命运的钟塔下选择加入电影社团"禊"，如果那时候我选择了不同的道路，又会有怎样的际遇呢？不管是选择参加那个古怪的弟子征集活动，还是加入垒球社团"暖暖"，抑或是进入秘密组织"福猫饭店"，想必都会给我带来截然不同的两年时光。至少我不会像现在这样扭曲，甚至有可能得到传说中的至宝——玫瑰色的校园生活。无论怎样视而不见，我都犯下了种种错误，荒废了整整两年的岁月。

更重要的是，结识小津这个污点将伴随我一生。

○

小津在学校旁边的医院里住了一阵子。

看着他被囚禁在洁白病床上的模样，我感到心情舒畅。他的面色本来就不好看，现在看上去简直就像得了不治之症一样。其实他只是骨折而已，也算是不幸中的万幸吧。如今无法为非作歹，小津比吃不到三餐还难受，我在一旁倒是挺幸灾乐祸的。不过嘛，他的牢骚让我听得实在厌烦，于是我拿出给他带的慰问品——蜂蜜蛋糕，把他的嘴堵上了。

话说回来，为了撮合我和明石同学，他竟然不惜联合自己的师父设计这种愚蠢到家的计划，甚至毫无必要地从贺茂大桥上摔下来，最后落得骨折的下场，真是多管闲事到令人发指的地步。小津品味人生的态度着实令我等难以理解，而且我们也没必要理解他。

"你也该学乖点，别再没事儿去招惹别人了。"

我边吃蛋糕边说，只见小津摇摇头，说：

"恕难遵命，因为除此之外我也没什么事可做。"

这家伙简直坏到骨子里了，玩弄我纯洁的灵魂竟会如此有趣吗？

○

小津仍旧摆出那副妖怪般的嘴脸，不知廉耻地笑道：

"这是我的爱啊。"

我回答：

"谁稀罕那种脏兮兮的东西啊！"

第二话 ....

四叠半的自虐代理代理战争

我可以斩钉截铁地说，直到大三春天的整整两年里，自己没做过哪怕一件有意义的事情。我为什么要放弃和异性的正常交往、学业有成、强身健体这些成为社会有用之才的必要条件，反而选择了被异性疏远、学业荒废、体魄退化这条不归路呢？

必须有人为此负责，可那人又是谁呢？

我并不是生来就这般狼狈的，据说襁褓中的我一尘不染，可爱得仿佛婴儿时期的光源氏，凭借天真无邪的笑容将爱的光芒洒遍故乡的山野。可现在我又成了什么样子呢？每每面对镜子中的自己，我就对如今的状况愤愤不平。难道说，这一切都是我罪有应得？

或许有人会说我现在还年轻，是可以改变的，鬼才信呢。

俗话说，三岁看到老。身为大好青年的我今年已经二十一岁，眼看就要在这世上度过四分之一个世纪了，再想强行纠正自己的人格，又能怎样？我的人格已然坚挺在虚空之中，强行扭转的话只会造成拦腰折断的后果。

我只能带着这样的自己度过漫长的下半辈子，这是我必须正视的现实。

我是绝对不会视若无睹的。

可是，情况多少有些不堪入目。

○

这份手记中的主要人物是我，其次是樋口师父。在我们两位高贵人士的光芒之下，还有一个拥有矮小灵魂的配角——小津。

首先是我的个人信息。除了堂堂大三学生这一身份，我身上倒也没什么值得强调的地方。不过为了方便读者，我还是来介绍一下自己的形象吧。

试想一下，此刻的你正漫步在京都街头，比如从河原町三条向西经过步行街，时间正值春季的周末，街上人头攒动，你边走边扫视街边的礼品商店和立顿咖啡厅。就在这时，你的目光突然被一个迎面走来的黑发少女深深吸引，仿佛周遭的一切都因为她变得格外靓丽。少女抬起头，那清澈的美丽双眸停留在身旁的男子身上。男子年方弱冠，浓眉星眸，面带微笑。无论从哪一个角度观察，都难以从他那张睿智的脸庞上找到一丝愚蠢的迹象。他身高足有一米八，筋骨十分强健，却没有一丝粗野的气息。他步履虽缓，却十分有力，浑身上下散发着优雅的气质，却也不失恰到好处的紧张感，堪称自律者的典范。

　　实不相瞒，你大可认为那个男子就是在下。

　　此番描述纯粹是为了减少读者的困扰，绝对没有什么自我吹嘘、吸引女高中生、成为学生代表并从校长手中领取毕业证书等不良企图。所以，诸位读者完全可以直接将上面那个形象与我重合，并深深刻入脑海，永不动摇。

　　的确，我身边确实没有黑发少女相伴，除此之外也有一些别的出入。

　　但是，那些都无关紧要，重要的是人的内在。

　　　　　　○

　　接着来讲讲樋口师父。

　　我居住在下鸭泉川町的下鸭幽水庄，那是一座宛如九龙城般的公寓。我住在110号房，师父则住在我头顶的210号房。

　　直到大三五月末的仓促离别，我在他门下整整两年。我荒废学业努力修行，学到的却净是一些派不上用场的知识。作为一个人，我不该成长的地方变本加厉，本该成长的地方却出现倒退。

　　我听说，樋口师父是一位大学八年级的学长。就像那些带着神秘气息的长寿动物一样，人在大学里待久了也会变得神秘兮兮的。

　　师父那张茄子似的长脸上总挂着漫不经心的微笑，又给人一种莫名的高贵感，不过，他的下巴上长满了络腮胡。他总是穿着同样的深蓝色浴衣，到了冬天会披上一件旧短褂。打扮成那样的他也会在别致的咖啡厅里悠闲地喝上一杯卡布奇诺。即使他手头连一台电风扇都没有，到了夏天也有上百处免费乘凉的地方可去。他的头发乱得简直不可思议，看起来就像台风刚在他头上登陆过一般。他嘴上总是叼着烟卷，有时也会心血来潮地去上课，不过即使攒再多学分，恐怕也为时过晚了吧？尽管一句中文都不会，他却能和同一栋楼里的中国留学生打得火热。有一回，我还撞见某位女留学生正在替他理发。他从我这里借去了儒勒·凡尔纳的《海底两万里》，慢悠悠地读了一整年，还不还给我。他屋子里摆着一个从我这里拿走的地球仪，上面还插着一枚造型可爱的大头针。我后来才知道，那是为了标记鹦鹉螺号潜艇的当前位置。

　　这位学长从不做出任何改变，只是不卑不亢地专心生活，简直就像在用可怕的自制力维持着绅士风度一般，或者说，他只是蠢到家了。

○

　　最后要介绍的是小津。

　　小津与我同级，就读于工学院电力电子工程系，却对电力、电子、工程都深恶痛绝。他大一的学分和成绩就不堪入目，让人不得不怀疑他留在大学里的意义。不过，他本人却毫不在意。

　　不爱吃蔬菜的他和方便食品形影不离，脸色差得就像来自月球背面的外星人，看上去令人毛骨悚然。要是在大晚上撞见，十个人有八个会误以为他是妖怪，剩下的两个会认定他就是妖怪。欺软怕硬、我行我素、趾高气扬的小津不光脾气古怪，还好吃懒做、厚颜无耻，可以就着别人的不幸吃下三碗饭。如果没认识他，想必我的灵魂也会比现在纯洁几分。

　　每每想到这里，我就不得不承认，大一那年春天自己不该成为樋口师父的弟子。

○

当初的我还是一个如假包换的大一新生，校园里的樱花树落英散尽，枝头绿意盎然，令人心情舒畅。

大一的新生只要在校园里走上几步就一定会收到同学们派发的传单，我也只好怀揣着那些远远超出个人信息处理能力的纸张，不知何去何从。传单的内容形形色色，其中让我很感兴趣的有这么四份，分别是电影社团"袄"、古怪的弟子征集宣传、全球社团"暖暖"，以及秘密组织"福猫饭店"。虽然它们各自散发着不同程度的可疑气息，但刚刚迈入未知大学生活的我依旧怀揣着心中仅存的一点点好奇。我居然会相信，不管自己选择哪一个都将打开一扇趣味盎然的未来大门，真是愚蠢到家了。

下课后，我来到校园的钟塔下，因为各类社团都在这里举行面向新人的介绍会。

热闹非凡的钟塔周围聚集了跃跃欲试的新生和摩拳擦掌的社团引路人。我以为这里到处都是通往传说中的至宝——玫瑰色的校园生活的入口，于是眼神迷离地四下徘徊。

我最先发现的是几个拿着电影社团"袄"招牌的学生，他们还说马上要举行欢迎新生的放映会，可以为我带路。可是，我仍旧没有勇气上前跟他们打招呼，只好在钟塔周围徘徊。我一边走，一边仔细读着手中的一张传单。

首先映入眼帘的是"征集弟子"这几个大字，然后便是如下这段广告："凭千里眼从祇园千万人中识出心仪的少女，凭顺风耳闻得琵琶湖水渠上樱花飘落的声音。神出鬼没遍京都，自由往来天地间。普天之下无人不知，无人不惧，无人不从。此人便是樋口清太郎。蕴藏仙术潜力的年轻人们，还不快快前来？四月三十日，钟塔下集合，电话号码：无。"

世上可疑的传单随处可见，像这么可疑的传单却绝无仅有。然而，我偏偏动了一个念头——何不主动闯入此等不可思议的世界去锻炼一下自己的胆识，为迎接飞黄腾达的未来做好准备呢？人有上进心是好事，但也不能迷失了方向，否则后患无穷。

正当我对着传单出神之际，身后突然有人喊了一声"阁下"。我回过头去，发现眼前站着一个样貌古怪之人。明明身处大学校园，那人却身穿一件老旧的深蓝色浴衣，叼着烟卷吞云吐雾，茄子般的长脸上还留着络腮胡，让人难以判断他究竟是不是学生。那人周身上下散发着与生俱来的诡异气质，又伴随着一种莫名其妙的高贵感，微笑的表情甚至有几分俏皮。

此人正是樋口师父。

"传单看了吗？征集弟子的人就是我。"

"你是教什么的？"

"哎呀，先别急着进入正题，这位是你的师兄。"

师父的身旁站着一个面相晦气的男人，我以为那是只有我这种心思细腻之人才看得见的地狱使者。

"我叫小津，请多关照。"

"虽说是师兄，但他也只比你早入门十五分钟。"

说完，樋口师父便哈哈大笑起来。

之后，我就被带去了位于百万遍交叉路口的酒馆，那是师父唯一一次请我吃饭。身为酒桌门外汉的我当时放飞了自我。听说樋口师父还是同住下鸭幽水庄的邻居，我便立刻觉得与他意气相投。接着，我又去了师父的四叠半房间，和他还有小津一起谈论一些莫名其妙的话题。

刚开始的时候，小津还像站在枕边的死神一般寡言少语，后来便开始喋喋不休地谈论着女性的双峰，和我们一同对目睹过的案例去伪存真，深入交换意见，甚至搬出了量子力学的理论。

"存在还是不存在，这不是问题，重要的是你是否相信。"

听完樋口师父这句饱含深意的话，我便失去了意识。

从此以后，我便成了他的弟子，也和小津相识。

可以肯定的是，即使过了两年的时间，我也依然没弄懂师父究竟传授的是什么学问。

○

假如你以为和樋口师父这种非比寻常的人交往必须具备忍耐、谦虚、礼貌这些难能可贵的品质，那就大错特错了。就算那般殷勤相待，恐怕也只会落得不欢而散的可悲下场。要和师父打交道，首先必不可少的是"孝敬"他，说白了就是得送他吃的，满足他的嗜好。

近年来，除了我和小津，前往师父家拜访的还有明石同学和牙医羽贯小姐，而师父的一日三餐九成以上是靠我们"孝敬"他的东西解决的，剩下的那一成大约是喝西北风吧。

如果我们都和师父断绝关系，他又会变得怎样呢？会为了食物改变生活态度？想得美。即使有上顿没下顿，师父也依旧不动如山，这也是他通过刻苦锻炼达到的无敌境界。如果饿肚子就能让他慌张起来，那日本萧条的经济和学分不足的问题早就逼得他上蹿下跳了。师父才不是那么容易被撼动的人，要他为五斗米折腰，他宁可饿死——能让我们都相信这一点，正是他的厉害之处。

不过我们也想象过，即使不给师父送饭，他也不至于饥肠辘辘。他看起来真的会仙术，没准光靠抽烟就能缓解空腹感，甚至忘记自己即将饿死的事实，能达到这种境界的大学生屈指可数。

樋口师父究竟有没有害怕的事物呢？真是个叫人捉摸不透的谜团，不过他的确提到过"害怕"二字。

师父不仅不还我的书，就连图书馆都不放在眼里。当我提醒他已经超过归还期限半年了，他告诉我，就是因为这样他才害怕"图书馆警察"。

"图书馆还有警察？"我问小津。

"的确有啊。"小津摆出一副吓唬人的表情，"他们会采取一切惨无人道的手段来强制回收那些过了归还期限的图书。"

"你瞎说的吧？"

"嗯。"

○

某天午夜零点，我们在京都左京区吉田神社的神道上秘密碰头。

据说吉田神社很灵验，凡是前往祈求考试顺利的人最后必会名落孙山。每年都有大量高中生和大学生深受其害，为之留下的复读泪水足以填满半个琵琶湖。尽管我对吉田神社敬而远之，却依旧防不胜防，只能眼睁睁地看着自己的学分宛如指尖的流沙一般一去不复返。吉田神社真是灵验得可怕。

如今学分不足，我是半步都不愿靠近吉田神社的。然而在机缘巧合之下，我又不得不加入在吉田神社神道进行的深夜密会。

在大学已经过了两个年头，此时来到了五月底。

白天固然炎热，一到晚上又是凉风阵阵。昏暗的近卫街上人影稀疏，零星可见几个宛如深海动物一般飘过的夜猫子学生，唯有学校的钟塔仍是熠熠生辉。

若是和黑发妙龄少女约好在深夜相会，哪怕在吉田神社的神道上独自苦等也未尝不是一件幸事，肯定少不了一番甜蜜羞赧的奥妙滋味。很可惜，今晚的来客是小津那只携带污秽Y染色体的奸诈怪物。我本想不顾约定，打道回府，又怕无颜面对樋口师父，只好留在原地。小津说自己会问同社团的相岛学长借辆车开来，于是我想象着小津以一种不打搅任何人的形式遭遇交通事故，粉身碎骨的画面，以此来消磨时间。

不一会儿，一辆圆嘟嘟的小车从东一条街开了过来，停在学校正门旁边。一个漆黑的人影跳下车，向我走了过来。

"晚上好，让你久等了吧？"他笑眯眯地说道。

小津看起来就好像刚从极其可怕的地方来到这里一样，表情比平时更加深不可测。这多半是因为他无比期待今晚的计划，毕竟这个家伙可以就着别人的不幸吃下三碗饭。今晚的这场不知廉耻的作战也全是他独自策划的。千万别以为我也有出谋划策，我可是一个与他有着云泥之别的正人君子，堪比圣贤。只不过，为了师父我也只好勉为其难地施以援手。

我们上了车，驶入了南边错综复杂的居民区。手握方向盘的小津兴奋不已。

"哎呀，明石同学百般不情愿，可让我捏了一把汗。没想到那丫头也会有心软的时候。"

"正常人都不想当你的帮凶，包括我在内。"

"少来，你心里肯定乐着呢。"

"胡说八道，别忘了我是奉师父之命才勉强答应的。"我反驳道，"你知不知道，这可是犯罪。"

"是吗？"

小津歪着头，装出一副没听懂的样子，可爱得叫人毛骨悚然。

"废话。擅闯民宅、盗窃、诱拐……"我一一数算起来。

"诱拐活人才叫诱拐吧，我们的目标可是情趣娃娃。"

"别说得这么直白，好歹换个词。"

"你嘴上这么说，心里也想见识见识那玩意儿吧？都认识这么久了，我还不知道你那点花花肠子吗？不光要看看，你肯定也想亲手摸一摸，简直色胆包天。"

说着，他露出了一脸淫荡的表情，仿佛在叫我不要狡辩。

"好，那我回去了。"

我松开安全带就要开门下车，小津急忙央求道："别这样，算我错了，生什么气呀，还不都是为了师父吗？"

〇

尽管事情的起因早已年久失考，樋口师父还是将这场斗争称为"自虐代理代理战争"。我们只能从名称上隐约判断，那想必是某种异常丢人的对抗。

大约五年前，一个叫城崎的人和樋口师父之间结下了梁子，从此一场冤冤相报的丢人大战便拉开了序幕，在这一地带一直持续至今。

　　樋口师父时不时会心血来潮地实施恶作剧，随后承受城崎的报复，循环不息。拜入师父门下的历代强者无一幸免，都被卷入这场毫无收获的争斗中，为人的尊严也惨遭践踏，连我也不例外。唯独小津在其中显得如鱼得水。

　　城崎学长是某个电影社团的当家人，尽管是在读博士，却依然暗中掌握着权力。不幸的是，小津也是该社团的成员之一。去年秋天，使尽计策的小津将城崎学长赶出了社团。小津为人没有下限，采取的都是难以启齿的卑鄙伎俩——唆使同一个社团里的相岛学长发动政变。直到今日，城崎学长还认为相岛学长才是导致自己马失前蹄的罪魁祸首，对他恨之入骨，丝毫没有料到小津才是在背后牵线搭桥的推手。

　　或许是因为输掉了社团的权力斗争而无所事事，城崎学长又开始隔三岔五戏弄樋口师父。经过几次小打小闹后，今年四月，惨遭暗算的樋口师父发现自己心爱的深蓝色浴衣被染成了粉红色，便命令小津策划一场报复。于是，小津发挥了自己狗头军师的特长，制定了一个百口莫辩的卑鄙方案——诱拐香织小姐。

〇

　　城崎学长住在吉田山下的吉田下大路町。那是一座刚改建好的二层公寓，周围还有一片竹丛，显得颇为优雅。在夜色的掩护下，我和小津下了车，躲在公寓围墙的阴影中。我感觉自己仿佛成了来自地狱的使者，不过站在城崎学长的角度看，这未尝不是事实。我们此行的目的正是无情地夺走他的爱人，被视为死神也无可厚非。

　　小津从墙根向上张望，城崎学长住在二楼南端，他的房间依旧亮着灯。

　　"奇怪，城崎学长在干什么？怎么还没出门？"小津懊恼地说道，"要是明石同学反悔了可就麻烦了。"

"明石同学干的可是脏活，你就不该让她做这种事。"

"这有什么关系？她既然也是樋口师父的弟子，就有义务承担这些，反正笨蛋又不分性别。"

我们在围墙之间的夹缝里站了好一会儿，扭扭捏捏地躲在路灯照不到的地方。这副可疑的模样要是被人看见了，肯定会招来警察。

我感觉像这样和小津挤在一起，他身上黑漆漆的汁水会一点一点地融入黑夜，侵入我的身体。如果身边是一位黑发少女，就算我俩要在伸手不见五指的地方相依相偎，我也愿意忍耐一下。然而，我的同伴是小津。我凭什么要和他这种一脸不祥的家伙挨得如此之近啊？我究竟犯了什么错？是我咎由自取吗？好歹也要换成一个志同道合的人啊……如果是黑发少女就更好了。

"这可不好办，计划全被打乱了。"

"明石同学才不会参与这种犯罪活动，今天就到此为止吧。"

"没门儿，我好不容易从相岛学长那里借到车，怎么能半途而废？"小津像一只壁虎一样贴在墙上，一脸不乐意地说道。

"话说回来，樋口师父和城崎学长之间到底有什么仇？为什么要像这样争执不休？我们又为什么要参与其中？"

"这叫'自虐代理代理战争'。"

"什么东西？"

"我也不知道。"

"为这种无人知晓理由的纷争浪费宝贵的青春时光，真的有意义吗？我们就不能做点别的事吗？"

"这也是为人性的成长而做的修行，不过这里黑灯瞎火的，又要和你傻站着，明显是在浪费时光。"

"彼此彼此。"

"别用这么凶恶的眼神看着我嘛。"

"喂，你别靠过来。"

"人家好寂寞啊，晚风又这么冷。"

"真是一个耐不住寂寞的家伙。"

"呀……"

为了打发时间，我们在黑暗中模仿着胡言乱语的亲热男女，不久之后便感到了一阵空虚，而且我感觉自己好像以前也做过同样的事情，越发觉得怒气无从宣泄。

"喂，我们之前说过类似的话吗？"

"怎么可能？说一次都够蠢的了。你这叫既视感。"

忽然，小津压低了身体，我也跟着他这么做。

"屋里关灯了。"

在黑暗中传来了一阵重重的脚步声。一个男人从楼梯上走了下来，又从停自行车的地方移出一辆摩托车。我之前也见过城崎学长几次，总觉得他不该把精力浪费在"自虐代理代理战争"这种毫无建树的斗争上，应该去做一些更有意思的事情，毕竟他看上去也是个男子汉。与他相比，我们两个更像污泥男子。

"真是个男子汉。"我赞叹道。

"别被他的外表骗了。瞧他人五人六的，脑子里只有女人的胸部。"

"你也半斤八两吧？"

"别小看人。在我眼里，胸部只是我关注的对象之一。"

城崎学长根本没有察觉到趴在墙上探讨胸部的我们，直接戴上头盔骑上摩托车，向东飞驰而去。

我们从黑暗中溜了出去，绕到公寓楼梯口。

"他一时半会儿回不来。"小津偷笑道。

"城崎学长去哪里了？"

"白川街的唐船屋，多半会喝着咖啡干等两个钟头。他还以为自己能见到明石同学，真是个蠢货。"

"你好过分啊。"

"好了，赶紧开工吧。"

说着，小津上了楼。

就这样，我们擅自闯入了城崎学长的住处，不是因为我们多会溜门撬锁，而是因为小津偷偷从城崎学长的前女友那里弄到了一把钥匙。

不仅如此，他还对城崎学长的个人生活了如指掌，甚至拥有对方与某位女性笔友的信件。小津曾大言不惭地说"得情报者得天下"，事实上，他那本不可告人的小本子上确实记满了许多令人难以启齿的秘密，堪比百科全书。每次想到这一点，我就恨不得立刻和如此扭曲之人划清界限。

推开门，眼前是厨房和一个四叠半大小、铺着木地板的屋子，后面还有一个用玻璃门隔开的房间。小津先走了进去，熟门熟路地打开了厨房的灯，就像经常来这里串门的老朋友一样。见我有些疑惑，小津爽快地点了点头，说道：

"他可是我社团的学长啊，现在我还会经常过来这里听他发牢骚。城崎学长一抱怨起来就没完没了，叫人很伤脑筋。"

他说起这话来面不改色。

"你真是坏到骨子里了。"

"请叫我谋士。"

我不想参与这种犯罪活动，选择像绅士一般站在进门不远的地方。

"过来吧。"

任凭小津催促，我依旧不动分毫。

"你去找吧，我就待在这里，这是我礼节的底线。"

"都什么时候了，你还要装绅士？"

小津又坚持了一会儿，发觉说服不了我，就一个人朝里走。他先是在黑洞洞的屋里倒腾了一番，又不小心踢飞了什么东西。然后，小津发出一阵刺耳的奸笑声，打趣道：

"来吧，香织小姐，没什么好难为情的。别管城崎学长那种人了，跟我走吧。"

不一会儿，小津就将一个"女生"搬到了厨房，把我看得目瞪口呆。

"她就是香织小姐，"小津介绍道，"没想到这么重。"

○

想必不少人都听说过，世上有一种俗称"情趣娃娃"的可悲存在，我也不例外。我对此的基本了解是，在难以克制的冲动驱使下，可怜的男人们会购买这一道具，最终换来悔恨的泪水——可以说是非常扭曲了。

五月，根据小津得到的情报，城崎学长就私藏着一只情趣娃娃。小津告诉我们，那个人偶还不一般，是硅胶制的上等好物，价值数十万日元。

如果说，城崎学长是因为被赶出原本可以任意发号施令的社团，同时被女友抛弃，一时心灰意冷，最终在寂寞的驱使下一掷千金的话，还勉强说得过去。然而，事实并非如此。据说，他至少在两年前就已经拥有了那只情趣娃娃。与此同时，他也从未放弃追求现实生活中的异性，称得上真正的情趣娃娃爱好者了。这件事着实超出了我的想象。

"对他来说，人偶就是共同生活的重要伙伴。至于和异性交往，又是另一回事了。像你这种把情趣娃娃当成发泄工具的野人是不会懂的，那可是一种极为高尚的爱的形式。"

此话出自小津之口，在我听来不足为信。

话说回来，那天夜里被小津从里屋拖出来的人偶——香织小姐看起来美丽可爱，一点儿也不像人偶。她的黑发被梳得服服帖帖，带领子的衣服也很上档次。一双眼眸正对着我的方向，流露出迷离的眼神。

"就是这玩意儿?!"我忍不住发出这样的感叹。

"嘘!"小津做了个噤声的手势，一脸骄傲地说道，"就是她，小心被勾了魂。"

香织小姐的分量似乎不轻，小津费了老大力气才让她躺在厨房的地上。在倒地的清秀美女身旁蹲着一个样貌可疑的古怪妖怪，这个画面让我联想到昭和时代初期的猎奇小说插图。

"好了，我们得把她弄上车。"

明明长着一副可疑的外表，小津说起话来却显得公事公办，还催促我扛起香织小姐。

　　香织小姐相貌可爱，皮肤的颜色与人类一般无二，轻触之下还富有弹性。精心梳理的头发和整整齐齐的服装都让她看上去像一位出身高贵的女性，然而她的身体一动不动，仿佛在目视远方的瞬间被冻结住了一样。

　　看着看着，我产生了一股冲动……请别误会，那只是带着怒火的冲动。

　　我虽然不认识城崎学长，但也不得不承认，眼前这份不能为外人述说的爱意透着高尚的气质。从香织小姐那张婉约的脸上，丝毫看不出纸醉金迷的痕迹。那精细梳理的头发和整整齐齐的服装都展现了城崎学长深沉的爱意。像小津那种只将她视为发泄工具的野人不会明白，即使是师父的命令，破坏城崎学长和香织小姐共同创造的感性世界仍然是一种非人的行径。要把她带走？简直岂有此理！

　　一直以来，我都从未忤逆樋口师父的教导，一往无前地走在荒废青春的道路上。即使如此，我也绝不能对此等残忍行径坐视不理。师父，我真的做不到啊！

　　眼看小津急着去碰香织小姐，我一把抓住了他的领口，命令道：

　　"住手！"

　　"为什么？"

　　"我不许你对香织小姐动手动脚。"

　　城崎学长，请你今后抬起头坚持走自己的路吧。你的道路就由你自己来开辟吧。我会在心中为你加油的，当然，还有香织小姐。

〇

　　当夜，我拖着像某种神秘小动物一般尖叫抵抗的小津，回到了下鸭幽水庄。

　　我租住的学生公寓位于下鸭泉川町，名为下鸭幽水庄。听说自从幕府末年烧毁重建后，这里就一直保持着原样。要是没有阳光照进来，这里就和废墟没什么两样。被大学生协介绍来这里的时候，我甚至怀疑自己走失在了九龙城的街头。摇摇欲坠的三层木楼看得人提心吊胆，活脱脱就是一处文化遗产嘛。但是不难想象，就算这里因为一场大火化为灰烬，也不会有人扼腕叹息，甚至能让隔着东墙居住的房东大为畅快。

现在正是午夜丑时三刻。我拖着小津爬上楼梯。我住在110号房，樋口师父则住在位于二楼过道尽头的210号房。

房门上的小窗里依旧透着光亮，看来师父还在等待我们马到成功的好消息。说实话，辜负师父的期待、将"代理战争"抛在身后的感觉并不好。我总得找点师父喜欢的东西孝敬他，让他消消气才好。

推开房门，我们见到了面对面正襟危坐的樋口师父和明石同学。还以为是师父在训诫弟子，没想到是弟子在训诫师父。看到我们空手而归，明石同学松了一口气："放弃计划了吧？"

我默默点了点头，小津一副不甘心的样子。

"哎呀，欢迎你们回来。"樋口师父如坐针毡。

我将小津推到一旁，报告了事情的来龙去脉。

樋口师父微微点头，取出烟卷，吐了一口青烟。明石同学也跟着抽起师父给的烟卷。看来，在我们出去的这段时间里两人曾针锋相对，并且以明石同学压倒性的胜利宣告终结。

"好吧，今晚就这么着吧。"

听到师父这么说，小津还在叽叽歪歪。

"住口！"师父呵斥道，"凡事都有个限度，虽然浴衣被染成粉红色是近年来罕见的憾事，但用卑劣的手段拆散相爱多年的城崎和香织小姐，这样的报复实在过于残忍，哪怕香织小姐只是个人偶。"

"等等，师父，之前你可不是这么说的。"

小津刚要反驳，明石同学就让他闭嘴了。

"总之呢，"樋口师父接着说，"这件事非但不符合我和城崎长期斗争的规则，还违背了我们轻盈地翱翔于天地间的大目标，我也因为恼怒于浴衣之事，一时犯了糊涂。"

师父吐出了一大口青烟，问明石同学："这样可以了吧？"

"很好。"她点了点头。

于是，"诱拐香织小姐"的计划打了水漂，小津在三人冷冰冰的注视下立刻准备打道回府。

"明天晚上在鸭川三角洲还有社团的聚会，我可忙着呢。"小津气呼呼地说道，活像一块被烤得直冒热气的鱼肉饼。

"小津学长，对不起，明天我去不了。"明石同学说道，她是小津所在社团的学妹。

"为什么？"

"我要准备课程报告，查资料。"

"学习和社团哪个更重要？"小津说话的样子不可一世，"去参加聚会吧。"

"我拒绝。"明石同学斩钉截铁地回答道。

小津被噎得说不出话来，樋口师父嬉皮笑脸地夸明石同学道："阁下真有趣。"

〇

"香织小姐诱拐未遂"的次日傍晚，盛夏般的闷热天气终于有所缓解，我走在凉风乍起的三条大桥上，回忆着两年来的种种。尽管让我后悔的选择不计其数，我却坚持认为，那次在钟塔下与樋口师父的相遇起了决定性的作用。虽然我不知道未来会如何发展，但要是我没有在那里碰见他，想必能逢凶化吉。我可以选择电影社团"禊"、垒球社团"暖暖"，以及秘密组织"福猫饭店"这些候补选项。不管选择哪条路，我都能成长为比现在更健康、更有用的人。

暮色中的街边灯火让我的后悔心情越发强烈，不过我还是走进了位于三条大桥西侧一家卖棕毛刷的老旧小店，去买用于孝敬师父的龟之子棕毛刷。

我从樋口师父那里听说，龟之子棕毛刷最早是在百年前由西尾商店销售的，材料一般是椰实和棕榈纤维。师父还说，在太平洋战争后的混乱时期，医科大学的学生窃取了西尾商店的工艺，利用特殊的棕榈纤维生产售卖。强韧且纤细到超乎想象的纤维尖端，通过分子间作用力[1]与污垢成分发生分子结合，只需轻轻一擦就能清除污垢，堪称厨房撒手锏。因为龟之子棕毛刷的清洁效果过于强大，商家担心影响清洁剂销路受损，没有公开销售棕毛刷。可是，据说至今依旧有人在悄悄生产这种神龙见首不见尾的棕毛刷。

师父的四叠半房间实在脏得叫人看不下去，尤其是水槽。我敢保证，大家闺秀们只要往水槽里看一眼就会立刻昏厥。当我指出他的水槽旁边已经暗暗进化出某种地球上不曾存在过的生物时，师父表示必须用上述的高级棕毛刷才能清扫，并且命令我不管用什么手段都要得到它，否则便要将我逐出师门。

我忍住没说，其实我恨不得他赶紧赶我走。

因此，我拜访了许多家销售棕毛刷的店铺，可每当我提心吊胆地描述传说中的龟之子棕毛刷，店家都会露出苦笑。也难怪他们，换作我也只能笑笑。

"我们这里没有那种东西。"

店里的人回答道。

我不愿继续面对那苦笑的表情，钻进了三条大桥的人群中。

反正香织小姐也没能诱拐到手，不如我就此自行退出师门吧。

我漫不经心地走向河原町街，经过了一家著名的柏青哥店，据说过去新撰组成员袭击了在此地密谋的浪人们[2]。我始终搞不明白，那些浪人为什么偏偏要选择在柏青哥店里密谋呢？

我不能两手空空地回下鸭幽水庄，就算买不到龟之子棕毛刷，好

---

1 注：存在于中性分子或原子之间的一种弱碱性的电性吸引力。

2 注：此处指的是"池田屋事件"。1894 年 7 月 8 日，京都守护职属下的武装组织新撰组袭击了正在京都三条小桥进行密谋策划的讨幕派人士。池田屋曾是一家旅馆，如今变成了柏青哥店。

牙也得准备些让师父消气的东西。古巴的高级烟卷怎么样？或者去锦市场买些美味的海鲜？

发愁不已的我跟跟跄跄地沿着河原町街一路往南走，伴随夜幕降临，周围不可避免地变得热闹起来，这让我更加心烦意乱了。

我打算去旧书店"峨眉书房"买点书，可我刚进门打量书架，长着一张水煮章鱼脸的老板就黑着脸说要打烊了，然后像驱赶毒虫一般将我扫出门。就算我是这里的熟客，他也不通融，虽然值得钦佩，但还是让我气不打一处来。

无处可去的我穿过鳞次栉比的高楼，前往木屋町。小津说他今晚要参加聚会，想必此刻正被可爱的学妹们团团包围，和她们打得火热吧。而我找不到樋口师父凭空想象出来的古怪刷子，还被赶出了本可以休息一下的旧书店，只好独自在人海中徘徊，真是太不公平了。

我站在高濑川的小桥下越想越气，就在这时，我在木屋町的行人中看见了羽贯小姐的身影。我赶忙装成点不着香烟的行人，遮住了自己的脸。

羽贯小姐是常常造访樋口师父住处的神秘牙医。我想，她之所以在木屋町游荡，十有八九是为了寻觅酒精。我有过一次在街头偶遇羽贯小姐的经历，那时的我活像西部电影中被马上的强盗拖行的弱者，被她从木屋町拽到先斗町。等回过神来时，我发现自己正独自一人躺在夷川发电站旁。幸亏当时是夏天，要是换作冬季，我恐怕会冻死在光秃秃的行道树下。我可不想再傻乎乎地被她拽进那个地狱般的无尽黑夜，在咖啡烧酒中搭上半条命了。我缩了缩脖子，避开了羽贯小姐的视线。

虽说躲过一劫，但我仍然无处可去。就在我即将屈服于自行退出师门的诱惑之际，我遇见了那位老太太。

○

在一众酒吧和秦楼楚馆的簇拥之中，我看到了一栋不起眼的昏暗民宅。

民宅的屋檐下有张铺着白布的木桌，后面坐着一位算命的老太太。桌边耷拉下来的和纸上写满了意义难明的汉字，旁边一盏看起来很像灯笼的小灯散发着橙色的光芒，映照着老太太的脸。她的表情带着难以形容的威严，使她看起来仿佛一只对行人的灵魂垂涎欲滴的妖怪。我不禁幻想，自己一旦求她算命，便会被这个老太太缠上身，从此厄运连连——等不到人、寻不回失物、错失十拿九稳的学分、即将完成的毕业论文自燃、落入琵琶湖水渠、在四条街被人坑蒙拐骗……在我的注视下，老太太很快察觉到了我的存在。夜色中，她观察我的双目闪闪发光。我被她周身散发出的妖气深深吸引，那股来路不明的妖气相当具有说服力，于是我做出了一番逻辑推理：可以肆无忌惮地释放此等妖气的神人算命怎么可能不准？

出生至今，我已度过了将近四分之一个世纪，虚心接受他人意见的次数却屈指可数，很可能因此选择了一条本不必踏足的荆棘之路。如果能早一点认清自己判断力不足的事实，想必我会过上与现在截然不同的大学生活——既不会拜樋口师父这种来历不明的人为师，也不会认识性格扭曲得像迷宫一般的小津，更不会荒废两年的时光。在益友和学长的帮助下，我将尽情发挥满腹才能，文武双全，顺理成章地与美丽的黑发少女做伴，拥有金光璀璨的未来，甚至能得到传说中的至宝——有意义的玫瑰色校园生活。对我这样的人才而言，获得这样的结果可谓当之无愧。

没错，现在还来得及尽快听取客观意见，把握住不一样的人生可能性。

仿佛被老太太的妖气吸引了一般，我踏出了脚步。

"学生哥，你想咨询什么？"

老太太口齿不清，嘴里像含着棉花似的，这腔调让我更加庆幸自己的决定。

"嗯，我该怎么说呢……"

见我一时语塞，老太太微笑着说道：

"我从你的表情上看得出你很纠结，不满于现状。我想是因为你没能发挥自己的天赋，如今的环境也不适合你。"

"是啊，您说得对。"

"让我替你瞧上一瞧。"

老太太拉过我的双手注视着，心领神会地点着头。

"嗯，你是一个很认真的人，也很有天赋。"

老人家的慧眼立刻令我为之钦佩。为了贯彻"深藏不露"这四个字，我始终不轻易向他人展示自己的聪慧与天赋，甚至这几年来，连我自己都快忘记它们去哪儿了。没想到见面不到五分钟，老太太就看破了这一切，果然不是泛泛之辈。

"总之，最重要的是别错过良机。所谓良机，就是好机会的意思，懂了吗？只不过，良机这种东西是很难逮住的，有些看似不那么好的机会实则是良机，有些自以为不错的机会到头来会让你空欢喜一场。不过，你一定要抓住良机并拿出行动来。你的寿命很长，准能办到的。"

她说的话饱含深刻的道理，与那股妖气相得益彰。

"我不想一直等下去，希望现在就能抓住良机，可以请您再说得具体一点吗？"

在我的逼问下，老太太皱了皱眉，一开始我还以为她只是右脸发痒，怎料对方原来是在微笑。

"详细情况不便透露，就算我都说出来，良机也有可能在命运的变化中失去光芒，那样反倒对不住你了。毕竟命运无常啊。"

"可是，这样下去我一点头绪都没有。"

见到我疑惑的模样，老人家坏笑了一声。

"好吧，虽然不能说得太远，但我还是可以告诉你一些短期内的事。"

我把耳朵拉得像小飞象一样大。

"斗兽场。"老太太突然压低了声音。

"斗兽场？什么意思？"

"斗兽场就是良机的记号，等你遇见良机时，就会出现斗兽场。"

"您是让我去罗马吗？"

然而，老太太只是一个劲儿地冲我笑。

"你可别错失良机哦，学生哥。当机会来临时，不要漫不经心，犯同样的错。试试看，豁出去，用前所未有的方式逮住它。到时候不满的情绪便会消散，你也可以走上不同的道路。不过，不用我说你也知道，到时候又会有新的不满。"

虽然我听得一头雾水，但还是点了点头。

"即使错失良机，你也没必要担心。我心里有数，你是一个了不起的人，总能把握住机会的。切记不要冲动。"

说完，老太太结束了算命。

"非常感谢。"

我恭恭敬敬地支付了酬劳，起身回头，发现明石同学正站在身后。

"你以为自己是迷途羔羊啊？"

她说道。

○

去年秋天前后，明石同学开始拜访樋口师父，成了继小津和我之后的第三位弟子。她是小津所在社团的学妹，也是他的左膀右臂。基于这层关系，明石同学和小津有着不解之缘，也拜入了樋口师父门下。

明石同学比我低一届，就读于工学院。她说话向来直来直去，身边的人都对她敬而远之。她留着一头黑色短直发，碰上不合理的事就会皱眉反驳，眼神颇为冷峻，从不轻易示弱。也不明白她为什么会和小津那种人走得很近，还会出入樋口师父的住处。

明石同学大一那年夏天，一个和她同年级的社团伙伴不知好歹地问她："明石同学，你周末有空都在干什么？"明石同学看都不看对方一眼，回答道："我凭什么要告诉你？"从此以后，便再也没有人询问明石同学周末的安排了。

这件事是小津后来告诉我的。我在心中替明石同学加油，希望她贯彻自己的信念。

然而，即使是如中世纪欧洲城堡一般坚不可摧的明石同学，也有着弱点。

去年初秋，她刚刚开始造访樋口师父的住处，那天我在下鸭幽水庄大门口遇见了她，就和她一起上楼前往师父的房间。

明石同学带着战时军官那样的冷峻的神情走在我前面，走着走着，她突然像漫画里的人物一样惨叫一声，从楼梯上栽落下来。幸好我眼疾手快，稳稳地将她接住了——其实是因为来不及逃跑被砸中罢了。头发乱蓬蓬的明石同学将我一把抱住，导致我失去平衡，最后我们双双滚到了过道上。

一只飞蛾在我们头顶无力地扑扇着翅膀。原来，在我们上楼的时候，那只大飞蛾贴在了明石同学的脸上，而她平生最害怕的就是飞蛾。

"它在蠕动，它在蠕动！"

她仿佛见了鬼一般面无血色，浑身发抖，嘴里一直重复着那句话。一个常常将自己包裹得严严实实的人突然暴露出脆弱的一面，那样的魅力着实难以用言语形容，就连一直固守师兄底线的我也差点坠入爱河。面对如梦呓般重复着"蠕动"二字的明石同学，我只能像个绅士一样让她尽快平静下来。

〇

我边走边对明石同学解释传说中的龟之子棕毛刷，只见她皱着眉小声说道：

"樋口师父也真会为难人。"

"大概是嫌我没能把香织小姐诱拐回来吧。"

明石同学摇了摇头：

"不会的，那不是樋口师父的作风。他昨晚听了我的话，认识到了自己的错误。"

"是这样的吗？"

"学长，你没有实施诱拐吧？要是你当时不肯悬崖勒马，我一定会打心底里鄙视你的。"

"可你自己不也帮小津把城崎学长引出去了吗？"

"不，我最后没参与，电话是师父打的。"

"原来如此。"

"要是因为干那种勾当而心情郁闷，就违背师父的教导了。"

"你这句话很有说服力。"

她露出一丝苦笑，一头黑色的短发随着步伐轻轻摆动，更为她增添了飒爽的气质。

"诱拐失败，棕毛刷也没找到，我真要被逐出师门了。"我说道。

"现在放弃还为时过早。"

说完，明石同学走到了我前面，像夏洛克·福尔摩斯一样迈出坚毅且自信的步伐。我紧随其后，好像一个将贝克街事务所当作救命稻草的委托人。

"我一直想不通的是，樋口师父和城崎学长之间究竟有什么过节？"

在从木屋町通往河原町的巷子里，明石同学一脸困惑地问道。

"城崎学长本来和你在同一个社团吧，你对此一无所知吗？"

"闻所未闻。"

"我也只知道'自虐代理代理战争'这个关键词。"

"一定是发生了什么叫人难以释怀的事情吧。"

聊着聊着，明石同学停下了脚步，身旁是我刚刚到访过的旧书店——峨眉书房。

拉着一张脸的老板刚才还在准备打样，一看见她便眉开眼笑起来，仿佛从水煮章鱼大叔一下子变成了发现辉夜姬的竹取翁，露出一副讨好的表情。听说明石同学曾经在旧书市为峨眉书房打过一段时间的工，和老板也混熟了，每次经过河原町街都要停下来和老板唠唠家常。话说回来，看到书店老板那如同融化了的棉花糖般的甜美笑容，我感到非常不可思议，这和刚才赶我出门的态度简直是天壤之别。

我的目光落在橱窗里的上田秋成全集上。明石同学对那位竹取翁说了些什么，只见后者边听边点头。过了一会儿，书店老板满脸歉意地摇了摇头，然后指了指河原町街西边，又和她说了几句话。

"这里没有，我们换个地方吧。"

说完，明石同学将寻找龟之子棕毛刷的阵地转移到了河原町以西的方向。

过了河原町街，我们沿着蛸药师街向西而行，来到暮色下人头攒动的新京极。明石同学拐进连接新京极和寺町的巷子之中，径直走进了一家门口摆放着旧旅行包和电灯的旧货商店。就在我把玩着角落的铁皮潜艇模型时，她已经打听到锦市场有一家可能了解龟之子棕毛刷的杂货铺。

我亦步亦趋地跟着明石同学来到靠近锦市场西侧尽头的一家黑黢黢的杂货铺，她进屋跟老板夫妇交谈了几句，又听说佛光寺街上的另一家杂货铺的老板或许能提供消息。

夕阳西下，我们穿过四条街，向南经过佛光寺，又往东走去。与四条一带不同，这里的行人寥寥无几，更显安静。

眼前是一家半掩着卷帘门的杂货铺，明石同学把头伸进昏暗的室内，询问道：

"请问有人吗？"

随后，她说出锦市场那家店的名字，总算和对方搭上了话，还把我叫了进去。

没铺地板的店堂又黑又窄，堆满了各式物件。瘦得像只仙鹤的老板打开灯，橙色的亮光铺遍屋内。

"你们是听谁提起那玩意儿的？"

老板问。我回答说是樋口师父，并希望他务必将东西卖给我。

在橙色灯光的映照下，老板消瘦的脸庞轮廓分明，彰显威严，那股气势震得我连话都说不出来。他很快走进店堂深处，过了一会儿拿出一只泡桐木小盒子。老板一声不响地打开盒盖，我往里面看了一眼，只见一把龟之子棕毛刷放置其中，看上去普普通通的。

"就是它了。"

说着，老板把盒子递给我。

"多少钱？"

听我这么一问，老板的目光在我的脸上停留了一会儿，回答道：

"嗯，差不多两万日元。"

还真是大言不惭。就算这把传说中的龟之子棕毛刷用了特殊的棕榈纤维，也不该被拿来这样漫天要价。与其为这玩意儿掏两万日元，我还不如被光荣地逐出师门。

我借口说手头没带那么多现金，然后离开了杂货铺。在回家的路上，我认真思考着要不要就此和师父告别。

"学长，你怎么了？你想买那个东西吗？"

在四条街上，明石同学如此问道。

"怎么可能？一把刷子要两万日元，简直是无稽之谈。那玩意儿适合用在像下鸭茶寮那种高档场所，藏污纳垢的四叠半公寓水槽根本配不上它。"

"可师父要你买吧？"

"我大概会被逐出师门吧。"

"他可不会轻易和你一拍两散。"

"想想看，连你也成了他的弟子，他身边又有小津在，恐怕不需要我这种人了。"

"请别灰心，我会替你向师父求情的。"

"拜托了。"

○

自从当了樋口师父的弟子，我一次又一次地满足他那些强人所难的要求。

如今想来，我何必把时间浪费在那种事情上呢？师父那些刁难人的要求简直莫名其妙。

在京都有许多大学，学生比比皆是。师父主张，身为居住在京都的大学生，我们应该为这座城市做出贡献。有一段时间，无论刮风下雨，

我和小津都被要求坐在哲学大道旁冰冷的长椅上钻研西田几多郎[1]的
《善的研究》，一头雾水地讨论着什么"所谓知觉，就是一种冲动的意
志"。这样做是为了让我们成为京都的一道风景线——简直多此一举到
极点，还把我们的肠胃给搞坏了。在燃尽体力和精力之后，我们终于
在第一编第三章《意志》那里化为灰烬，原本充满智慧的面庞很快也
变成了嬉皮笑脸。在读到"我们的有机体原本是被设计来进行各种维
系生命的运动的"那一段时，小津重复说着"维系生命的运动"这几
个字，脸上浮现出淫荡的笑容，莫名兴奋了起来，想必是被Y染色体
勾起的无耻幻想迷了心窍。被迫在哲学大道那种幽静的地方研读了一
天如天书般的哲学书，小津那股阴暗的冲动宛如拔地而起的雄峰般难
以遏制，导致《善的研究》摇身一变，变成了《精妙的黄段子大全》。
毫无疑问，我们的计划半途而废了。假如一直读到第四编《宗教》，
想必我们会亵渎一切，从此无地自容吧。幸亏我们的精力、耐心和智
力都不足以支撑我们读到那里，这对西田几多郎的名誉可谓幸事。

　　因为师父是法拉利车队的车迷，当他们在方程式大赛中夺冠时，
我也曾在师父的命令下，举着三米多长的跃马红旗斜着跑过百万遍交
叉路口，还差点被车撞了。我本想让小津干这件事，可惜红旗是他不
知从哪里弄来献给师父的，断了我的退路。而且他还在师父面前煽风
点火，最后溜之大吉，害我落得个向全天下人展示法拉利威风的下场。
我一边听着司机们破口大骂，一边承受着来自行人的鄙视，真是一段
叫人不堪回首的记忆。

○

　　师父想要的东西五花八门，说什么人的欲望和伟大程度成正比，
可到头来还不是要我和小津去把它们弄到手？

1　注：日本哲学家、京都大学教授，在佛教哲学等东方传统思想的基础上吸
　　收康德和黑格尔等的西方哲学思想，建立独特的西田哲学。

我们孝敬师父的东西不只是食物和烟酒，还包括咖啡机、扇子，以及在商业街抽奖得来的卡尔·蔡司单筒望远镜。师父一年到头都在读的那本《海底两万里》其实也是我在下鸭神社的旧书市上买来的，我本想把这种经典冒险小说留到天气渐凉的秋夜细细品味，却不知何时被师父拿去了。

像出町双叶的红豆糕、圣护院的生八桥、海胆煎饼、西村小馒头，这些还有办法弄到，但像下鸭神社旧书市的旗子和青蛙吉祥物可就不好找了。至于像假面骑士V3的等比例模型、和榻榻米一样大的鱼肉山芋饼、海马、大王乌贼，这些就只好让人举手投降了。我们上哪儿去给他找大王乌贼啊？

有一回，师父让我们去名古屋买味噌猪排饭上的味噌，小津居然当天就出发了，令我甘拜下风。对了，我也曾跑到奈良帮师父买鹿粮煎饼。

有一次，师父说想要海马，小津不知从哪里搞来一只大水缸，就在他往里放沙土和水草的时候，水缸发出一声怪响，里面的水像尼亚加拉大瀑布一般倾泻而出。看着我和小津在水漫金山的四叠半房间里上蹿下跳，师父笑了一会儿，不慌不忙地问道："水会渗到楼下去吧？"

"对啊，这公寓太破了。"小津拍了拍脑门，"要是楼下的邻居闹上门来就不好了。"

"等等，楼下是我的房间！"我大喊道。

"那就没事了，多漏点吧。"小津像个没事人似的说道。

樋口师父房间里的水一路渗到楼下的110号房，也就是我的房间。我那些宝贵的书籍（不管是否猥琐）都被水浸得皱巴巴的，泡了水的电脑里那些宝贵的资料（不管是否猥琐）也都化为了电子垃圾。无须赘述，那场灾祸对我荒废的学业来说可谓雪上加霜。

费了那么大的工夫，差点就得到海马的樋口师父却又把目标转向了大王乌贼。于是，小津找来的水缸还没修好就被扔在过道里吃灰了。为了缓解对海洋生物的执念，师父拿走了我的《海底两万里》，快一年了都没有还给我。

到头来，吃亏的人还是我。

○

在接二连三的蠢事里，也包括和城崎学长那场激烈的"自虐代理代理战争"。

在师父的授意下，我们改写了城崎学长住处的门牌，用废弃的旧冰箱堵住他公寓的门口，还给他寄了一封封诅咒信件。城崎学长每次都会报复师父，比如用强力胶水把拖鞋粘在地上、设下装有黑胡椒的气球陷阱、以樋口师父的名义叫二十人份的寿司外卖。顺带一提，樋口师父不动声色地收下了所有寿司外卖，和我们以及关系要好的留学生一起举办了寿司派对。不得不说，他那稳如泰山的气场实在令人佩服，不过最后餐费由我和小津各付一半就是了。

经过两年的修行，我是否已经脱胎换骨，成为一名优秀青年呢？答案就和我的心情一样遗憾。

既然如此，那我为什么要投身于这种毫无建树的修行中呢？原因很简单——我只是想看见师父露出开心的表情。只要我们干那些没用的蠢事，师父就会发自内心地高兴起来。每当我们把他想要的礼物带给他时，他总会笑容满面地夸我们有长进了。

我从没见过师父卑躬屈膝的样子，他总是一副桀骜不驯的样子。可是，他笑起来却像个孩子一般天真。光凭一张笑脸，师父就能随意使唤我和小津，羽贯小姐称之为"樋口魔法"。

○

找到龟之子棕毛刷的第二天。

早上七点——在对大学生而言还是半夜的时间点，我的房门被敲得砰砰响。被惊醒的我赶紧起床开门，看见过道上站着头发直竖、目光炯炯的樋口师父。

"大清早的有什么事吗？"

师父没有回答，只是抱着一个四四方方的东西一声不响地站在冷飕飕的过道上。不一会儿，豆大的泪珠从他的眼眶中滚滚而下。师父茄子般的长脸皱成一团，嘴角下垂的样子就像个受委屈的孩子。他拼命地用手背擦着眼睛，呻吟道：

"阁下，结束了，结束了！"

我不禁紧张起来，追问道："什么结束了？"

"你看。"

说着，师父小心翼翼地从怀里拿出一个东西，原来是儒勒·凡尔纳的《海底两万里》。

"长达一年的旅程在今早落下帷幕，太让我感动了，我要和你分享这份心情，也要把书还给你。"

真是让我白担心一场，不过看着师父激动地擦眼泪的模样，我也差点被这段画上句号的两万里雄伟征程深深感动。

师父把书还给了我。

"真抱歉，借了这么久，不过我很享受这段时光。因为一直在看书，我都没有吃东西，现在肚子饿了，要不咱们去吃牛肉盖浇饭吧。"

于是，我们呼吸着略带寒意的清晨空气，赶往百万遍交叉路口的牛肉饭店。

○

在牛肉饭店吃完早餐，我还在付两人的饭钱时，师父就已经悠然自得地从百万遍交叉路口一路朝鸭川的方向走远了。等我追上去时，师父开口说道："真是个好天气啊。"

他摸着长满络腮胡的下巴，仰望头顶略显朦胧的五月蓝天。

我们来到鸭川三角洲，樋口师父穿过松树林，走下河堤。松树林后方的天空一望无际，我们的身体仿佛要被吸到天空一样。前方就是雄伟的贺茂大桥，在耀眼的朝阳下，车辆和行人川流不息。

樋口师父站在三角洲的尖端，仿佛身居在汪洋中前行的船首，叼着烟卷吞云吐雾。来自右后方的贺茂川和左后方的高野川在我们面前相聚后形成鸭川，一路向南，滔滔而去。一直下到前几天的雨抬高了水位，河边郁郁葱葱的草丛也被浸透，河面看起来比平常更宽阔了。

　　师父抽着烟说道：

　　"我想去远方。"

　　"真难得啊。"据我所知，师父离开四叠半房间的时间从来不超过半天。

　　"我一直有这种打算，看完《海底两万里》后更坚定了这个想法。看来，我是时候走向世界了。"

　　"你有盘缠吗？"

　　"当然没有。"

　　师父笑了笑，吐出一口青烟，又像想起什么似的说道：

　　"对了，我前几天去学校时看见一个大三那年一起喝酒的家伙，便上去打了声招呼，但对方好像很尴尬。他问我现在在干什么，我说在重修德语，他听完马上就走了。"

　　"跟师父同级的话，那个人应该已经是博士生了，见面不尴尬才有鬼呢。"

　　"他尴尬什么啊？留级的又不是他……真叫人搞不懂。"

　　"这就是师父厉害的地方。"

　　听了这句话，师父露出了得意的神情。

　　大一那会儿，樋口师父告诫我说："阁下，留级、电子游戏和麻将是绝对碰不得的，不然你的校园生活就荒废了。"

　　我谨遵他的教诲，时至今日都没留过级，更没有沉迷电子游戏和麻将，却依然荒废了校园生活，真叫人百思不得其解。我本想找师父问个究竟，却始终开不了口。

　　我们坐在河堤旁的长椅上。星期天的清晨，贺茂川边不乏散步和慢跑的人。

　　"我去三条找龟之子棕毛刷的时候顺便请人算了个命。"我冷不丁地说道。

"人生都没开始就迷茫了？"师父看起来挺快活的，"阁下刚出娘胎没多久呢。"

"再怎么说，剩下的两年时间里，我也不能总是找完刷子就去打'自虐代理代理战争'，打完接着找刷子，找完刷子就听小津说黄段子，听完段子再接着找刷子，就这样虚度光阴。"

"龟之子棕毛刷不用找了，放心，我不会把你逐出师门的。"师父安慰我道，"阁下没问题的，两年来不都很努力吗？别说未来两年了，哪怕三年四年，你都可以顺顺利利地虚度下去，这一点我可以保证。"

"我才不要这种保证。"我叹了一口气，"如果没碰到师父和小津，我一定能过上更有意义的生活。努力学习、和黑发少女交往，享受没有一丝阴霾的校园生活。没错，一定是那样的。"

"你没事吧？还没睡醒吗？"

"我终于知道自己是怎么荒废校园生活的了，那时候我就该慎重考虑自身的可能性。大一那年我做出了错误的选择，下次可不能再错失良机，一定要开始一段不一样的人生。"

"良机是什么？"

"是斗兽场，算命的人告诉我的。"

"斗兽场？"

"我也不太明白。"

师父抓了抓长着络腮胡的下巴，看了我一眼。每当师父露出那种锐利的目光，总会给人一种高贵的气质，仿佛是出身名门的少爷，与下鸭幽水庄那种摇摇欲坠的四叠半公寓格格不入。只不过，这位少爷在濑户内海遭遇海难，一路漂到了煞风景的四叠半孤岛。话说回来，师父从来不曾扔掉那件皱巴巴的浴衣，也丝毫不打算离开那间地板仿佛被高汤煮过一般的四叠半房间。

"'可能性'这三个字可不是能随便说的。限制我们成为什么样的人的并非可能性，而是不可能性。你能成为兔女郎吗？能开飞机吗？能当木匠吗？能成为纵横七大洋的海盗吗？能化身世纪大盗去偷卢浮宫的藏品吗？能设计出超级计算机吗？"

"不能。"

师父点了点头，罕见地向我递了支烟。我恭敬不如从命，把烟接了过来，却怎么也点不着。

"我们大多数的烦恼，都来源于梦想成为不同的人。把希望寄托在自身可能性这种不靠谱的东西上，才是万恶之源。你必须承认，除了当下的自己，你成为不了任何人。你过不上那种所谓的玫瑰色的校园生活，这一点我可以保证，你放心便是。"

"这些话也太伤人了。"

"挺起腰杆来，学学小津。"

"唯独这个我敬谢不敏。"

"别这么说嘛，你看看人家，他虽然是个彻头彻尾的呆瓜，却能安于现状。比起那些不安分守己的秀才，安于现状的呆瓜反而能把日子过得更有意义。"

"真的是这样吗？"

"嗯……不过，凡事都有例外。"

之后，我们都默默抽着烟，看着从松树枝叶间洒下来的阳光。以平均睡眠时间达到十小时为傲的我明显没睡够，在暖洋洋的阳光下犯起困来。师父一宿没合眼，上下眼皮也在打架。在世人珍惜的假日大好清晨，两个古怪的男人却在鸭川三角洲半梦半醒，真是暴殄天物。

师父打了个哈欠，我也被传染，二人就这样接连打起哈欠来。

"回去吗？"

"嗯。"

在返回下鸭幽水庄的路上，我们经过了下鸭神社的神道。

"阁下可得安于现状才好。"师父自言自语般道，"不然我怎么让你继承衣钵呢？"

"什么衣钵？"我惊讶地问道。

师父笑了笑，吐了一口青烟。

○

谁也不知道明天会发生什么，我们必须从那无尽的黑暗中准确无误地抓住对自己有益的东西——为了践行这个哲学道理，樋口师父提议我们吃一顿"摸黑火锅"。他说，在黑暗中成功捕获自己中意的美味，这种能力在逐利的现代社会是一种必要的生存技能，简直胡说八道。

那天晚上，在樋口师父的四叠半房间里吃"摸黑火锅"的有小津、羽贯小姐和我。因为即将提交课程报告，明石同学没有加入。我也表示过自己也有复杂的实验报告要交，却没人搭理，这男女不平等也太明显了。

"放心，我会让'印刷厂'的人替你准备报告的。"

小津说道。然而，正是因为过于依赖他从"印刷厂"搞来的假报告，我荒废的学业更加覆水难收了。

"摸黑火锅"的规矩是每个人自带食材，但在下锅之前都不能展示。或许是对没能成功诱拐香织小姐一事耿耿于怀，小津带着一脸猥琐的笑容买来了令人疑窦丛生的食材，还说什么"既然是'摸黑火锅'，大家可以放任何东西进去"。这个家伙能就着他人的不幸吃下三碗饭，想必会在火锅里放进叫人哑口无言的东西，这让我心里忐忑不安。

我知道小津不光对蔬菜深恶痛绝，更不将菌菇类视作人类的食物。所以，我带了很多美味的菌菇。羽贯小姐脸上也带着一副恶作剧的表情。

在伸手不见五指的漆黑房间里，第一批食材被倒入锅中，樋口师父立刻就吵着要吃。

"还没煮熟呢。"我说道。

"各位听好了，只要筷子碰到就得负责吃下去。"师父命令道。

羽贯小姐似乎在喝啤酒，发牢骚说房间黑漆漆的，喝酒都不尽兴了。

"看都看不见，怎么喝得醉啊？"

○

　大一的夏天，樋口师父将羽贯小姐介绍给我认识，自那之后，我俩便常常在师父的房间见到她。

　羽贯小姐虽是一个美女，长得却像古代将军的夫人。她的相貌威武霸气，甚至可以说，她就是个将军。看到她那张脸，我常常觉得她没能当上封建领主怪可惜的。就凭那股气势，她仿佛随时随地都能将我和小津劈成两半。酒精饮料和蜂蜜蛋糕是她的最爱。

　羽贯小姐是一名牙医，在御荫桥旁的窪塚牙科诊所上班。她曾邀请过我几次，不过我不想任由别人把那些奇奇怪怪的棍子和管子塞进自己的嘴里，况且对方还是羽贯小姐，我甚至想象得出她用长刀祛除牙垢，让我血如泉涌的画面，实在不敢造访。

　我和小津讨论过几次，怀疑羽贯小姐是师父的恋人，却不好断言。她既不是师父的弟子，又不是他的妻子，身份成谜。

　羽贯小姐和樋口师父同岁，和城崎学长也是旧交，城崎学长会定期去她所在的窪塚牙科诊所接受检查，两人一年会见上几面。

　樋口师父、城崎学长、羽贯小姐这三人之间究竟发生过什么，我们无从知晓。不过，羽贯小姐想必对师父和城崎学长之间的"自虐代理代理战争"所知甚详。我和小津也试过趁她喝醉时套话，却被防得死死的。此后，我就再也没向她打听过什么。

○

　让我没想到的是，吃下看不见的东西会让人如此提心吊胆，更别提围坐在桌旁的四人中还有小津这个坏到骨子里的怪人。

　火锅煮开之后，开始用餐的我们接连被未知的食物（或者说像食物的东西）弄得一惊一乍。"它在蠕动！"羽贯小姐大叫着把什么东西扔到我的额头上，我也尖叫着把那个还在蠕动的东西丢向了小津，换来了对面的一声闷哼。后来才知道，那只是一段卷面而已，却在黑暗的映衬下让人联想到细长的虫子。

"这是什么东西？外星人的脐带？"小津问道。

"准是你扔进去的，自己吃吧。"

"不要。"

"各位，千万不能浪费食物。"樋口师父用家长的语气命令道，让我们都老实了下来。

没过多久，夹到蘑菇的小津就嚷嚷着自己拿到了一团菌菇，逗得我不禁偷笑。我自己则抽到了拇指大小的妖怪形状的东西，吓得心脏差点停止跳动，等我平静下来一检查，才发现是萤火鱿。

等吃到第三轮，锅底的味道居然变得越来越甜，还有一股啤酒的味道。

"喂，小津，你放豆沙进去了吧？"我怒吼道。

"嘻嘻嘻，"小津笑了起来，"但啤酒是羽贯小姐放的吧？"

"被发现了？可这样一来，味道不是更浓了吗？"

"太浓了，都吃不出什么味道了。"我说。

"像深渊一般的火锅。"

"各位，我啰唆一句，棉花糖可不是我放的。"

小津平静地声明道，看来他是夹到棉花糖了。

我吃了豆沙味的大虾，又品尝了沾满棉花糖的白菜。根据我的观察，坐在身旁的樋口师父不管遇到什么，都会吹散热气，心满意足地吞下去，尽显为师的风采。

听到我说明石同学破坏了诱拐香织小姐的计划，羽贯小姐大笑道："明石同学做得对，诱拐也太过分了。"

小津不服气地说道："我可是做好了万全的准备啊，而且城崎学长居然把师父的浴衣染成了粉红色，手段太下作了。"

"那不是很好笑吗？他很有才啊。"羽贯小姐说。

不服气的小津没再说话，仿佛与黑暗融为一体，让我难以判断原本就黑乎乎的他究竟身在何处。

"我和城崎也认识很久了呢。"羽贯小姐感慨道,"他被赶出社团了吧?我觉得那样做有点过火了,是小津没有把握好分寸吗?"

羽贯小姐似乎注视着小津所在的方向,隐藏在黑暗中的小津却没有回应。

"城崎也不该在社团里混日子,"师父说道,"都一把岁数了。"

"这话从你嘴里说出来,就没什么说服力。"羽贯小姐回应道。

吞下那些莫名其妙的食物后,肚子很快就饱了,于是我们停下了筷子,开始东拉西扯。羽贯小姐还在一个劲地喝酒,气呼呼的小津闷声不响,让人觉得挺诡异的。

"小津,你怎么不说话?"师父不解地问道,"他真的还在吗?"

见小津还是不作答,羽贯小姐开口道:"既然他走了,咱们就聊聊他的女朋友吧。"

"小津有女朋友?"我气得发抖。

"他们在一起两年了,听说那个女生和他在同一个社团,是一个可爱优雅的姑娘,像个大家闺秀一样。不过,我没有见过她。有一次因为差点被那个女生甩了,小津打电话给我,哭哭啼啼了一整晚……"

"胡说八道,危言耸听!"

隐藏在黑暗中的小津大呼小叫起来。

"你没走啊?"师父笑嘻嘻地说道。

"你跟你的女朋友相处得怎么样啊?"羽贯小姐问道。

"我有权保持沉默。"小津在黑暗中抵抗。

"她叫什么来着?"羽贯小姐回忆着,"好像是小日……"

可她的话还没说完,小津就嚷嚷着自己有权沉默,还说要叫律师过来。于是,笑嘻嘻的羽贯小姐不再说下去了。

"你小子,一个人偷偷快活!"我怒不可遏地说道。

"我听不懂你在说什么。"小津还在装蒜。我恶狠狠地盯着在黑暗中的小津,这时,坐在一旁独自在火锅里拼命夹菜的师父口齿不清地喊道:"这玩意儿好大……还软绵绵的。"他似乎很吃惊,好像在试着咀嚼那个东西。

"这个好像不是食物，"师父平静地说道，"不是规定只能放吃的东西吗？"

"要开灯吗？"

我起身打开荧光灯，发现小津和羽贯小姐都一脸惊讶。师父的碟子里坐着一只可爱的海绵小熊布偶，被火锅的汤汁泡得胀胀的。

"好可爱的娃娃。"羽贯小姐说道。

"是谁把这玩意儿放进去的？"师父问，"这还怎么吃啊？"

可是，我们其他三人都对此毫无印象。我之所以相信小津没有撒谎，是因为我清楚他的心灵可没纯洁到会看上如此可爱的玩偶。

"给我吧。"

说着，羽贯小姐拿起布偶，用自来水把它冲洗干净。

○

羽贯小姐是一个很好相处的人，就是喝醉的时候很让人头疼。她的面色会越来越白，两眼无光，慢慢开始舔别人的脸。当我和小津被羽贯小姐逼到墙角，四下逃窜时，我感到了一种莫名的兴奋。当然，作为一名绅士，就算被异性舔到脸也不能露出色眯眯的表情。然而，樋口师父像在看耍猴一样看着我们。羽贯小姐还说要把那个从医院同事那里拿到的蜂蜜蛋糕送给我，让我陪她过夜，简直是强人所难嘛，我肯定不会答应的。

没过多久，小津就睡着了，那张原本就脏兮兮的脸看起来更不干净了。羽贯小姐也终于平静下来，开始打盹。

"我要去旅行了。"

师父抑扬顿挫地说道。奇怪的是，师父虽然不怎么喝酒，但每当羽贯小姐喝了一杯又一杯，他也会变得醉醺醺的。

"去哪儿？"

羽贯小姐睡眼惺忪地抬头问道。

"环游世界一周吧，不知道需要几年。羽贯你要不要也跟着去？毕竟你会英语。"

"瞎说什么呀，真够蠢的。"

"师父，那你的英语呢？"我问。

"我可不会白白送自己去学英语。"

"可是樋口，那件事你打算怎么办？"羽贯小姐问。

"没事，我自有安排。对了，过十二点了，得去吃猫咪拉面了。"

"要把小津叫起来吗？"

师父对着羽贯小姐摇了摇头。

"让他睡吧，就我们三个去，"师父说着，露出了一丝微笑，"去见见城崎。"

〇

樋口师父悠闲自得地走在下鸭神社前黑漆漆的御荫街上。深夜的街头静悄悄的，纠之森在风中发出窸窸窣窣的声响，下鸭主干道上偶尔有车经过。我默默地跟在师父身后，羽贯小姐脚步尽管有些踉跄，却似乎在慢慢醒酒。

"喂，阁下，"师父笑了起来，那张茄子般的长脸变得皱巴巴的，"我指定你为代理人。"

"代理什么？"我吓了一跳。

"嘿嘿，总之做好心理准备吧。"

"为什么不选小津？"

"小津就算了，他还有别的任务。"

有流言说猫咪拉面的高汤是用猫熬煮出来的，也不知是真是假，不过那家路边摊的拉面味道堪称一绝。虽然肚子里填满了"摸黑火锅"里的怪玩意儿，但一想到猫咪拉面的滋味还是想来一碗。

那家路边摊就搭在冷飕飕的黑夜里，灯泡孤独地散发着微光，在寒冷的晚风中蒸腾着暖洋洋的白气。师父乐呵呵地哼着调子，抬起下巴。我看见有个人先到了一步，坐在马扎上和老板聊天。

发现我们走近，老板抬头打了声招呼。先来的客人也起身回头，橘黄色的灯光勾勒着他那张轮廓分明的脸庞。

"让我好等。"城崎学长说道。

"抱歉。"樋口师父回应道。

"城崎，好久不见，你还好吧？"羽贯小姐冲他点了点头。

"托你的福，身强体壮。"城崎笑着露出一口白牙。

我们三个并排坐下，我觉得有些窘迫，便独自坐在靠边的马扎上。我不知道这些人为什么聚到一起，更没见过樋口师父和城崎学长坐在一起的样子，不禁猜想是不是发生了什么大事。

就这样，"樋口和城崎和解会谈"拉开了序幕。

"是时候告一段落了。"樋口师父说道。

"嗯。"城崎学长点了点头。

就这样，"樋口和城崎和解会谈"宣告结束。

○

"这一届的时间特别长啊。"猫咪拉面的老板说道，"好像已经不止五年了。"

"不记得了。"城崎学长一副心不在焉的样子。

"正好五年，我们之前的代理人也差不多是在这个时候开和解会议的。"樋口师父回答。

"还真是五年……"老板问道，"你们的上一代过得如何？"

"我的上一代回老家长崎了，在法院工作。"

"城崎的呢？"

"谁知道，那个人总是吊儿郎当的。"城崎学长说，"自从大学退学后就没跟我联络了。"

"怎么说呢，城崎的上一代和樋口有点像，不食人间烟火的样子，怎么会成了你的师父？"

"不懂，大概是机缘巧合吧。"城崎学长苦笑道。

老板为我们端来了拉面。

他们四人似乎有个神秘的圈子，唯独把我排除在外。我万万没想到猫咪拉面的老板居然和师父他们有如此深的交情，震惊之余畏畏缩缩地吃着面。

"就是他吗？"城崎学长看着我问。

"嗯，他就是我的代理人。"师父心情愉快地拍着我的肩膀，"你的代理人今晚不来吗？"

"那个混账小子说和别人有约，实在来不了。"

"是吗？"

城崎学长笑了起来。

"他可是个如假包换的怪人，不过应该能完成代理职责，你的代理人最好做好心理准备。"

"我很期待哦。"

"决斗当天我会带他去的。"

"哎呀，还是要搞那种决斗啊？"老板隔着热气露出苦笑。

"那当然，贺茂大桥上的决斗可是我们的仪式。"樋口师父回答。

〇

神秘的会谈在和谐的氛围中结束了，城崎学长潇洒地骑着摩托车扬长而去。

"是时候把小津赶出去，睡个安稳觉了。"樋口师父说完，打了个大哈欠。

"师父，我一点都没听明白。"我说，"代理人是怎么回事？"

"明天我会和你详细解释的，今天太困了。"

师父回到了下鸭幽水庄。

我负责把羽贯小姐送回她位于川端街的公寓。她一边揉捏着从"摸黑火锅"里冒出来的神秘小熊布偶，一边走在昏暗的夜路上。或许是被那种少女般的神态掩盖，古代将军的霸气荡然无存。羽贯小姐看起来有些落寞，更像一位伤神的妙龄女子。

带着疑惑的心情，我和她一起穿过了静悄悄的御荫街。

"城崎学长看起来挺酷的。"

听我这么一说，羽贯小姐得意地笑了。

"其实他骨子里和樋口差不多。"

"真的吗？我觉得他不像是会和师父互相恶作剧的人。"

"其实他心里可乐意了，就是脸上不表现出来。"

"难以置信。"

"一直以来，城崎就只有樋口这一个朋友。"

羽贯小姐没再往下说，只是用力捏了捏小熊布偶，海绵玩偶的表情看起来很痛苦。

不一会儿，我们来到了高野川。御荫桥是一座棱角圆润的小桥，在桥的东面耸立着大文字山。听说每逢盂兰盆节，桥上就会挤满前来观赏的观众。顺带一提，我还没看过五山送火会。

羽贯小姐话不多，让我有一种不祥的预感，说不定这是暴风雨前的寂静。我感觉盘踞在她心底的邪恶念头蠢蠢欲动，眼看着就要从她身体里喷涌而出了。从一旁看去，她面色凝重，脸色苍白，不光紧咬着嘴唇，身体还在微微发抖，仿佛即将慷慨就义。

"羽贯小姐，你不舒服吗？"

我小心翼翼地问道，羽贯小姐微微一笑。

"被你看出来了？"

她说完这句话就趴在了御荫桥的栏杆上，以一种令人难以置信的优美姿势将食物吐了出来，然后兴味盎然地望着刚刚享用的猫咪拉面缓缓坠入高野川。

正当羽贯小姐出神之际，她手中可怜的小熊布偶竟然像只饭团一般滚过栏杆，掉了下去。看见羽贯小姐惊呼一声，向下探出身子，身材瘦弱的我只好竭尽全力将她拉了回来，和她险些一起步了猫咪拉面和小熊布偶的后尘。小熊布偶在桥栏和高野川的水面之间调皮地打着转，充分发挥了可爱的特质后闪亮退场，扑通一声没入水中。

"唉，掉下去了。"羽贯小姐无奈地说道，又将下巴搭在栏杆上，"它会漂向何方呢？"

她的语调仿佛在歌唱。

"漂向鸭川三角洲以后流经鸭川和淀川，然后前往大阪湾。"我一字一顿地说道。

羽贯小姐哼了一声，直起腰来煞有介事地说道："算了，由它去吧。"

说完，她啐了一口唾沫。

真是一只可怜的小熊布偶。

○

我把羽贯小姐送到公寓后，返回了下鸭幽水庄。

我还以为110号房门口坐着一只肮脏可怕的野兽，定睛一看才发现是小津。

"快滚回你的公寓。"我说。

"别说这种伤感情的话。"

小津说着进了我的房间，像一具尸体一样躺在了房间一角。

"你们丢下我去哪里了？"

"猫咪拉面。"

"太狡猾了，我一个人好寂寞啊，都快要消失了。"

"我还求之不得呢。"

小津哀怨了一阵子后也厌倦了，倒头睡去。我将他推到积满灰尘的房间角落，还遭到了抵抗。

钻进被窝后，我陷入了沉思。

我半推半就地成了师父的继承人，却还是不明白"自虐代理代理战争"究竟是怎么回事。师父和城崎学长之间曾经发生过什么？明天在贺茂大桥上的决斗又是什么意思？和猫咪拉面的老板有关吗？难道说，我不得不跟城崎学长带来的继承人浪费彼此的时间，相互恶作剧下去？没有退路了吗？话说回来，我的对手会是个什么样的人呢？

万一是个欺软怕硬、我行我素、趾高气扬、脾气古怪、不学无术、厚颜无耻，能就着他人的不幸吃下三碗饭的人，我又该怎么办呢？

我坐起身来，小津的呼噜声不绝于耳。

这种不祥的预感明确得令人无处遁形，犹如胆汁一般在我胸中扩散，将我试图打消它的努力化为乌有。因为对现状不满，我甚至向木屋町的算命师咨询未来，到头来能怎样呢？我本该抓住良机，开启全新的人生，如今非但错失机会，还将自己逼入了更加难以回头的歧途。

小津睡着时的表情是那么天真无邪，丝毫不在意我内心的纠结。

○

第二天，我将睡眼惺忪的小津赶出房门后去了学校。

可是，一想到傍晚的"贺茂大桥决斗"，我就怎么也平静不下来。于是，我草草做完实验，回到了下鸭幽水庄。我本想去拜访樋口师父，却发现他房门口挂着一块黑板，上面写着"在澡堂"三个大字。看来为了应对决斗，他准备清洗自己的身体。

我返回自己的房间，听着煮咖啡的咕嘟声，目光落在羽贯小姐吃完"摸黑火锅"后给我的蜂蜜蛋糕上。羽贯小姐真够残忍的，我一个人吃这么大的蛋糕未免太无趣了，这不是人干的事。要是可以和某位赏心悦目的人儿一起，一边优雅地品着红茶一边享用就好了，比如和明石同学一起……想到这里，我不禁被自己的想法吓了一跳。我不幸被选为神秘的"自虐代理代理战争"的继承人，心不甘情不愿地即将踏入越发空虚的未来，却依旧任凭大脑沉浸在这种上不得台面的妄想之中，以此来逃避现实，真是无地自容。

一只闯入房间的大飞蛾在我头顶的荧光灯周围来回盘旋，我想起明石同学讨厌飞蛾的事情，又在与她一同跌落楼梯的美妙回忆中流连忘返。这样的我真是太蠢了。我用水果刀切开蜂蜜蛋糕，一块一块地吃起来，不觉发出赞叹。我尽量克制着，不让自己继续沉浸在上不得台面的妄想中，正要将手伸向猥琐图书馆时，却听到一阵敲门声。

一打开门，过道上的明石同学就惨叫一声向后退去。我还以为是自己的表情看起来像欲火焚身的淫兽，原来她只是被我房间里的飞蛾吓到了。我不慌不忙地击退了飞蛾，然后彬彬有礼地请她进屋。

"樋口师父打电话让我傍晚过来，可他好像不在家。"她说道。

我向她简要说明了樋口师父与城崎学校的和解会谈。

"没想到在我写报告的过程中发生了那么大的事，我这个弟子当得真不称职。"

"不用放在心上，毕竟事情发生得很突然。"

我给明石同学倒了一杯咖啡。

她抿了一口，说道："我带了一件东西来。"说着，明石同学从包里拿出一只似曾相识的泡桐木盒子。我打开盖子，只见里面装着我俩一同寻找的传奇龟之子棕毛刷。

"这下你就不会被逐出师门了。"

明石同学说得云淡风轻，我却差点因为她这份对师兄的关心而感激涕零。

"谢谢，谢谢你。"

"没什么。"

"要来点蜂蜜蛋糕吗？"

在我的招呼下，她拿起一块咬了一口。

"你都没什么时间写报告了，抱歉，占用了你的时间。"

"嗯，报告勉强赶上了。"

"是什么报告？我记得你好像是工学院的吧？"

"工学院的建筑系，报告是有关建筑史的。"

"建筑史？"

"是的，关于古罗马建筑，比如神殿和斗兽场。"

斗兽场。

就在这时，耳畔忽然传来了敲门声。

"阁下，决斗时间到了。"

是樋口师父的声音。

○

刚洗完澡的师父脸上白净净的，络腮胡却依旧如初。

"我和小津一起去泡了个澡。"师父说。

"小津呢？"

"他去城崎那边了。其实，他一直都是城崎的人，真是一个有趣的家伙。"师父将双手插进衣袖，哈哈大笑，"把我的浴衣染成粉红色的人也是他。"

不必说，诸位读者肯定早已心知肚明了。

自去年秋天以来，小津时常拜访在社团中失势后郁郁寡欢的城崎学长，不仅听他发牢骚，还痛骂了将他赶出社团的卑鄙小人。当然，如前所述，在背后煽动卑鄙小人的十恶不赦之徒正是小津自己。随后，小津如魔鬼般潜入城崎学长的内心，确立了自己心腹的地位。二人厮混一段时间后，城崎学长得知小津是樋口师父的弟子，便拉拢小津当自己的奸细。小津则露出奸商般的坏笑。"城崎学长也好坏啊。"说完，他便欲拒还迎地答应了下来。

在小津不明所以的暗中行动中，一幅毫无意义的画面跃然纸上。

一方面，小津按照樋口师父的吩咐往城崎学长的信箱里塞进十几种昆虫；另一方面，他又按照城崎学长的吩咐将樋口师父的浴衣染成了粉红色，不断上演着如此诡异的循环。小津左右开弓，大显身手，扮演着双重奸细的身份，令人哭笑不得。很显然，上蹿下跳的人只有小津一个。他为什么要将精力倾注在如此危险的高超技巧之中呢？这个谜题疑云重重，却也没必要刻意去解答。

"我看穿了他的奸细身份，又觉得很有意思，就由他去了。"樋口师父说。

"也就是说，这都是他捣的鬼。"我说，"师父和城崎学长都被他玩弄于股掌之间了。"

"小津学长也真让人佩服。"明石同学说道。

"嗯。"师父似乎一点儿也不生气，"他是一个彻头彻尾的傻瓜，这是'自虐代理代理战争'史无前例的事情，他会留名千古的。"

说着说着，樋口师父发现了蜂蜜蛋糕，还没等我招呼就直接吃了起来，然后又意气风发地说道："好了，今晚要去贺茂大桥决斗。"

"师父，请等一等。"

见我慌张的样子，师父点了点头。

"阁下也想了解前因后果吧？所以我觉得有必要解释一下什么是'自虐代理代理战争'。"

○

究竟什么是"自虐代理代理战争"呢？

这场空虚而高贵的战争的历史还要追溯到太平洋战争之前。

事件的起因究竟是高中生争风吃醋还是比拼酒量，因为历史过于久远，已经无从考证了。

这起事件影响深远，那些学生在毕业之前始终争斗不休。由于战线拉得过长，他们直到毕业都没有分出胜负。这些如今连姓名都无迹可寻的男人，终于放弃在高中时期决出雌雄，却固执地抗拒握手言和。不过因为筋疲力尽，他们也不愿再争斗不休。同时，他们又是一群重视荣誉的人，不想让事情不了了之。绞尽脑汁之后，他们想出一个前所未有的离奇办法——将这场争斗交到毫不相干的学弟手中，让他们来代理解决。

于是，隐藏在大学历史背后的战争拉开了帷幕。

当时的斗争手段并未被记录下来，不过可以确定的是，从那时起，双方全力比拼毫无意义的恶作剧就成了不成文的规定。代理这场战争的学弟们彼此之间并无个人恩怨，只是继承了"必须斗争"的意志。他们你来我往，刻意避免分出胜负，因为他们也不知道究竟该不该分出胜负。像学长们一样，他们又让学弟们继承了代理人的身份，将结论留给后辈。

不久之后，太平洋战争爆发，日本战败、经济复苏、校园纷争等社会动向似乎都与这场争斗无缘，未能阻止它一代代被继承下去。争斗的起因已被遗忘，唯有形式留了下来。不断重复的形式很快形成传统，成为代理人们的行动规范。

从八十年代后半段起，猫咪拉面成为代理人之间和解与继承的交流地。通过上一代在贺茂大桥上的最终决斗，继承仪式也将宣告完成。新的代理人必须尽可能拉长战线，并选择有前途的下一个代理人，让这种斗争传统得以延续。

从那一天起，小津和我分别成了城崎学长和樋口师父的代理人。

因为彼此都在"代理"毫无意义的恶作剧，曾几何时，这场争斗开始被称为"自虐代理代理战争"。确切地说，应该是"自虐代理战争"，而我俩就是第三十代代理人。

樋口师父和城崎学长只不过是第二十九代代理人，两人之间也从未有过深仇大恨。这一切都是因为没人愿意让这种传统终结在自己手中，更没人知道该如何化解这场斗争。

也就是说，这场战争是没有"理由"的。

○

"这是真的吗？"

"如果你不继承代理，我和城崎之间就不能和解。小津又是那样一个怪人，想必不会让阁下失望。"

"开什么玩笑！"

这时，樋口师父冷不丁地向我下跪。

虽然我认为那种传统不值得如此卖命死守，但面对跪在我面前的师父，我实在无法拒绝。想到玫瑰色的校园生活从此与我形同陌路，我心中不禁泛起一阵悲伤。

"好吧……"

听见我的轻声嘀咕，师父起身，满足地点了点头。

"明石同学，你来做个见证人吧。请你监督他们，让他们务必保持着绅士风度来完成任务。还有，万一两人动起真格来，你要及时阻止他们。"

"我明白了。"明石同学一板一眼地点头道。

我的后路彻底断了。

师父似乎终于放下心来，一身轻松地舒了一口气。"这样一来，我就没什么遗憾了。"说完，他点上了一支烟。

我错失了拒绝的"良机"，半推半就地继承了古怪的传统，一想到持续数十年的无谓斗争即将在我身上延续下去，我就感到灰心丧气。这时，我发现明石同学正不停地用手戳我，还指着装着龟之子棕毛刷的木盒。

"师父，这是龟之子棕毛刷，明石同学帮我弄来的。"

我将传说中的龟之子棕毛刷递了过去，师父睁大眼睛发出惊叹，很快又难为情地说道："对不起，决斗一结束我就要走了。"

"咦？"明石同学吓了一跳。

"你真的要去环游世界吗？太鲁莽了吧。"

听我这么一说，师父摇了摇头。

"我就是为了这个才指定代理人的。我短期内不会再回到四叠半公寓了。阁下，能拜托你替我打扫房间吗？"

"一茬接一茬的，真是我行我素呀。"

"别这么说嘛。"师父笑道，"该出发去贺茂大桥了，城崎还等着跟我进行最后的决斗呢。"

我们刚要离开下鸭幽水庄，羽贯小姐就上气不接下气地跑了过来。

"还好赶上了，我一下班就冲过来了。"

"还以为你不会来看了。"师父说。

"虽然没什么看的价值，但还是让我奉陪到底吧。"

于是，我们一同前往贺茂大桥。

〇

　　站在贺茂大桥东边的师父挽起浴衣的袖子，看着古色古香的怀表。

　　四周已经埋没在深蓝色的暮色之中，鸭川三角洲依旧被大学生占据着，热闹非凡，想必是在举办新生欢迎会吧。想来，我已经整整两年没有参加这类活动了。因为前段时间总是下雨，鸭川水位高涨，浪声滔滔，在星星点点的路灯映照下，摇曳的河面宛如一层锡箔。落日后的今出川街上人来人往，汽车的头灯和尾灯布满整座贺茂大桥。零星路灯装点着桥上粗壮的栏杆，在黄昏中闪烁着神秘的橙色光线。今晚的贺茂大桥显得格外雄伟。

　　"啊，来了。"

　　樋口师父开心地说道，向桥中央走去。

　　城崎学长正从大桥的另一头朝我们走来，与他并肩而行的是小津。

　　我们彼此注视，相向而行，在桥中央碰了头。从栏杆向下望去，可以看见水花四溢的湍急鸭川。向南望去，在暗淡无关的河流尽头，远处的四条夜景宛如宝石般熠熠生辉。

　　"呀，这不是明石同学吗？"城崎学长惊讶地说道。

　　"你好。"明石同学向他欠了欠身。

　　"你认识樋口？"

　　"我是去年秋天拜他为师的。"

　　"她算是见证人。这位是我的代理人，之前和你介绍过了。"师父说着，指了指我，"话说回来，你的代理人不会就是我的弟子小津吧？"

　　城崎学长笑了。

　　"你以为的弟子其实是我派出去的奸细，没想到吧？"

　　"上你的当了。"

　　师父那张茄子般的长脸上浮现起笑容。

　　"那我们……"

　　"开始吧。"

四叠半神话大系

齐聚一堂的相关人等都感受到了某种莫名的紧张感。在我们的注视下，城崎学长和樋口师父四目相对。城崎学长的脸轮廓分明，在人行道旁老式街灯的白光映照下，颇有幕府末年京都杀人剑客的气魄。小津站在他身旁，脸上带着阴险的笑容，更衬托出了那股威势，二人可谓绝佳搭档。正面迎敌的樋口师父也尽可能板起了那张茄子脸。身穿深蓝色浴衣的他双臂抱在胸前，那昂然挺立的样子让人感到神圣不可侵犯，与城崎学长之间形成了龙虎相争的场面。

　　我们屏息凝神，好奇接下来将会上演一场怎样的决斗。

　　紧接着，羽贯小姐走到城崎学长和樋口师父的中间，单手向下一挥，仿佛要斩断两人之间牵引着的丝线。

　　"好了，快开始吧。"

　　这句话说得实在平淡，不像在开启一场终结五年大战的决斗。

　　城崎学长向前弯腰，小津迅速躲到他的身后。我和明石同学也同时向后退去，樋口师父则纹丝不动。城崎学长将左手手掌举向空中，右手握拳摆在腰间，仿佛随时要扑向樋口师父。樋口师父也不再双手抱胸，而是像念诵真言的法师一般在胸口结印。

　　"我要上了，樋口！"城崎学长嗓音低沉。

　　"来吧！"师父回答。

　　在令人窒息的片刻之后，二人狭路相逢。

　　"石头剪刀……"

　　"布！"

　　城崎学长夸张地瘫倒在地上。

　　"好，到此为止。"见羽贯小姐独自一人鼓掌，明石同学也随后模仿起来，我却半晌说不出话。

　　"我赢了，阁下要先发动攻击。"师父说。

　　所谓贺茂大桥的决斗，指的是决定下一代代理人行动顺序的猜拳游戏。

○

"这下总算一身轻松了。"

说着，樋口师父抬头望向深蓝色的天空，再度将双手抱到胸前，回归悠然自得的模样，着实令人钦佩。城崎学长像无事发生一般站起身来，神情波澜不惊。樋口师父掏出烟递给了他。

"樋口，接下来有什么打算？是你提出换届的。"吞云吐雾的城崎学长问道。

"远走高飞。"

"喂，羽贯，樋口又在说傻话了。"

"他本来就是个傻瓜。"羽贯小姐接着提议道，"我们去喝两杯吧。"

忽然间，师父嬉皮笑脸地在我耳边说：

"那么，我应该不会再出现在阁下面前了。"

"啊？"

"所以那个地球仪就送给阁下吧。"

"什么送不送的，那本来就是我的东西。"

"是吗？"

师父真的会离开这里吗？

就在我不知道该说些什么时，大桥北面的鸭川三角洲突然传来一阵惨叫，原本兴高采烈的大学生们立刻手忙脚乱地四下逃窜。

我扶着栏杆闻声望去，只见一大片黑雾状的东西从葵公园的森林向鸭川三角洲蔓延开来，即将淹没我们眼前的河堤。年轻人们在黑雾中东奔西跑，有人挥舞双臂，有人抓耳挠腮，看上去疯疯癫癫的。黑雾继续顺着河面前进，眼看就要到我们跟前了。

鸭川三角洲的喧哗声有增无减，松树林不断向外冒着黑色的雾气，事情似乎非同小可，不停蠕动的黑雾如地毯一般在我们眼前铺开，接着从河面上腾空而起，瞬间越过栏杆，以雪崩之势扑向我们所在的贺茂大桥。

"啊啊啊啊——"明石同学像漫画人物一样发出一声惨叫。

原来，那是一大群飞蛾。

○

虽然这件事上了次日的《京都新闻》，但飞蛾异常爆发的原因依旧未能查明。人们只能根据行进轨迹倒推，判断飞蛾的来源似乎位于纠之森，也就是下鸭神社。看起来是森林中的飞蛾因为某种缘故突然同时开始移动，但这种解释还不足以让人信服。与官方调查的结果不同，有传闻说飞蛾并非来自下鸭神社，而是来自附近的下鸭泉川町，但是这样一来，事情就显得更加匪夷所思了。正好当天晚上，我所租住的公寓一角突然出现了大量飞蛾，引起了一时的骚乱。

那天夜里回到公寓时，迎接我的是过道上随处可见的飞蛾尸体。因为忘了上锁，房门半开，我的房间里也大同小异。于是，我恭恭敬敬地让它们入土为安了。

○

我拨开不断撒到脸上的鳞粉，驱赶着差点钻进嘴里的大量飞蛾，同时来到明石同学身边，像个绅士一样保护她。曾经的我也是一个都市男孩，不愿与昆虫共居一室。可经历了两年学生公寓生活，我早已和五花八门的节肢动物一回生二回熟，对虫子见怪不怪了。

话虽如此，当时的飞蛾数量仍然远超常识可以解读的范畴。震耳欲聋的振翅声将我与外界完全阻隔，仿佛从桥上飞过的不是飞蛾，而是一大群长了翅膀的小妖精。我几乎看不见任何东西，微微睁开眼也只能勉强看见围绕着桥栏上的橙色路灯使劲扑腾翅膀的飞蛾，以及明石同学泛着光泽的黑发。至于其他人的情况，我就无暇顾及了。

等了一会儿，飞蛾大部队终于过去了，只剩下一些掉队的散兵游勇还在到处乱窜。明石同学面无血色地站起身，发了疯似的拍打着全身，大声问道:"我身上还有吗? 还有吗?!"

为了躲开在地上挣扎的飞蛾,她一路向贺茂大桥的西侧狂奔而去,最后全身无力地停在夜色中的一家散发着柔和光晕的咖啡厅门口。

蛾群再次化身黑色地毯,离开鸭川,朝着四条的方向挺进。

回过神来时,我发现城崎学长等人目光呆滞地四下张望着。我和他们一样,视线扫过点缀着橙色光芒的贺茂大桥。

樋口师父不见了踪影,就好像随同飞蛾大军华丽退场一般,不辱我等师父的威名。可让人想不通的是,小津也不知去向了。据我推测,樋口师父的神秘失踪应该是小津背地里谋划的。

"樋口和小津消失了。"环视贺茂大桥的城崎学长迷惑不解地说道。

羽贯小姐趴在栏杆上吹着晚风,开口道:"我们快走吧。"

○

"好了,今晚我得喝两杯。"羽贯小姐双手叉腰,"城崎,一起去吧。"

"没问题。"城崎学长的神情略有些落寞,"不过,樋口那家伙连声再见都不说就走了,真是来去匆匆。"

"难得有机会,就咱俩喝吧。"羽贯小姐说着走到我身边,把脸凑了过来,"明石同学就交给你了。"

他们说要夜逛木屋町,便就此离去。

我走向明石同学,她正蹲在咖啡厅的灯光下。

"你还好吧?"我对她说,"师父不见了。"

明石同学抬起头来,一脸苍白。

"喝杯咖啡放松一下吧?"我接着问道。

我可不是在乘人之危,更没有非分之想,只是不忍心看她继续面无血色。明石同学点了点头,和我一起走进旁边的咖啡厅。

"不知樋口师父是怎么了,小津也没了踪影。"我边喝咖啡边说。

明石同学面带好奇地看着我,冷不防地扑哧一笑。

"他真跟神明似的,好像长了翅膀飞走了。"说着,她喝了一口咖啡,

"真了不起。"

"到底去哪儿了呢？"我百思不得其解，"准是小津搞的鬼。"

喝咖啡的时候我回想起了"斗兽场"的事，便把这件事告诉了明石同学。我说，她去我的公寓提到"斗兽场"那回就是良机，如果没错过，我就不用像这样继承"自虐代理代理战争"，从而开始新的生活。一想到玫瑰色未来与我失之交臂，我就痛惜不已，长叹一声：

"我没把握住良机，又重蹈覆辙了。"

"不是这样的。"明石同学摇了摇头，"学长肯定已经把握住了，只是没有察觉到而已。"

我们悠闲地喝了一会儿咖啡，便听见由远及近的救护车警笛声。原以为救护车只是经过，不料它却停在了贺茂大桥的西边，里面的工作人员大呼小叫地忙着救人。

"谢谢你特意帮我找来那把龟之子棕毛刷。"

见我郑重道谢，脸上依旧没什么血色的明石同学微笑道：

"虽然师父走了，但学长开心就好。"

突然之间，我对明石同学产生了一种师兄妹之间不该有的情愫。关于这种情愫，我不愿做过多解释，因为那样不符合我的原则，不过为了付诸行动，我仍然绞尽脑汁，最后说道：

"明石同学，要不要去吃猫咪拉面？"

○

后来，我和明石同学关系的发展脱离了本书的主旨，请恕我不再一一详述那段既甜蜜又腼腆的时光。诸位读者也不必浪费宝贵的时间，去读那些令人皱眉的内容。

终成眷属的恋情，不提也罢。

○

　　樋口师父的去向从此无迹可寻。我万万没想到，他会以那种令人印象深刻又悄无声息的方式消失，甚至让我们无法判断他究竟是不是去环游世界了。

　　师父离开后大约过了半个月，我、明石同学、羽贯小姐一起不情不愿地收拾了210号房。虽然龟之子棕毛刷派上了大用场，但整场战斗依旧充满艰难险阻。羽贯小姐很快就主动败下阵来，明石同学假装因为脏乱不堪的环境抓狂而妄图逃跑，拄着拐杖前来参观的小津又吐在水槽里，加大了我们完成任务的难度。

　　对拜师的后悔心情如狂风暴雨一般在樋口师父临行前肆虐，如今师父离开了，我又觉得生活中好像缺了些什么。看见师父留在房间里的地球仪上还插着用于标记鹦鹉螺号位置的大头针，我居然难过到想把地球仪抱在怀中用脸去蹭。不过，我还是把持住了自己，没有做出那种令人不适的行为。于是，我拔掉了大头针，开始幻想樋口师父如今所在的位置。

　　至于龟之子棕毛刷，则被我们留在了明石同学的公寓里，想必会在她的使用下大显神通。

○

　　羽贯小姐告诉我们，城崎学长打算离开研究所，出去找工作。对了，也不知小津企图偷走的沉默美女"香织小姐"现在怎么样了，我衷心希望她能和城崎学长过上幸福的生活。

　　羽贯小姐本人还在窪塚牙科诊所工作，师父离开两个月左右，我去找她看了牙。羽贯小姐说我的智齿蛀牙了，幸亏去得及时。而且，我还有幸让她帮我祛除牙垢。为了维护羽贯小姐的名誉，我必须强调一点——虽然她的表情看起来很像魄力十足的古代武将，但她的手法纤细精准，是名副其实的专业水准。

像我这种粗人自然难以想象羽贯小姐在师父离开后的心情，她肯定会觉得很寂寞吧。所以每逢羽贯小姐邀约，我都会和小津、明石同学一起去陪她喝上几杯，然后大概率吃尽苦头……

○

樋口师父唯一放心不下的"自虐代理代理战争"由小津和我继承了。一想到这场令人不快的争斗还要一直持续，直到觅得下一届代理人，我的心中便阴云密布。

通过贺茂大桥的决斗，我获得了率先进攻的权利。于是，我趁着小津住院的机会，将他名为"黑蝎"的自行车染成了粉红色，从而打响了第一枪。那辆自行车简直就像换了另一辆车一样，叫人不忍直视。

怒发冲冠的小津挂着拐杖冲到下鸭幽水庄，看起来就像一块被烤得直冒热气的鱼肉饼。

"太过分了，怎么可以染成粉红色？"

"你不也把樋口师父的浴衣染成粉红色了吗？"

"一码归一码。"

"狡辩。"

"我们让明石同学当裁判，她一定会支持我的。"

这场争斗就像这样进行了下去。

○

即使我的大学生活如今有了些许新气象，也请别以为我会天真地肯定自己的过去，像我这样的男人是不会轻易对曾经的错误网开一面的。的确，我也想以宽大的爱去拥抱自己，可是谁会想去抱一个二十出头的臭男人？换成豆蔻年华的少女还差不多。我心中的愤懑无从宣泄，在怒火的驱使下，我断然拒绝救赎从前的自己。

我很后悔在命运的钟塔下选择成为樋口师父的弟子，如果那时候我选择了不同的道路，又会有怎样的际遇呢？不管是选择加入电影社团"禊"，还是加入垒球社团"暖暖"，抑或是进入秘密组织"福猫饭店"，想必都会给我带来截然不同的两年时光。至少我不会像现在这样扭曲，甚至有可能得到传说中的至宝——玫瑰色的校园生活。无论怎样视而不见，我都犯下了种种错误，荒废了整整两年的岁月。

更重要的是，结识小津这个污点将伴随我一生。

○

樋口师父失踪后不久，小津在学校旁边的医院里住了一阵子。

看着他被囚禁在洁白病床上的模样，我感到心情舒畅。他的面色本来就不好看，现在看上去简直就像得了不治之症一样。其实他只是骨折而已，也算是不幸中的万幸吧。如今无法为非作歹，小津比吃不到三餐还难受，我在一旁倒是挺幸灾乐祸的。不过嘛，他的牢骚让我听得实在厌烦，于是我拿出给他带的慰问品——蜂蜜蛋糕，把他的嘴堵上了。小津为什么会骨折呢？故事还要回到飞蛾大军经过贺茂大桥的那天晚上。

○

我拨开不断撒到脸上的鳞粉，驱赶着差点钻进嘴里的蛾群，同时来到明石同学身边，像个绅士一样保护她。另一边，浑身上下爬满飞蛾的小津始终面带诡异的笑容，等待着风平浪静的那一刻。唯一让他担心的，只有被搅乱的发型了。

过了一会儿，小津微微睁开眼睛，却发现樋口师父正要爬上大桥栏杆。在漫天纷飞的鳞粉中，他看见师父张开双臂站在栏杆上，仿佛要随飞蛾一起向古城飞去。"师父！"小津忍不住大喊了一声，却被几只钻入口腔的蛾子呛到了。然而，他依然拼命地趴在栏杆上伸手去抓师父的浴衣。忽然间，他仿佛看见师父飞上了天空，而他自己的身体也被带得飘了起来。师父低头看着他。即使耳边充斥着飞蛾的振翅声，他也依旧清楚地听见师父说："小津，阁下很有前途啊。"

不过，这些话既然是小津本人的转述，便不足为信了。

樋口师父说完这番话，就脱离了小津的手。很快，栏杆上的小津失去平衡，径直跌入鸭川骨折了。当他像一堆垃圾似的抱着桥墩动弹不得时，在鸭川三角洲聚会的应援团成员发现了他。

我和明石同学在咖啡厅优雅地品着咖啡那会儿听见的警笛声，就来自停在贺茂大桥西侧的救助小津的救护车。

○

虽然小津的骨折有了解释，但这不足以说明樋口师父是怎么消失的，难免让我起疑。

"你是说师父乘着飞蛾去旅行了？"

"一定是那样的，不会有错的。"

"你说的话不能信。"

"我什么时候说过谎话了？"

"你怎么可能不要命地去阻止师父？"

"事实就是如此，师父对我很重要。"小津愤慨地反驳道。

"要是你真的那么在乎师父，为什么还像根墙头草似的在师父和城崎学长之间来回摇摆？你打的是什么主意？"我问道。

○

小津仍旧摆出那副妖怪般的嘴脸，不知廉耻地笑道：

"这是我的爱啊。"

我回答：

"谁稀罕那种脏兮兮的东西啊！"

第三话

....

四叠半的甜蜜生活

我可以斩钉截铁地说，直到大三春天的整整两年里，自己没做过哪怕一件有意义的事情。我为什么要放弃和异性的正常交往、学业有成、强身健体这些成为社会有用之才的必要条件，反而选择了被异性疏远、学业荒废、体魄退化这条不归路呢？

必须有人为此负责，可那人又是谁呢？

我并不是生来就这般狼狈的，据说襁褓中的我一尘不染，可爱得仿佛婴儿时期的光源氏，凭借天真无邪的笑容将爱的光芒洒遍故乡的山野。可现在我又成了什么样子呢？每每面对镜子中的自己，我就对如今的状况愤愤不平。难道说，这一切都是我罪有应得？

或许有人会说我现在还年轻，是可以改变的，鬼才信呢。

俗话说，三岁看到老。身为大好青年的我今年已经二十一岁，眼看就要在这世上度过四分之一个世纪了，再想强行纠正自己的人格，又能怎样呢？我的人格已然坚挺在虚空之中，强行扭转的话只会造成拦腰折断的后果。

我只能带着这样的自己度过漫长的下半辈子，这是我必须正视的现实。

我是绝对不会视若无睹的。

可是，情况多少有些不堪入目。

〇

度过了几乎毫无建树的两年后，我升入了大三。

接下来，我要讲述自己于五月末在三位女性之间上演的故事，其戏剧性堪比《李尔王》。那既非悲剧，也非喜剧。如果有人读完后流下了泪水，要么是过于多愁善感，要么是隐形眼镜沾上了咖喱粉。相反，如果有人读完后发出由衷的笑声，我定会报以无比真诚的憎恨，追着他到天涯海角，然后将开水在他的头上浇三分钟，就像对待自己的杀父仇人一样。

有心人可以从任何一件小事上学到教训——这句多半是某位伟人说的名言，也适用于这一连串的事件。

我也学到了很多教训，多到无法一一列举。非让我选出其中两条的话，那就是"千万不能轻易将主导权交到强尼的手中"以及"别站在贺茂大桥的栏杆上"。

至于其他的嘛，就请诸位读者在文中自行体会了。

〇

五月末的一个寂静深夜，时钟指向凌晨两点。

我租住的学生公寓位于下鸭泉川町，名为下鸭幽水庄。听说自从幕府末年烧毁重建后，这里就一直保持着原样。要是没有阳光照进来，这里就和废墟没什么两样。被大学生协介绍来这里的时候，我甚至怀疑自己走失了九龙城的街头。摇摇欲坠的三层木楼看得人提心吊胆，活脱脱就是一处文化遗产嘛。但是不难想象，就算这里因为一场大火化为灰烬，也不会有人扼腕叹息，甚至能让隔着东墙居住的房东大为畅快。

我端坐在110号房的四叠半房间里，抬头盯着忽明忽暗的荧光灯。尽管很久之前我就想把灯管给换了，却始终懒得动手。

就在我慢悠悠地沉浸在上不得台面的成人书籍中时，那位令我唾弃的好友在外面像打鼓似的敲着我的房门，破坏了我宝贵的宁静时光。我打算假装不在家，继续阅读，小津却发出受虐小动物一般的声音逼我开门。我行我素向来是他的拿手本领。

我一开门，就看见小津露出那熟悉的滑瓢怪式笑容。

"打扰了。"小津对着过道里的阴暗处继续说道，"来吧，香织小姐，在这间煞风景的屋子里将就一下吧。"

在这万物俱寂的凌晨时分，他竟然带着女伴在下鸭神社周围游荡，沉醉于男欢女爱之中，真是成何体统！话说回来，既然来了女眷，于情于理，我都应该收拾掉那些上不得台面的图书。

还不等我慌慌张张地把书塞回猥琐图书馆，小津就背着一个身材娇小的女生走进了房间。那个女生留着一头柔顺的秀发，相貌可人，这样的女生居然躺在小津这个妖怪的背上，简直就是无可辩驳的犯罪现场嘛。

"怎么回事？她喝醉了？"我担心地问道。

"没事，这不是人。"小津的回答让我摸不着头脑。满头大汗的他让那个女生靠在书架上坐下，似乎刚才背她背得很吃力。小津又理了理女生的头发，让她之前被遮盖的脸露了出来。

那个女生相貌可爱，皮肤的颜色与人类一般无二，轻触之下还富有弹性。精心梳理的头发和整整齐齐的服装都让她看上去像一位出身高贵的女性，然而她的身体一动不动，仿佛在目视远方的瞬间被冻结住了一样。

"这位是香织小姐。"小津介绍道。

"这是什么东西？"

"这是情趣娃娃，摆在我家不方便，你就替我放一放吧。"

"大半夜闯进来，亏你好意思提出这种要求！"

"其实也就一星期左右，我不会亏待你的。"小津像一只滑瓢怪一样笑道，"再说了，有她在，你这个煞风景的屋子一下子就变得春光明媚，不再那么死气沉沉了。"

○

小津与我同级，就读于工学院电力电子工程系，却对电力、电子、工程都深恶痛绝。他大一的学分和成绩就不堪入目，让人不得不怀疑他留在大学里的意义。不过，他本人却毫不在意。

不爱吃蔬菜的他和方便食品形影不离，脸色差得就像来自月球背面的外星人，看上去令人毛骨悚然。要是在大晚上撞见，十个人有八个会误以为他是妖怪，剩下的两个会认定他就是妖怪。欺软怕硬、我行我素、趾高气扬的小津不光脾气古怪，还好吃懒做、厚颜无耻，可以就着别人的不幸吃下三碗饭。如果没认识他，想必我的灵魂也会比现在纯洁几分。

每每想到这里，我就不得不承认，大一那年春天自己不该踏入垒球社团"暖暖"的大门。

○

当初的我还是一个如假包换的大一新生，校园里的樱花树落英散尽，枝头绿意盎然，令人心情舒畅。

大一的新生只要在校园里走上几步就一定会收到同学们派发的传单，我也只好怀揣着那些远远超出个人信息处理能力的纸张，不知何去何从。传单的内容形形色色，其中让我很感兴趣的有这么四份，分别是电影社团"禊"、古怪的弟子征集宣传、垒球社团"暖暖"，以及秘密组织"福猫饭店"。虽然它们各自散发着不同程度的可疑气息，但刚刚迈入未知大学生活的我依旧怀揣着心中仅存的一点点好奇。我居然会相信，不管自己选择哪一个都将打开一扇趣味盎然的未来大门，真是愚蠢到家了。

下课后，我来到校园的钟塔下，因为各类社团都在这里举行面向新人的介绍会。

热闹非凡的钟塔周围聚集了跃跃欲试的新生和摩拳擦掌的社团引路人。我以为这里到处都是通往传说中的至宝——玫瑰色的校园生活的入口，于是眼神迷离地四下徘徊。

我最先发现的是几个拿着电影社团"禊"招牌的学生，他们还说马上要举行欢迎新生的放映会，可以为我带路。可是，我仍旧没有勇气上前跟他们打招呼，只好在钟塔周围徘徊。忽然间，几个举着写有"暖暖"字样招牌的学生映入了我的眼帘。

"暖暖"是一个垒球社团，这个社团周末会借用学校操场的角落打垒球。社团里没有强制训练，除了参加偶尔举办的比赛，成员们都可以自由安排活动。这个社团的名称和轻松的运营氛围深深地打动了我，而且我听说那里面还有不少女生。

高中时的我既没有参加运动队，也和文化类社团无缘，总是尽量减少各种活动，和同样不好动的男生们一样闷在家里。

我觉得自己也可以试着搞搞体育，不过加入正儿八经的运动队又有点吃不消。好在这只是一个普普通通的社团，而且运营方针似乎更重视友好交流，而不是为了夺得全国冠军没日没夜地追逐小球。是时候告别死气沉沉的高中生活了，我要在这样的集体中挥洒汗水，广交好友。只要经过足够的训练，我一定能像投接垒球一样轻而易举地和美女们谈笑风生。那可是踏入社会的必要技能啊。我的目的绝不是和美女聊天，而是自我提升。不过，在自我提升的基础上，我也不拒绝和随之而来的美女交往——姑娘们请放心，都来向我敞开心扉吧。

在那样的憧憬中，我激动得浑身发抖。

事实再一次证明我真是蠢到家了。

就这么加入"暖暖"的我不得不承认，与人谈笑风生实在是难比登天。超乎我想象的和谐氛围异常古怪，我适应不了，总觉得无地自容。就算我想当个八面玲珑的人，也根本找不到加入对话的契机，当我意识到自己起码得具备能和人说上话的能力时已经为时过晚，我在社团里混不下去了。

我的美梦如泡影般消散了。

不过，社团里还有个家伙能让心灰意冷的我感受到人情味，他就是小津。

○

一通折腾后，小津说自己饿坏了。于是，在猫咪拉面的强烈诱惑下，我俩一起走出下鸭游水庄，来到夜色中的一家路边摊。有流言说猫咪拉面的高汤是用猫熬煮出来的，也不知是真是假，不过那家路边摊的拉面味道堪称一绝。

小津一边吃着热乎乎的拉面，一边跟我说，其实那个叫"香织小姐"的人偶是他按照师父的吩咐从某人的公寓里偷出来的。

"这不是违法犯罪吗？"

"有那么严重？"小津一脸不解。

"废话，我可不想当你的同伙。"

"可师父和那个人有五年的交情啊，他应该会理解的。再说了……"小津露出如假包换的淫荡笑容，"我知道，你肯定也想和她相处几天。"

"浑蛋！"

"别用这么凶恶的眼神看着我嘛。"

"喂，你别靠过来。"

"人家好寂寞啊，晚风又这么冷。"

"真是一个耐不住寂寞的家伙。"

"呀……"

为了打发时间，我们在猫咪拉面摊模仿着胡言乱语的亲热男女，不久之后便感到了一阵空虚，而且我感觉自己好像以前也做过同样的事情，气不打一处来。

"喂，我们过去也像这样吵过？"

"怎么可能？说一次都够蠢的了。你这叫既视感。"

无与伦比的美味拉面让说着胡话的我们在恍惚和不安之间来回摇摆。就在这时，一位客人在我身旁落座，那装扮看起来非比寻常。

只见他身穿深蓝色的浴衣，足蹬一双仿佛从天狗脚上扒下来的木屐，颇有些仙风道骨。埋头吃面的我抬起头来，侧目瞧着他，想起自己好像在下鸭幽水庄见过这个怪人几次，脑海中浮现出他走在嘎吱作响的楼梯上的背影、在晾衣台上边晒太阳边让女留学生替自己理发的背影，以及在公共水槽洗着某种古怪水果的背影。他的头发乱得仿佛刚被八号台风刮过一般，长长的下巴如茄子似的翘了起来，眼神优哉游哉。他的年纪很难判断，看着既像中年人，又像个大学生。

"师父也来啦？"

小津一边吃面一边点头哈腰。

"嗯，腹中有些饥饿。"

那个怪人坐下来点了一碗面，想必他就是小津口中的师父了。吝啬的小津居然还替他付了账，真够稀罕的。

"这下子，城崎学长肯定大受打击。"小津兴奋地说道，"他万万想不到，自己从咖啡厅回去后香织小姐就不见了。"

师父皱起眉头，点着了一支烟。

"刚才明石同学来过了，批评我们诱拐香织小姐的行为没有底线。"

"这是什么话啊？"

"她坚持认为，像这样践踏他人感情的行为已经超出了恶作剧的范畴，哪怕对方只是一个人偶。而且明石同学打算退出师门了。"

师父不停地挠着长满络腮胡的下巴。

"她平常看起来雷厉风行的，想不到也有心软的时候。不过这种时候，您应该以师父的身份严厉训斥弟子，可不能因为对方是女生就手下留情啊。"

"严厉训斥不是我的风格。"

"可是，我们已经把人偶从城崎学长那里带出来了，我可不想再送回去。"

"香织小姐放哪里了？"

"他家里。"

小津指着我说，我默默点了点头。穿浴衣的男人惊讶地看了我一眼，然后问道："你好像也住在下鸭幽水庄？"

"是的。"

"哦，给你添麻烦了。"

○

我们回到下鸭幽水庄后，小津开着刚刚用来搬运人偶的车走了。他的师父对我点头示意后，上了二楼。

进屋后，那个大大的人偶依旧靠在书架上，目光迷离。

小津和他的师父在回家的路上窃窃私语了一阵，最后得出结论——一不做二不休，先静观事态变化。可是，被排除在外的我却要贡献出自己的房间作为人偶的新家，这样真的合理吗？小津因为说服了师父而得意扬扬，师父也不觉得把东西交给我保管有什么不妥，这师徒二人简直沆瀣一气。

自从一同退出了垒球社团"暖暖"，我和小津就一直保持着来往。退出一个社团对他来说算不得什么，毕竟身为大忙人，小津不仅参加了某个秘密组织，还在电影社团中颇受尊敬。

对小津来说，拜访下鸭幽水庄二楼的一位大人物是一个尤其重要的习惯。他将那位人物称为师父，从大一起就时常出入这栋公寓。归根到底，我之所以难以斩断和小津之间的孽缘，除了因为我们俩一同逃离社团之外，和他频繁拜访下鸭幽水庄的习惯也脱不开干系。每当我问小津那个师父是什么人，他总是露出一脸淫荡的笑容，默不作声。我想，小津多半是在向他讨教什么上不得台面的学问吧。

我坐在房间里，看着突如其来的室友——香织小姐。虽然这件事让我怒火中烧，但人偶本身还是相当可爱的。

"香织小姐，屋子是脏了点，还请你不必拘束。"

说完，我像个笨蛋一样铺好被子睡觉了。

○

自从这位动弹不得的美女——香织小姐闯入我的公寓，一切都变得不受控制了。短短几天内，各种怪异事件如狂风巨浪一般冲击着我原本平静的生活，我就像一只随着水流任意飘荡的竹筏，被冲向莫名其妙的方向。这一切都要怪小津。

第二天，我在被窝中微微睁开眼睛，被靠在书架上的清纯美女吓了一跳。

我的四叠半房间里居然会出现女人，这简直是一件旷古奇事。

莫不是因为我和某位大家闺秀陷入不被世俗接受的恋爱，一时控制不住将她带回自己家过夜，小姐醒来后想起昨夜的一时糊涂，不知所措地靠在书架上动弹不得？承担责任、计划未来、结婚、辍学、贫穷、离婚、更加贫穷、孤独终老……一连串的画面宛如走马灯一般在我的脑海中掠过。我感觉自己实在承受不住，像一只刚刚出生的小鹿似的在被窝里瑟瑟发抖了一阵，很快又想起昨晚发生的事，这才记起她其实是一个人偶。

过度震惊的我终于清醒过来。

香织小姐从昨晚到现在都纹丝未动，我跟她说了声"早上好"后就去煮咖啡，把剩下的三分之一块鱼肉饼全部烤了，作为早餐。

吃着早餐的我不自觉地和香织小姐搭话：

"话说回来，香织小姐，你也真够倒霉的，非得待在这种满是臭汗的四叠半房间里。小津这家伙真过分，从来不知道体谅人。像他这种能就着别人的不幸吃下三碗饭的人，想必是小时候缺少父母的爱吧。你还真是沉默寡言呢，难得早晨多么舒爽，干吗板着张脸啊？你倒是说句话呀。"

不用说，她当然不会吭声。

我吃完鱼肉饼，又喝了咖啡。难得的休息天，不该把时间浪费在和人偶说话上，现实生活还在等着我呢。总算盼来了个晴天，又起得这么早，我打算去附近的洗衣店一趟。

从下鸭幽水庄步行几分钟就到了洗衣店。我将衣物塞进洗衣机，出门去买罐装咖啡。回来一看，洗衣店还是不见半个人影，只有我常用的最左侧的那台机器在运作。在温暖的阳光下，我喝完咖啡，点着了一支烟。

洗衣机停止工作后，我打开了盖子，却大吃一惊。

我经常穿的内衣裤不见了踪影，取而代之的是一只孤零零的海绵小熊布偶。片刻间，我只能和那只可爱的小熊布偶大眼瞪小眼。

真是无奇不有。

要说在洗衣店偷女性内衣，我还能理解，可从我这样的男人身上偷一条与我苦熬了两年的灰色裤衩，有什么意思呢？难道不是平添了无意义的悲哀吗？而且小偷作案后居然还留下了可爱的小熊布偶，越发叫人想不通了。小偷想通过玩偶表达什么呢？是对我的爱吗？可我才不稀罕偷自己内衣裤的小偷的爱，除非那是来自满脑子装着美好幻想、留着一条飘逸黑发的少女。

我打开其他的洗衣机，甚至烘干机，都没能找到内衣裤的踪迹，气得直跺脚。只有笨蛋才会为这种事报警，而且我也不想揭穿这种诡异小偷的身份。

我带着海绵小熊回了家，毕竟不想两手空空。我感觉怒火中烧，却对此无能为力，只有通过揉捏海绵小熊来发泄心中的愤怒。

○

在洗衣店遭遇失窃的我心情低落，像一块吱吱冒油的鱼肉饼一样气呼呼地回到了四叠半公寓。

傍晚闷热难当的房间在上午还算凉快，香织小姐就在书架旁等候我归来。火冒三丈的我看到香织小姐平静的侧脸，心情也舒缓了下来。小津说自己是从别人家里把她偷来的，想必不幸的失主正红着眼寻找人偶的下落吧。从香织小姐清纯的外形上可以看出，她一定是被主人当成了掌上明珠。

就让她这样坐着的话有些不近人情，于是我把从下鸭神社旧书市买来的《海底两万里》放在了她的膝盖上。这样一来，她看上去就像借我房间一角沉浸在海洋冒险小说中的知性黑发少女，成功展现出自己的魅力。

这个四叠半房间没有别人，而且谁也不想来。

这里只有我们两个，就算我搞点恶作剧也不会遭到任何指责。但我仍然发挥出令自己都刮目相看的自控力，对香织小姐以礼相待。毕竟她是小津寄放在我这里的，万一轻举妄动，被他说三道四，我的自尊心可承受不起。

然后，我坐到书桌旁，开始读前几天收到的信，希望平复内衣裤失窃的烦躁心情。

寄信的人是一个女生……诸位读者切莫吃惊，其实我一直和一位笔友有着书信往来。

她叫樋口景子，是一个年轻的女孩，独自居住在净土寺附近，在四条河原町的英语口语学校当文员，兴趣是读书和园艺。她在信中热情地向我介绍了自己种在阳台上的花，她的信不仅字迹娟秀，而且文笔优美，简直挑不出毛病。

然而，我还从来没见过她。

○

尽管听起来非常传统，但我这人很喜欢写信，一直渴望拥有笔友，最好是一位妙龄少女。不妨说，我早已下定决心不和妙龄女性之外的智慧生命体通信，一心一意憧憬着笔谈。

至关重要的是一定要采取"信"这种交流方式，哪怕遇上天变地异、世界末日，都绝不能和对方见面。尤其是后面这点，无论如何都必须坚守。一旦知道对方是位妙龄女子，作为男人自然会产生见面的强烈冲动，但我必须忍耐，因为稍不留神，就可能在转瞬之间让好不容易培养的优雅关系化为泡影。

我总是心痒难耐，盼着有朝一日能得到天赐良机，与人进行优雅的笔谈。但是，要和一位素昧平生的妙龄少女开始通信可没有想象中的那么容易。将信寄往随机地址，祈祷它能正好被一位妙龄女子收到，这样的做法既粗鲁又变态。可为了交到笔友，特地跑去"日本笔谈爱好会京都分部"那种地方，这样的做法也违背了我的美学原则。

当我将这份心底的秘密告诉小津时，他却痛骂我是变态。他以无可辩驳的淫荡目光抬头看着我说：

"你想用文字的方式骚扰年轻女性吧？真是个无可救药的色狼，花痴笔友！"

“我才不会做那种下流事。”

“别狡辩了，我知道，你体内的一半成分是色狼。”

“闭嘴。”

然而，我偏偏因为小津得到了笔谈的绝佳机会。

大二的秋天，平时只会看成人书籍的小津难得地读了正经的小说，还把书给了我。他说那本书是在今出川街的旧书店的百元专柜随便买的，既然看完了，就不想把那本脏兮兮的书本留在身边，真够自说自话的。

小说通篇都在描写一个毫无女人缘又跟不上时代的学生的苦恼，内容别说优美了，就连半点乐趣也没有，但我的目光被死死拴在了最后一页上。有人在那里用娟秀的字迹留下了姓名和住址。一般来说，二手书的卖家或书店都会将这类个人信息消去，免得造成不必要的麻烦，不过总会有漏网之鱼。

我觉得那是个千载难逢的良机，让我得以和陌生女性互通书信。

冷静下来一琢磨，我发现还没有足够的证据可以证明这位女性正值妙龄，更别提立刻断定她是一位酷爱读书、有些内向、对自己的美貌浑然不知的佳人，除非我是一个变态。可一到关键时刻，我是不在乎背上那种骂名的。

我立刻前往出町商业街，买了一些足够以真诚来弥补变态行为的漂亮信纸。

既然贸然寄信给人家，那信里的内容最好不能有所冒犯，这一点良知我还是有的。假如信纸上沾染了什么不洁之物，难免被人报警送官。我先为自己唐突寄信的行为道歉，然后轻描淡写地提到自己是一个认真求学的学生，又老实承认自己一向对交笔友有所憧憬，再对刚读完的小说提出不褒不贬的感想，最后故意没表露希望对方回信的想法。信写得太长容易暴露变态的心思，经过深思熟虑后，我决定将篇幅控制在一页半。写完重读一遍，字里行间充满真诚，感觉不到一丝邪念，连我都迷上自己了。果然写信就是要真心实意啊。

在这个风气混乱的时代，回复一个陌生人的来信需要相当大的决心，大家闺秀们更是如此。我也做好了石沉大海的心理准备，不希望因此过于伤心，可是在收到回信的那一刻，我仍然欢呼雀跃。

就这样，在如天方夜谭般的小小偶然下，我们开始了为期半年的通信，并在五月迎来了想象中最坏的结局。

○

敬启

葵祭一结束，天气突然闷热起来，还以为自己在梅雨季节前就误打误撞地闯入了夏天的领地呢。

我是一个怕热的人，希望天气能尽早入梅吧。许多人讨厌湿漉漉的梅雨季节，我却能平静地度过淅淅沥沥的连日雨天。祖父母家种了好多绣球花，我从小就爱在门廊上观察它们在雨中独自绽放的模样。

我正在慢慢阅读您之前推荐的儒勒·凡尔纳的《海底两万里》，现在读到第三部了。我以前总以为那是小孩子读的书，没想到内容竟然如此深奥。虽然神秘的尼摩船长很有魅力，但我还是更喜欢鱼叉手尼德·兰。被关在潜艇中、失去了用武之地的他令人心疼，不像同样被关却兴致勃勃的教授和康塞尔，郁郁寡欢的尼德·兰使我产生了共情。或许也是因为我和他一样都挺贪吃的吧。

若是让我来选，我会推荐小时候看过的史蒂文森的《金银岛》，可能您已经读过了。

我的工作还是老样子，没什么大事发生。

前不久，一位在日本待了三年的男老师准备回国，我们在御池街的爱尔兰酒吧为他开了一个欢送会。尽管我不胜酒力，但还是享用了爱尔兰美食，尤其是那道炸白身鱼，真的特别美味。

那位回国的老师来自旧金山，他希望我有机会去旧金山的时候可以和他见一面。尽管他已三十过半，却依然准备去大学进修。虽然我也想去外国的大学留学，但无奈生活太忙碌，这个想法难以实现。

四叠半神话大系

也许您会怪我多嘴，但能在大学里自由学习实在是一件美妙的事。我想您一定会把握住机会，尽可能提高自我。今年春天就要升入大三了，希望您保持自信，继续加油。

只是无论做什么，健康都是第一位的，千万别勉强自己。

您说您爱吃鱼肉饼，也请不要偏食，多吃点别的东西，爱惜身体。

今天就先写到这儿吧，期待您的回信。

此致

樋口景子

○

一到下午，我的房间就变得闷热难当，让我整个人烦躁不安，一想到洗衣店里的内衣裤被偷，我的怒火又喷涌而出。我时而看看在房间里默默阅读的香织小姐，时而揉捏着用内衣裤换来的布偶。

为了换换心情，我打算努力学习。

可是，当我面对教科书时，我感觉自己是在拼死地弥补荒废的两年时光造成的落后，而那种拼命挣扎的样子又与我的美学原则背道而驰。于是，我潇洒地丢下了书本。这一点潇洒我还是有自信的，堪称绅士的典范。

如此一来，我要交的报告就只能拜托小津了。只要联系一个叫"印刷厂"的神秘组织，就可以让他们帮我完成一份虚假报告。因为长期依赖那个可疑组织，我已经沦落到每逢死线逼近就不得不让小津请"印刷厂"助我一臂之力的地步，以至于身心都被蚕食殆尽。我之所以无法斩断和小津的孽缘，原因正在于此。

现在明明还是五月底，天气却闷热得宛如夏日提前造访一样。我不惜冒着被邻居指控展示成人用品的危险，敞开了房间的窗户，然而，空气依然不流通。浑浊的空气蕴含着形形色色的神秘成分，随着时间的推移逐步发酵，宛如山崎蒸馏所酒桶中的琥珀色威士忌，让所有踏足四叠半房间的人酩酊大醉。话虽如此，只要打开面朝过道的门，在幽水庄四下徘徊的可爱小猫便会不请自来。小猫发出喵喵的叫声，让人忍不住想把它一口吞下。不过，我还不至于做出此等野蛮行径，哪怕身上只穿着一条裤衩，也必须保持绅士风度。我帮小猫擦去眼屎，迅速将它打发出去。

后来我躺下了，不知不觉进入梦乡，或许是因为今天难得早起，睡眠不足吧。等我突然醒来之际，发现日头已经偏西，我的休息天快要在无所事事中结束了。唯一能给我的休息天带来意义的就是英语会话班了。眼看上课时间就快到了，我也开始准备出门。

在垒球社团"暖暖"惨遭打击的我不再相信学校的社团，空余时间自然绰绰有余。樋口景子在信中说自己是英语会话班的老师，受此刺激，自去年秋天起我就一直在河原町三条的英语会话班上课。对了，我去的那家培训机构没有一位姓樋口的女性。

"香织小姐，拜托你看家喽。"

香织小姐没有抬头，一心沉浸在《海底两万里》的世界中。专心阅读的女生的侧脸真的好看极了。

○

我骑自行车离开了下鸭幽水庄。

四周已经被夕阳笼罩，曲线柔和的云彩覆盖着淡粉色的天空，一阵冷飕飕的晚风从我身边扫过。

我经过下鸭神社，又穿越御荫街和神道。前方就是河合桥与出町桥的中间地带，自东而来的高野川和自西而来的贺茂川相聚后形成了鸭川，在两条河流的交汇处有一个倒三角形地带，学生们称之为"鸭川三角洲"。在这个时节，那里经常举办新生欢迎会。大一那会儿我也和诡异的垒球社团"暖暖"在鸭川三角洲一起吃过烤肉，却难以融入他们的对话，只能孤零零地朝贺茂川投石子。

从出町桥的西端到贺茂大桥的西端，我骑车驰骋在凉爽的河堤上，鬼使神差地生出一种自虐的情绪，瞪着对岸鸭川三角洲其乐融融的学生们，发现小津也混迹在河边谈笑风生的年轻人中。那个让人看了觉得毛骨悚然的身影我绝不会认错，于是我下意识地停下了车。

小津似乎被一群新生包围着，看起来很高兴。我度过了无所事事的一天，他却和社团的友人相聚甚欢。贺茂川两岸泾渭分明的情景令我怒火中烧——一群朝气蓬勃的年轻人居然和他打成一片，真是世风日下，他们的灵魂早晚会被玷污的。

我冲着对岸的小津怒目而视，没过多久就饿了，便重新打起精神，骑着自行车走了。

〇

英语会话班下课后，我走在太阳下山后的街头。

我在三条木屋町的长滨拉面馆填饱肚子后，一路向南行。

我边走边想着小津的事，本就被拉面填饱的肚子又被气炸了。这两年来，他在我无比狭窄的交友圈居中而坐，不断打搅我平静的四叠半生活，昨晚大半夜甚至送来一个情趣娃娃后扬长而去，真是我行我素。然而，最根本的问题在于我原本纯洁的灵魂正在逐渐被他污染，正所谓近墨者黑。通过和人格扭曲的小津接触，我的人格也在不知不觉间受到了影响吗？

我带着对小津的不满，一路沿着高濑川溜达。

没过多久，我停下了脚步。

在一众酒吧和秦楼楚馆的簇拥之中，我看到了一栋不起眼的昏暗民宅。

民宅的屋檐下有张铺着白布的木桌，后面坐着一位算命的老太太。桌边耷拉下来的和纸上写满了意义难明的汉字，旁边一盏看起来很像灯笼的小灯散发着橙色的光芒，映照着老太太的脸。她的表情带着难以形容的威严，使她看起来仿佛一只对行人的灵魂垂涎欲滴的妖怪。我不禁幻想，自己一旦求她算命，便会被这个老太太缠上身，从此厄运连连——等不到人、寻不回失物、错失十拿九稳的学分、即将完成的毕业论文自燃、落入琵琶湖水渠、在四条街被人坑蒙拐骗……在我的注视下，老太太很快察觉到了我的存在。夜色中，她观察我的双目闪闪发光。我被她周身散发出的妖气深深吸引，那股来路不明的妖气相当具有说服力，于是我做出了一番逻辑推理：可以肆无忌惮地释放此等妖气的神人算命怎么可能不准？

出生至今，我已度过了将近四分之一个世纪，虚心接受他人意见的次数却屈指可数，很可能因此选择了一条本不必踏足的荆棘之路。如果能早一点认清自己判断力不足的事实，想必我会过上与现在截然不同的大学生活——既不会加入诡异的垒球社团"暖暖"，更不会认识性格扭曲得仿佛迷宫一般的小津。在益友和学长的帮助下，我将尽情发挥满腹才能，文武双全，顺理成章地与美丽的黑发少女做伴，拥有金光璀璨的未来，甚至能得到传说中的至宝——有意义的玫瑰色校园生活。对我这样的人才而言，获得这样的结果可谓当之无愧。

没错，现在还来得及尽快听取客观意见，把握住不一样的人生可能性。

仿佛被老太太的妖气吸引了一般，我踏出了脚步。

"学生哥，你想咨询什么？"

老太太口齿不清，嘴里像含着棉花似的，这腔调让我更加庆幸自己的决定。

"嗯，我该怎么说呢……"

见我一时语塞，老太太微笑着说道：

"我从你的表情上看得出你很纠结，不满于现状。我想是因为你没能发挥自己的天赋，如今的环境也不适合你。"

"是啊，您说得对。"

"让我替你瞧上一瞧。"

老太太拉过我的双手注视着，心领神会地点着头。

"嗯，你是一个很认真的人，也很有天赋。"

老人家的慧眼立刻令我为之钦佩。为了贯彻"深藏不露"这四个字，我始终不轻易向他人展示自己的聪慧与天赋，甚至这几年来，连我自己都快忘记它们去哪儿了。没想到见面不到五分钟，老太太就看破了这一切，果然不是泛泛之辈。

"总之，最重要的是别错过良机。所谓良机，就是好机会的意思，懂了吗？只不过，良机这种东西是很难逮住的，有些看似不那么好的机会实则是良机，有些自以为不错的机会到头来会让你空欢喜一场。不过，你一定要抓住良机并拿出行动来。你的寿命很长，准能办到的。"

她说的话饱含深刻的道理，与那股妖气相得益彰。

"我不想一直等下去，希望现在就能抓住良机，可以请您再说得具体一点吗？"

在我的逼问下，老太太皱了皱眉，一开始我还以为她只是右脸发痒，怎料对方原来是在微笑。

"详细情况不便透露，就算我都说出来，良机也有可能在命运的变化中失去光芒，那样反倒对不住你了。毕竟命运无常啊。"

"可是，这样下去我一点头绪都没有。"

见到我疑惑的模样，老人家坏笑了一声。

"好吧，虽然不能说得太远，但我还是可以告诉你一些短期内的事。"

我把耳朵拉得像小飞象一样大。

"斗兽场。"老太太突然压低了声音。

"斗兽场？什么意思？"

"斗兽场就是良机的记号，等你遇见良机时，就会出现斗兽场。"

"您是让我去罗马吗？"

然而，老太太只是一个劲儿地冲我笑。

"你可别错失良机哦，学生哥。当机会来临时，不要漫不经心，犯同样的错。试试看，豁出去，用前所未有的方式逮住它。到时候不满的情绪便会消散，你也可以走上不同的道路。不过，不用我说你也知道，到时候又会有新的不满。"

虽然我听得一头雾水，但还是点了点头。

"即使错失良机，你也没必要担心。我心里有数，你是一个了不起的人，总能把握住机会的。切记不要冲动。"

说完，老太太结束了算命。

"非常感谢。"

我恭恭敬敬地支付了酬劳，起身回头，发现羽贯小姐正站在身后。

"你以为自己是迷途羔羊啊？"

她说道。

○

羽贯小姐是我在英语会话班的同班同学，自从去年秋天我报名入学以来，我们俩已经相识半年了，关系却仅限于同窗。我几次三番想要偷学她的高超技巧，却都以失败告终。

羽贯小姐的英语说得异常流利，接二连三抛出的英语单词在空中自由飞舞，即使全然不合语法，也能超越规则重组，在对方的脑海中莫名地编织出正确的意义，真是不可思议。反观我这边，开口说话前要在脑海中反复推敲，等到找出正确的发音时已经太晚了，只能一次又一次地看着话题进入下一个阶段。我宁可选择光荣地沉默，也不愿说出不合语法的英语，实在是谨慎过头了。

通过课堂上的自我介绍，我得知羽贯小姐是一名牙医。在英语会话班上，学生们会挑选自己喜欢的主题进行演讲，而她几乎每次都谈到关于牙齿的话题。根据我短短半年的观察，羽贯小姐关于牙齿的英语术语词汇量突飞猛进。同样水涨船高的，还有同学们对于牙齿的知识，真是可喜可贺。

被我拿来作为演讲主题的无疑是小津的种种恶行，因为他是我交友圈中的核心人物。说实话，在国际交流的场合公开他的那些毫无建树的行为实属无奈之举，但不知为何，同学们乐此不疲，并称之为"每周OZ[1]新闻"，或许是因为他们觉得别人的事情很有趣吧。

***

1 注：OZ 和小津的日语发音相似

重复了几次这样的演讲后，某天下了课，羽贯小姐叫住了我。出乎意料的是，她居然认识小津。小津是她所在的窪塚牙科诊所的患者，此外，小津经常拜访的"师父"还是羽贯小姐的老朋友。

"世界真小啊。"羽贯小姐说道。

我们就小津卑劣的人性相互发表观点，很快就聊得很投机了。

○

离开算命老太太的店铺后，我和羽贯小姐走进了木屋町的酒馆。

羽贯小姐本来和别人约好下课后在木屋町见面，又突然对那个人心生恼怒。她不想放弃喝酒的机会，却不想见到那个人，就在这样的矛盾中遇到了踏上人生迷途的我。

"来得早不如来得巧。"

她五音不全地唱道，在夜路上一个劲地朝前走。

周末的酒馆人声鼎沸。这里原本就常有学生光顾，现在又是举办新生欢迎会的时期。店里可以看到不少前阵子还是高中生的稚嫩面庞。

我们为小津一片黑暗的未来干杯，只要说他的坏话就不会冷场，真是太方便了。背后议论人这种事，无论到哪朝哪代都不会消失。

"我可被他整惨了。"

"我懂，毕竟那就是他的爱好。"

"他活着的意义就是多管闲事。"

"他偏偏对自己的秘密守口如瓶。"

"是啊，我连他住哪里都不知道，问他多少次他都不肯说，他反而三天两头光顾我家……"

"哦？我倒是去过他家。"

"真的吗？"

"嗯，就在净土寺的白川街往里去一点的地方，一栋像糖果一样的漂亮白房子。小津家里给他寄了不少钱，他父母也怪可怜的。"

"这家伙真让人不爽。"

"可你是他最好的朋友吧？"羽贯小姐咯咯笑道，"他也经常和我提起你呢。"

"他说我什么？"

我想象着小津在昏暗的光线下露出诡异微笑的模样。他有可能对羽贯小姐说了些有的没的，真要是这样，我必须坚决否认。

"很多，比如你们俩一块儿逃出古怪社团的事。"

"这样啊。"

这话倒是不假。

○

我误打误撞加入的垒球社团，就像它的名字"暖暖"一样，仿佛春日晴空中的一朵祥云一般一团和气。无论是学长学姐还是学弟学妹，彼此之间都用敬称，社团内部也没有等级分别。各个年级的同学都像玩投接球游戏一样彼此传递爱意，拒绝憎恨与哀伤，弘扬互帮互助的精神——你只要在那里待上一个星期，绝对会想掀桌子的。

我们每周末都在操场上互相投掷白球，一起吃饭，一起出去游玩，时间不知不觉就从五月来到了七月。像这种一团和气的交流方式真的能让我学会基本的待人处事之道吗？答案是否定的。我感觉我快忍耐到极限了。

不管过多久，我都适应不了这个圈子。他们的脸上永远挂着微笑，语气和蔼，从不争执，也不聊那些难登大雅之堂的话题。每个人给我的印象都一模一样，让我根本分不清谁是谁。只要我开口说，所有人都会面带温柔的笑容陷入沉默。

唯一让我有亲近感的人是小津，尽管他凭借自己独到的口才在社团内确保了一定的地位，却好像很难露出天真烂漫的微笑，总要带着如妖怪般的阴险笑容，完全无法隐藏心中的邪念。在社团里，我只能认出他一人，应该说，他让人想忘都忘不掉。

那年夏天，社团在京都和大阪交界处的森林里举行三天两夜的集体住宿活动，美其名曰垒球训练，实则是一场联谊。我不服气地心想：反正大伙成天都笑眯眯地互相关照，还有必要搞联谊吗？

然而在第二天夜里，我们在下榻的野外活动中心的某间屋子里开完会后，学长们冷不防将一名我从未见过的中年男子带到我们中间。那个人矮矮胖胖的，鼓起的面颊仿佛塞满了棉花糖，那双小小的眼睛就像嵌在脸上一样。

很快，他就侃侃而谈起来，讲了一堆什么爱呀现代人的病呀之类的话题，还说什么这是我们的战场。那番假大空的演讲不知何时是个头，让人越听越糊涂。不知对方是何方神圣的我四下张望，却发现其他人都心怀感激地听着，唯独坐在我斜对面的小津在打哈欠。

不久之后，在那名男子的怂恿下，社团成员们一一站起身来讲述个人的故事。有些人坦白了自己的烦恼，有些人表达了对社团的谢意，甚至有人庆幸自己获邀加入社团。其中有个女生没说几句就哭了起来，矮胖男子和颜悦色地安慰道：

"那绝不是你的错，我和在座的都相信。"

后来轮到了小津。

"上了大学之后，我的心中满是不安，可自从加入了社团，我发现自己能适应了。和大家在一起，我感到内心平静，真是难能可贵啊。"

他木讷地说道，仿佛刚刚打哈欠的样子是假的。

○

"后来怎么样了？"

羽贯小姐催我往下说，可能是酒劲有点上来了，她说话的语气听着像在撒娇。

"我被赶鸭子上架，也随口说了几句。那个矮胖男人说等会儿要去我房间和我聊聊，这让我很伤脑筋。我回房间前先上了卫生间，一直拖到大厅里的人走光，才瞅准时机溜出了大门。"

"哦，然后你就碰到了小津？"

"对啊。"

悄悄溜出野外活动中心的我看见从黑暗中现身的小津，还以为自己撞见了古老森林里的妖怪。虽然我一下子就认出了他，但还是没有放下戒备，认定他是社团派来的刺客，要将妄图逃跑的我五花大绑送到矮胖男人面前。恐怕我会被关在腐臭的地牢里，在严刑逼供之下坦白高中时期酸酸甜甜的初恋回忆——他们休想！

看见我怒目而视，小津压低声音道：

"要跑就抓紧，我也和你一块儿跑！"

于是，不得不抱团取暖的我们一路穿过了黑暗的森林。

从野外活动中心到山下的村庄之间是一条伸手不见五指的道路，幸好准备周到的小津带着手电筒。我的行李虽然留在了房间里，但里面并没什么重要的东西。每当途中遇到汽车经过，我们就会躲到树丛里，直到它们离开。

"真是一场大冒险啊。"羽贯小姐佩服地说道，反应有些夸张。

"或许吧，我还是不知道自己当初究竟需不需要拼命逃走，可能就算留下来也不会怎样。"

"可那是宗教社团吧？"

"嗯，但后来我只接到了一通电话，他们也没有对我死缠烂打，也许是因为我看起来没什么拉拢的价值吧。"

"说不定真的是这样。那你们走上山路以后怎么样了？"

"总之我们先下了山，穿过了一片农田。我们还以为走上国道就能搭到车，结果想错了，因为大半夜的车本来就少，再说也没人肯为我们停下来。如果是我，看见两个空着手的古怪男人，也是不会停车的。"

"真遭罪。"

"后来，我们走了很长一段路，靠着路标前往JR线，感觉永远都到不了头，毕竟是在乡下嘛。凌晨四点，我们总算到了最近的车站。然而，我们依旧放不小心，总觉得他们会追过来，便沿着铁路步行去了下一站，简直就是电影《伴我同行》嘛。后来，我们在车站靠罐装咖啡打发时间，乘坐第一班列车回了家。"

"真不容易啊。"

"我们在车上睡得和烂泥一样，两条腿动弹不得。"

"于是，你就和小津建立起了友情？"

"并没有。"

羽贯小姐咯咯咯地笑了起来。

"别看小津那样，他也有单纯的一面。"

"反正我没见过。"

"又来了，你不知道他谈恋爱的事吗？"

我下意识地向前探出身子，试图刨根问底。

"什么什么，那家伙谈恋爱了？"

"没错，对方是他大一时在电影社团里认识的女生。他都没把人带给他师父和我看过呢。他那家伙似乎不想让人家看见自己不同的一面，真是又可气又可爱。他还找我咨询过恋爱经验呢。"

"可恶。"

见我气得发抖，羽贯小姐似乎觉得很有意思。

"女生叫什么来着？嗯……"

○

我被羽贯小姐带去她时常光顾的位于先斗町的"月球漫步"酒吧，和她一起说了好一通小津的坏话，感觉越发惺惺相惜了。果然说第三个人的坏话总是能把人团结起来。

不一会儿，我提到了洗衣店的事。

"有人这么想要你的内衣裤？"

她迷惑不解地笑道。

"说真的，内衣裤丢了让我很头疼。"

时间不觉已是深夜，羽贯小姐却依旧精神饱满，只有我在不夜城的喧嚣中感到疲乏。此时，酒量有限的我已经开始胸闷难受。看到醉醺醺的羽贯小姐那双闪着妖艳光芒的眼睛，我想念起自己的四叠半房间。我好想快点回家，然后什么也不想，直接钻进被窝研读猥琐图书。

然而，事情的发展超出了我的想象。

因为我俩的家离得不远，所以我们约好一起坐出租车回去。她眼中的光彩越来越耀眼，让我渐渐失去了掌控事态发展的自信。望着车窗外闪过的夜景，羽贯小姐叹息一声，然后转头看我，那表情仿佛要把我吃了一样。

她住的公寓靠近御荫桥，面朝川端街。当我听到羽贯小姐要我送脚步踉跄的她回公寓、顺便喝杯茶的时候，我已经忘了自己是谁、从哪里来、要到哪里去，有了一种被抛弃在永恒的时间长河里的恐惧感，像被淋湿的流浪猫一般瑟瑟发抖。

○

自从穿过了杀千刀的青春期大门，我从来没有让自己的强尼过上一天好日子。想必很多男人的强尼早已不知廉耻地肆意纵横，偏偏我家的强尼因为主人不争气，难以在社会上发挥自己的野性，隐藏起了真正的实力。虽说真人不露相，但血气方刚的强尼怎么可能任凭自己如此荒废下去？一有机会，他就会为了展现自身存在的价值而罔顾我的制止，骄傲地抬起头来。

"喂，该到我出场的时候了吧？"他用桀骜不驯的声音反复问道。

每逢这种时候，我就会以"良机尚未到来"为理由严加训斥，让他退居幕后。我告诫他说，我们是生活在现代社会的成熟的文明人，身为一名绅士，我要忙的事可多着呢，不能为了替他寻找大显身手的场合，将时间浪费在风花雪月之中。

"良机真的会到来吗？"强尼不满地嘀咕道，"别狗眼看人低，净说些有的没的。"

"不要这么说嘛，从身体部位的角度来看，我也只能低头看你。"

"对你来说，脑子才是更重要的吧？浑蛋，我也想要脑子的地位。"

"不许闹别扭，丢人货。"

"哼，看来铁杵永远磨不成针。"

强尼说着，闷闷不乐地躺平下来。

我不是不心疼他，我也希望他能迎来铁杵磨成针的一天。他越是野性澎湃，就越让我觉得自己和他一样成了一匹不合群的狼，看起来更可悲了。一想到他只能偶尔在幻想的世界中嬉戏，浪费了自己宝贵的才能，我的眼泪就忍不住往下掉。

"别哭了，对不起，是我太任性。"强尼说。

"难为你了。"我说。

于是，我们又和好如初。

没错，那段时间我们就是这么过来的。

〇

羽贯小姐的家收拾得很整洁，没什么多余的东西。那种轻装上阵、说走就能走的气势令我羡慕不已，和我那混沌不堪的四叠半房间有着云泥之别。

"不好意思，我喝多了。"

羽贯小姐一边泡药草茶一边大笑着，眼神中依旧散发出诡异的光芒。不知不觉间，她已经脱掉了外衣，只穿着一件长袖衬衫。我真的不记得她是什么时候把衣服脱掉的。

她拉开了阳台的玻璃门，这里面朝川端街，能看见高野川旁的行道树。

"河边的环境不错吧？就是车有点吵。"羽贯小姐说道，"在屋顶上还能瞧见东边的大文字山。"

然而，我根本不在意那些事。

被邀请进入独居女性的住处，和她一对一喝茶——面对这种典型的异常状态，我绞尽脑汁地思考如何像一个绅士一样体面地抽身。我调动起自己所有的历史、物理、心理、生物、化学、文学甚至伪科学的知识，大脑内的引擎都发出了鸣鸣声。要是小津在的话，我肯定不会这么紧张，一定能把问题处理得当。

话说回来，羽贯小姐也太不小心了吧？

深更半夜把我请到自己家里是很危险的。虽然我是她在英语会话班上认识半年的同学，同时也是她的熟人小津的"好朋友"，但任何拥有正常判断力的女性都会将我五花大绑，捆成木乃伊倒吊在阳台上，慢慢点上火之后才会安心。尽管我担心着喝醉了的羽贯小姐，她却用撒娇的口吻聊起了自己今晚原本约好见面的对象。

对方正是窪塚牙科诊所的窪塚医生，光是得知这一点，我就已经很吃惊了，没想到那位医生竟然还有妻儿。虽说利用职务之便和女下属幽会的行为令人不齿，但羽贯小姐在那里上班的时间也不短，成熟男女之间的关系岂是我这种思想颓废的学生可以理解的。我本想保持沉默，不料羽贯小姐将自己和窪塚医生之间的关系与我和盘托出，还说想听听我的意见。

"我是不是不该把他一个人丢在木屋町？"她嘀咕道。

发现我的话越来越少，羽贯小姐朝我身边靠了过来。

"怎么露出那么吓人的表情啊？"

"我一直都是这种表情。"

"骗人，刚才这里是没有皱纹的。"

她说着，把脸凑近我的眉心，突然伸出舌头去舔。

我被吓得向后退去，只见眼神明显不正常的羽贯小姐扑了过来。

○

那一刻，我注意到了以下四点事实。

第一，她丰满的胸部压在了我的身上。我本想冷静面对，实际做起来却和想象的一样难比登天。说起来，我一直很看不起那些被女性特有的神秘隆起牵着鼻子的男人，于是多年以来借助影像画面加以研究，却始终无法解释那个鼓鼓的部位究竟是如何让我们言听计从的。不用说，羽贯小姐近在咫尺的双峰也令我兴奋不已，但我不能让自己纯洁的心灵被这种单纯的隆起牢牢掌控，以至于丢失多年来不得不保守的贞操。我的尊严不允许自己变成那样。

第二，我抬头躲避羽贯小姐的舌头时看见了墙上挂着的软木板。那上面贴着很多照片，其中有一张是她在意大利旅行时拍的。望着照片上的"斗兽场"，身陷异常状态的我仍然瞬间想起了木屋町算命老太太的话——我翘首以盼的"良机"，此刻不就在眼前吗？

第三，不受管束的强尼感觉自己终于要迎来铁杵磨成针的那一刻，开始强调自身的存在。

"喂，该我上场了吗？"

他抬头问。还没等我斥责，他又拿出了自己的理由：

"这不就是良机吗？我都等得不耐烦了，快把主导权交出来。"

第四，沿着我们背后的墙壁向左走是厨房，穿过那里就能到卫生间。如果能躲在里面稳住心神，等事态平息下去就再好不过了。

羽贯小姐抱住我的身体，不停地想要舔我的脸。

我的大脑一直在原地打转，强尼又在为了争取展现的机会而蠢蠢欲动。他将我体内的欲望尽数吸收，想要立刻翻身做主人。身为指挥中心的大脑还没有下达任何命令，可是强尼一伙已经冲到指挥中心门口逼宫，争先恐后地吼叫道：

"你在干吗？"

"现在就是良机！"

"不要说话不算数！"

身居指挥中心的我不去听强尼叫嚣，而是认真地俯瞰自己的人生作战地图。

"被一时的欲望冲昏头脑，算什么文明人？乘人之危，欺负酩酊大醉的女性，有何尊严可言？"

听我发表完严肃的意见，强尼一个劲地挥拳砸向指挥中心的铁门，几乎是在狂叫："只要生米煮成熟饭就好！你知道煮饭多不容易吗？把主导权交给我们！"

"煮饭有什么意义？最重要的是尊严！"

我反驳道，强尼的语气突然转变为哀求：

"拜托，男人的纯洁算得了什么？你死守着那玩意儿，能得到谁的称赞？新世界可能就摆在我们面前，你不想去看一眼吗？"

"我想看，但现在还不是时候。"

"别说傻话了，这可是大好机会，还记得斗兽场吗？连算命的都这么说。"

"要不要把握机会由我拿主意，轮不到你。"

"浑蛋，我要哭了，现在就哭给你看！"

我心一横，躲开凑近的羽贯小姐，沿着墙壁挪动身体。羽贯小姐对我紧追不放，我们俩就像丛林里的某种奇怪生物一般穿过房间，钻进厨房。

"啊，有蟑螂！"

听我这么一说，羽贯小姐吓了一跳，回过头去。我终于趁机站起身来，跑进卫生间，把自己锁在里面。明明是为了保住尊严，可是我的行动看起来却十分丢人，真是遗憾。

不用说，强尼发出了悲伤的怒吼。

○

"你没事吧？感觉不舒服吗？"

羽贯小姐在外面不紧不慢地问道。

我回了一声"没什么"，并在卫生间里竖起了耳朵，不一会儿就听见她回房间的声音。

我把自己锁在卫生间里，思量起身边的三位女性——一位是素未谋面的笔友，一位是人偶，最后一位是喝醉酒爱舔人的姐姐。

然而，在这平淡无奇的两年里，我从未有过如此桃花运，不禁陶醉其中。或许从小津把香织小姐带进我房间的那一刻起，我的运势就改变了。今后我的女人缘将会如洪水决堤一般源源不绝，我的日程表将会被约会填满，甜言蜜语说到嗓子流血为止。想到这里，我就觉得焦躁不安，猜想自己早晚有一天会因为神经衰弱而不得不上山出家。

既然不是花花公子的料，那我就该将目标锁定在一个人身上。

在三位女性中，有一位是哑口无言的美女，就算我再怎么糊涂也必须将她排除在外。至于另一位，按照我的笔谈哲学，我是绝对不能和她见面的。这样一来，就剩羽贯小姐一人了。

和木屋町的算命老太太预测的一样，我在这里看见了斗兽场的照片。其中的意义应该不是强尼要求的那种动物思维，既然是良机，那此刻的我就必须保持绅士的理性，等羽贯小姐恢复清醒，再以正当的手段洽谈合并事宜。

我想，就算是借着酒劲，她也不会去舔一个毫无兴趣的对象的脸。她的性格有些与众不同，喜欢上我这样的人也不是不可能的。只要改变思路，把握良机，我就能发挥将未来点石成金的能力。我知道自己是潜力股，只不过潜得太深，没人能看出来罢了。

我平复了一下自己的心情，等强尼不再闹腾，这才走出卫生间。羽贯小姐躺在房间的正中央，发出拉风箱一般的鼾声。

我坐在她的身旁，打算等她醒来。

○

兴许是喝醉的缘故，我居然睡着了。本是靠在墙上的我不知不觉地躺了下来。

不知怎的，我有了一种本能的危机感。我揉了揉惺忪的睡眼，坐起身来，却看见面前端坐着一只滑瓢怪。我忍住跳起来的冲动，定睛一看才发现是小津。奇哉怪哉，刚才我明明待在羽贯小姐的房间里，眼前人怎么一晃就变成小津了？我幻想着牙医羽贯小姐其实是伪装出来的，只要撕开她的皮，里面就会钻出小津。难不成，我差点被披着女性皮囊的小津舔了脸，又差点和披着女性皮囊的小津有了更进一步的发展？

"你小子怎么在这里？"我终于开口问道。

他煞有介事地挠了挠头。

"我和可爱的学弟学妹们在三条闹得正欢，却被叫了过来。我还是打出租车过来的，你好歹为我想想啊。"

我根本没听懂他在说什么。

"羽贯小姐是我师父的朋友，和我也走得很近，不过她有个发酒疯的毛病，懂了吗？"

"什么意思？"

"我猜，你被她舔过脸吧？"

"嗯，就差一点。"

"她说自己平常有注意，不过今晚和你喝得太高兴了，有点没把握好分寸，希望你别放在心上。"

"怎么会……"我感到无言以对。

"她让我和你说声抱歉，估计她现在觉得很难为情吧……"

我立刻听见卫生间中传来呕吐的声音，仿佛是在抗议。看来羽贯小姐把自己关了进去，正在承受醉酒的惩罚。

"不过，她为什么要叫你过来？"

"我来替她和你解释并安慰你，人家毕竟是师父的旧相识，我也不能坐视不管吧？"

我险些被羽贯小姐舔了脸，以为自己找到了命运的转折点，然而，当我知道真相，才发现这种念头有多傻，多亏我抓住了理性的缰绳。不过负责朝我泼冷水的人居然是小津，实在让我气不过。

"你没有什么非分之举吧？"小津问。

"我什么都没干，只是差点被她舔到脸。"

"反正就凭你那点胆量，也只能这样了。我猜你被她逼急了，吓得躲进卫生间了吧？"

"胡说八道，我很绅士地照顾了她。"

"谁知道呢。"

"浑蛋，太让人恼火了。"

"请你别生羽贯小姐的气，人家正抱着马桶自作自受呢。"

"不，我是在生你的气。"

"真过分，我也是受害者啊。"

"每次我倒霉的时候，你都会在我身边，你就是个瘟神。"

"啊，又说这种没良心的话，也不想想我为什么特地离开玩得正尽兴的聚会，跑来这种地方。身为好友，我可是来安慰你的呀。"

"我才不要你的怜悯，归根到底，我会落到如此糟糕的境地，都要怪你。"

"竟然大言不惭地说出这种话，真是丢人丢到家了。"

"要是没有认识你，我的生活肯定会更有意义。努力学习、和黑发少女交往、享受没有一丝阴霾的校园生活，一定是这样的。"

"酒还没醒呢？"

"我今天才意识到，自己究竟是如何虚度校园生活的。"

"我也不是要安慰你，只是直觉告诉我，无论你选择哪条路都会碰上我。无论如何，我都会尽全力把你变成废物，你就别向命运做无谓的挣扎了。"小津竖起了小指，"咱俩是被命运的黑线联系在一起的。"

我想象着两个男人如同无骨火腿一般被漆黑的丝线缠得密不透风、沉入幽暗水底的恐怖画面，不禁打了个寒战。

"话说回来，你好像有个交往了两年的女朋友吧。怎么样，没冤枉你吧？"

听我这么一说，小津面露可疑的微笑。

"嘿嘿。"

"什么意思？"

"不——告——诉——你——"

"你这家伙竟敢鄙视我？"

"好了好了，现在不是聊我幸福的时候，总之今天你就当自己做了一场梦，老老实实回家去吧。"

小津给了我一盒点心。

"这是什么？"

"羽贯小姐给你的补偿，蜂蜜蛋糕，你就别和她计较了吧。"

他的脸上露出巧取豪夺别人店铺的狗腿子的表情。

○

天边泛起了鱼肚白，我走在街头，心头满是宴会后的孤寂，任凭黎明的寒意渗入身体。我在御荫桥中央停下脚步，抱紧自己，眺望着满布高野川两岸的郁郁葱葱。难得一见的清晨风景让我感到分外新鲜，不过回到下鸭幽水庄后，我反而变得更加无精打采。无论是门口快要坏掉的荧光灯、木制的鞋柜，还是灰尘缭绕的过道，都显得比平常还要脏乱。

我脚步沉重地穿越过道，回到四叠半房间后一头栽倒在从来不收拾的床铺上。被窝渐渐变得温暖柔软，我也想起了昨天的一件件、一桩桩。一想到最后出现的小津，我的气就不打一处来，可一想到在卫生间勾勒的与羽贯小姐的未来还没隔夜便烟消云散，我就感觉非常失落。仔细想想也没什么，不就是回到恋爱游戏的起跑线嘛，对我来说已是家常便饭了。不过，我还能用蜂蜜蛋糕抚慰心中的伤痛，也不算一无所获，忍耐一下，忍耐一下！

可我还是无法接受，也没办法填补心中的空洞。

我从被窝里偷看了一眼沉默不语的室友——香织小姐，她依旧靠在书架上，举止端庄地阅读着《海底两万里》。我一下子爬出被窝，抚摸着她的头发。我一时之间产生了错乱，还以为陪在自己身边的是一位正在认真阅读的黑发少女。

"我真是个笨蛋……"

我忍不住发了句牢骚，重新滚回被窝里。

异想天开地以为自己走了桃花运，真是丢人丢到家了。难道说，我听从那个算命老太太的话，趁羽贯小姐醉酒之际将生米煮成熟饭，从此就真的可以改头换面了？不，绝对不可能，我是不会苟同的。男女之间的亲密关系本就是一件严肃的事情，怎么能像系鞋带那样随随便便呢？

小津带香织小姐来我家时，我还以为自己要咸鱼翻身了，可现在围绕在我身边的"三名女性"中的羽贯小姐已经掉队，连半天的美梦都没让我做成。剩下的就只有绝对不能见面的笔友和一个并非人类的异性室友。

也就是说，我一无所有了。

我必须面对残酷的现实。没问题，我可以的。

我躲在被窝里看着香织小姐的侧脸，发觉强尼居然蠢蠢欲动。幸好我很快就进入梦乡，这才没有犯下大错。

○

傍晚，我醒来后去出町旁边的咖啡厅吃晚餐。

经过鸭川三角洲的时候，夕阳下的大文字身上的字迹清晰可见。我想，在这里看五山送火会视野一定不错。要是与樋口景子一同观赏大文字会是怎么样的感觉呢？然而，在晚风中胡思乱想只会让我越来越饿。于是，我草草结束了这不切实际的幻想。

我决定回到下鸭幽水庄的书桌前，集中精神给樋口景子写回信，从而打消无处安放的思绪。

敬复

近来天气闷热，让人以为夏天已经提前到来了。我的公寓通风不好，就更不可能凉快了。有时候我真恨不得在过道上挂个吊床度日，却实在不好意思那样做。等到夏天来临，公寓会热到让人难以安心学习。想必到那时我会成天窝在图书馆，毕竟那里没人打扰，可以专心学习。

很高兴您会喜欢《海底两万里》。在阅读这本书的时候，我会在世界地图上追寻着鹦鹉螺号的轨迹，这样会让我感觉自己真的在航海，您不妨也试一试。我还没看过史蒂文森的《金银岛》，打算去书店找来一读。以前的冒险小说既有让人捏一把汗的紧张场面，也会时不时穿插一些轻松欢快的情节，拿捏得恰到好处。虽说是冒险故事，却没有到你死我活的程度，很符合我的胃口。

我对爱尔兰酒吧不是很了解，希望有机会能去看看。最近总是过着学校公寓两点一线的生活，很少逛街。

自开春以来，我就一直忙着上课和做实验，看上去风风火火，但也过得非常充实。科学的世界固然有趣，与儒勒·凡尔纳生活的十九世纪相比已经有了长足的发展，遗憾的是，我们再也不能带着一知半解的知识看待一切了。但正因如此，我们才能拥有如今的生活，不能奢求太多呀。

您说得没错，我要尽量利用好自己得到的机会，今后争取也能有所长进。为此，身体健康非常重要，我会尽量坚持锻炼身体，注意膳食营养。

不过请您别误会，我也不是每天都只吃鱼肉饼，只要对健康有好处，就算是满满一大碗无糖酸奶，我也会毫不犹豫地喝下去。

樋口小姐想必事务繁忙，也请注意自己的身体啊。

敬上

我哼哼唧唧地写完了给樋口景子的信。

虽然对自己进行了一些美化，但这更像是用心的表现。写下那些自己从来没想过的事情，会让我觉得自己平时好像也是那样的一个人。写信时，我俨然一副模范学生的模样，可是一放下笔，我就仿佛大梦初醒，重新意识到自己正走在一条截然相反的歧途上，心情有些苦闷。我居然好意思写下"争取也能有所长进"这种话，明明就是眼高手低罢了。我该如何让自己有所长进呢？我难道不是在那些不该长进的地方花了太多心思吗？

我把写好的信塞进信封，又重读了樋口景子的来信。

她说自己喜欢梅雨和雨中的绣球花，还同情《海底两万里》中被关在潜艇里的可怜鱼叉手，最后提醒我这样的人注意身体！

她究竟是一位怎样的女性呢？

写信本是为了转移注意力，现在却让我更加心痒难耐，真是够讽刺的。我将她的信抱在胸前叹了一口气，这动作让我自己都觉得恶心，一下子就清醒过来了。

我专心揉捏着前几天在洗衣店捡到的海绵小熊，那柔软的触感令我的内心平静了下来。这小熊真是越看越可爱，我都想给它起个名字了。大约思考了五分钟，我决定叫它"饼熊"，因为它实在软得天下无敌。

○

那天晚上，小津过来找我，理由是检查我有没有对香织小姐举动不轨，简直无礼至极。

"你什么时候把这玩意儿带走？"

"不会放很久的啦。"小津不怀好意地笑道，"你嘴上这么问，其实很享受和香织小姐在一起的生活吧？不然你为什么给人家读《海底两万里》呢？"

"你给我闭嘴，永远别再说话了！"

"那可办不到，我这人不说闲话就会寂寞死。"

"那你就去死。"

"话说回来，只要我还有闲话可说，就算被杀也不会死。"

然后，小津就一直在向我介绍传说中的龟之子棕毛刷，说这种刷子拥有强韧且纤细到超乎想象的纤维尖端，可以通过分子间作用力与污垢成分发生分子结合，只需轻轻一擦就能清除污垢，堪称厨房撒手锏。他的师父要求他把这玩意儿找出来。

"这世上怎么可能有那么蠢的东西？"

"真的有啊，你不知道也很正常，毕竟它的去污能力太强了，影响到了清洁剂的销路，导致商家不敢公开出售。总之，我得想办法把它弄到手……"

"你就为这些蠢事浪费自己的精力吧。"

"师父要的东西五花八门，真叫人伤脑筋。像小鱼干煮青花椒和出町双叶的红豆糕也就算了，好歹这些还能买到，可他竟然还对什么古董地球仪、旧书市的旗子、海马和大王乌贼感兴趣。要是送的礼物不合他的意，我就会被逐出师门，可怠慢不得。"

虽然嘴上这么说，小津看起来却挺开心的。

"对了，上次师父想要海马，我就从垃圾场搬去了一只大号水缸。我们试着装水进去，没想到装着装着就漏得一塌糊涂，把师父的整个房间搞成水漫金山。"

"等等，你师父的门牌号多少？"

"他就住在你头顶。"

我突然气不打一处来。

有一回我不在家，二楼往下漏水。我一回来就发现自己的宝贵书籍（不管是否猥琐）都被水浸得皱巴巴的，泡了水的电脑里那些宝贵的资料（不管是否猥琐）也都化为了电子垃圾。无须赘述，那场灾祸对我荒废的学业来说可谓雪上加霜。我差点就想冲上去找邻居理论，又怕和来路不明的二楼租户纠缠不清，最终只能忍气吞声。

"原来是你捣的鬼?!"

"不就是个猥琐图书馆被水泡了嘛，多大点事儿啊。"小津满不在乎地说道。

"快给我滚，我还忙着呢。"

"走就走，我今晚在师父那里吃'摸黑火锅'。"

小津手上拿着装有食材的塑料袋，刚要出门时就看到了放在电视机旁的海绵小熊。他拿起小熊，用力感受着它的柔软。

"你怎么会有这么可爱的东西？"

"我捡的。"

"可以给我吗？"

"为什么？"

"今晚放到'摸黑火锅'里。"

"你傻啊，这玩意儿怎么吃啊？"

"没准他们会把它当成年糕呢。"

"胡说八道……"

"你要是不给我，下回我还在楼上洒水，让你那个见不得人的图书馆报废。"

"好吧好吧，你拿去就是了。"

我只好投降，虽然不甘心放弃为数不多可以慰藉心灵的东西，但我实在想快点把他赶走。

"嘿嘿，谢谢啦，可别戏弄香织小姐哦。"

"少废话，滚！"

小津走后，我感到筋疲力尽。我向下鸭神社的神明祈祷，希望他会被饼熊噎住，在一言难尽的味道中猝死。

○

第二天一整天，我都在学校里忙着上课和做实验。在精选咖啡厅吃了晚餐明太子意面后，我走到今出川街，仰望着在夕阳余晖下的吉田山。遍布新绿的吉田山宛如黄金一般金光闪闪，令我不禁发出由衷的赞叹。

我摇摇晃晃地沿着今出川街走向银阁寺。

人有时真的会把持不住。不得不整天面对小津留在房间里的香织小姐、被羽贯小姐压在身下舔脸蛋，这些看似毫无意义的事情让我原本平静的内心绝了堤。简单来说，就是犯了寂寞的毛病。

我将樋口景子和香织小姐放在天平的两端，姑且不去在意两者根本就不能拿来比较的事实。首先，"人类"与"人偶"虽只有一字之差，却有着天壤之别；其次，哪怕只是书信往来，我和樋口景子也已经打了半年的交道，更何况香织小姐还与小津的"犯罪行为"密不可分。如此一来，天平向樋口景子那边严重倾斜。应该说，我原本如太平洋一般平静的内心因为这样的比较发生了剧烈的动摇。

最后，我去了樋口景子的家，尽管我俩是不允许见面的，但是我没把持住。不过，要是我没有往她家的方向走，从而看清那隐藏在神秘面纱下的可怕面目，无疑将铸下大错。塞翁失马，焉知非福。

寂寞难耐的我一路走到了白川街，宽阔的白川今出川交叉路口车水马龙。傍晚的冷风吹在身上，让我感到越发寂寞。马路对面是通往哲学大道的入口，落日的余晖洒在路旁只剩绿叶的樱花树上。

"我不是去见她，只是想看看她住的地方。"

就这样，我给自己找了一个荒唐的借口，前往那从未靠近的禁忌之地——樋口景子居住的"净土寺白色花园"。

○

我一路沿着白川街向南走，走入净土寺公交站旁的居民区。

尽管记得信封上的地址，我却还没查过地图，只好凭感觉寻找。天色渐晚，我在住宅区里漫无目的地游荡着。某种程度上，我并不希望自己抵达目的地，所以并未找人问路。走在幽静的小区里，想象着樋口景子安逸的生活，光是这样就能令我的心灵得到慰藉。

大约晃悠了三十分钟，我开始反省自己不够绅士的行径，越发期望能空手而归。反正天色也越来越暗，不如打道回府吧。就在这时，我发现了"净土寺白色花园"。

那是一栋不起眼的白色公寓，能让人联想到甜蜜的糖果，和我所住的下鸭幽水庄有着天壤之别。可就算找到了她住的房子，我也不知该如何是好。我假装若无其事地瞄了一眼信箱，上面没有写着人名的牌子。大门上安着自动电子锁，无法随意进出，不过我还是能隔墙看见她所在的一楼过道。她家门牌号是102，应该就在从左往右数的第二间。望着紧闭的房门，我心中产生了一股强烈的负罪感，本想在她发现之前悄悄溜走，但是一想到她也没有见过我，我的心情又变得复杂起来。

正当我的心情在寂寞难耐和自我厌恶之间摇摆不定之际，102号房的房门突然打开了。我本想闪身躲避，却招架不住天赐良机的诱惑。

我见到了樋口景子。

那一刻，樋口景子的面孔令人毛骨悚然，看起来病恹恹的，就像来自月球背面的外星人一样。那张脸上浮现出盼望见到他人不幸的不祥微笑，简直配得上滑瓢怪的形容。那人酷似小津，与他一般无二——不，他就是小津，如假包换的小津。

世上最残酷的事情莫过于此，因为他就算化成灰我都认得——那正是小津。

小津并没有在意不知所措的我，而是优哉游哉地打开电子锁，来到外头。他走到停自行车的地方，拉出了外号"黑蝎"的爱车，带着仿佛在嘲笑我的表情，向白川街的方向扬长而去。

那段时间里，躲到墙后阴影中的我浑身不停颤抖。

这里确实是樋口景子居住的"净土寺白色花园"，门牌号也没错。我不敢想象小津居然会认识樋口景子，难道他们俩的关系好到可以让他登门造访的地步了？不，我绝不认同这种偶然性。要是我的笔友碰巧是他的好朋友，那牵线搭桥的神明也未免太爱恶作剧了。

那么，还有什么别的解释吗？

这时，我才想起自己并不知道小津家的地址，再加上这里正是净土寺，这让我回想起了两天前的深夜羽贯小姐在木屋町的酒馆和我说过的一句话："嗯，就在净土寺的白川街往里去一点的地方，一栋像糖果一样的漂亮白房子。"

要是羽贯小姐的话千真万确，那"净土寺白色花园"102号房不仅是小津的住处，同时也是樋口景子租住的地方。要想坦然接受据此得出的悲惨结论，必须具备强大的意志才行。为了缓解这种难以想象的痛苦，我很想给自己一大盒方糖。

从来就没有什么樋口景子。这半年来，我一直在和小津通信。

○

就这样，我和樋口景子之间的通信以无比残酷的方式终止了。

我在暮色中跌跌撞撞地折返学校，回到了下鸭幽水庄。在夜色中伫立的幽水庄看上去黑漆漆的，十分诡异，正如我那颗千疮百孔的心。

我走进大门，来到过道，听见黑暗中传来吱吱的声响，走近一瞧才发现是电饭煲发出的声音，想必是有人在偷用专供清扫的过道插座煮饭吧。此刻的我甚至无法容忍这种鸡毛蒜皮的偷电行为，便用力拔掉插头，搞砸了不知道谁的晚餐，然后重重地关上房门，坐在自己的房间里。

荒芜的四叠半角落里，香织小姐仍然端坐读书。我和羽贯小姐之间的关系宛如南柯一梦，樋口景子又是一个幻影，如今的我身边只剩下这位沉默寡言的香织小姐了。

我拿出了羽贯小姐为表示歉意的蜂蜜蛋糕，独自一人站在房间中央面对着四四方方的点心。我决定忘记羽贯小姐的胸口贴在自己身上的感觉以及和樋口景子来往的一封封信件，把蜂蜜蛋糕当成晚餐吃掉。我甚至懒得用刀切开，直接用嘴咬了上去。

"谁让你不听我的劝？"强尼讥讽道。

"少啰唆，给我闭嘴！"

"在羽贯小姐家的时候把主导权交给我就好了，那样一来，你至少不必再被关进这种四叠半房间。"

"我才不信你的鬼话。"

"反正除了这位香织小姐，你已经一无所有了。"

"你在打什么主意？"

"事到如今，你不会还想硬充绅士吧？拉倒吧，我们可以一起幸福。现在也没办法挑三拣四，我以前算是高估你了。"

强尼似乎想对香织小姐图谋不轨，我决心尽力阻止他疯狂的举动。如若此时任性而为，那我在羽贯小姐的单身公寓卫生间闭门不出守住的名誉将会化为泡影。仗着香织小姐无力反抗，像古装剧中强抢民女的贪官一样将她占为己有，着实为我的尊严所不耻。

尽管我和强尼互不相让，香织小姐却依旧安安静静地阅读着手中的书。

"你太让我失望了。"强尼无奈地说道。

"错的不是我，是小津。"我一边发牢骚，一边独享着蛋糕。

吃着吃着，我发觉独自一人一声不响地吃掉蛋糕，反而会让自己陷入更深的孤独地狱中，这副狼吞虎咽的样子更是狰狞可怖。这都是小津害的！仔细想来，无论是羽贯小姐的事情还是樋口景子的事情，仿佛都在证明我被他玩弄于股掌之间。这么做对那只堕落的妖怪来说有什么好处吗？这种问题太愚蠢了，小津的行为逻辑难以用我的标准去衡量。他就是那种人，可以就着别人的不幸吃下三碗饭。这两年来，他一定把我当成下酒菜大快朵颐了。

我原本只是隐约觉得，现在可以十分确定地说，他简直罪该万死！我要用咖啡机把他碾成粉末！

就在我下定决心的片刻，房间的天花板忽然摇晃了起来，楼上小津师父的房间传来了一阵喧哗声，似乎有人在争吵，有人在跺脚。苟延残喘的荧光灯一闪一闪的，飞蛾在摇曳的灯光中上下翻飞，我的房间忽明忽暗，仿佛置身于暴风雨之中。在荒芜的四叠半房间里精神恍惚的我高声咒骂着小津。可恶，这是多么黑暗的四天啊。浑蛋，别以为我会哭，我才不哭呢！虽然我很想痛哭一场，但在将小津碎尸万段之前，我绝不会流泪。强尼，我快发疯了！

"反正你什么也干不了，这就是你伪装绅士和骂我笨蛋的报应，别指望我会帮你出什么主意，咱俩就永远在这四叠半世界里流浪吧。"对我不离不弃的强尼说道，"在这种地方，聪明人和笨蛋都一样可悲。"

"你说得对，真可悲。"

"既然如此，就算不是真的，我们也可以从香织小姐那里得到一丝幸福。"

强尼不失时机地劝说着我。

我盯着靠在书架上阅读《海底两万里》的香织小姐，香织小姐披着柔顺的黑发，用一双通透的大眼睛直视书页。虽说爱的形式多种多样，可万一在爱的死胡同里迷失了方向，恐怕就再也无法回头了，更别提我还是个一根筋的人。如果听信了强尼的引诱，被香织小姐平静的侧脸迷惑抛弃所剩无几的名誉，那样我真的不会后悔吗？

在令人眼花缭乱的自问自答中，我伸手去触摸香织小姐的头发。

突然，耳边传来刚才在二楼大闹的人下楼的脚步声，我以为那人会直接冲出幽水庄，没想到过道上的脚步声直奔我房间而来。

就在我疑惑不解之际，房门被人一脚踢开。

"可让我逮到你了！"

一个怒发冲冠的男人闯了进来。后来我才得知，他正是香织小姐的主人、与小津师父进行着古怪的"自虐代理代理战争"的城崎学长。

○

本该联手打击小津的两人初次见面并未一团和气地握手，反而打得头破血流。确切地说，因为崇尚和平主义，我被单方面狠揍了一顿。

一头雾水的我被撞到房间角落，把电视机上的招财猫震落在地。刚才还对香织小姐蠢蠢欲动的强尼像个孩子般惨叫着躲了起来。不愧是我家的娃，逃得就是快。

那个男人虎视眈眈地站在我跟前，身穿浴衣的小津师父不紧不慢地从他身后走进了房间。还有一个女孩上气不接下气地推开他，来到我们之间。我似乎见过她，却一时想不起来是谁。

"城崎学长，"她抬高嗓门道，"一见面就打人，有点过分了吧。"

说着，女孩将我扶了起来，

"你没事吧？对不起，这里面有误会。"

我不记得自己得罪过什么人，以至于对方会做出破门而入、一见面就赏我一拳的粗鲁举动。我摇摇晃晃地站起身，接过女孩准备的湿毛巾按在挨了一拳的下巴上。她拾起地上的招财猫，自报家门道：

"突然闯了进来，真是不好意思，我叫明石。"

"城崎，你完全找错人了。"小津的师父不慌不忙地说道。

"他难道不是同伙吗？"城崎学长怀疑地问道。

"不，他只是被小津学长牵扯进来的。"明石同学说道。

"得罪了。"城崎学长对我道了歉后立刻转向香织小姐，确认对方平安无事后才放心下来。他伸出手去，像父亲一般慈祥地抚摸着香织小姐的头发。假如我真的做了出格的事……后果将不堪设想，恐怕城崎学长会暴跳如雷，将我捆得结结实实，沉入鸭川。

在城崎学长和香织小姐上演感人重逢戏码的空当，小津的师父像主人一般坐在我的椅子上悠闲自得地抽着烟，丝毫没有要向我解释的意思。

在这件事中，我只是一个局外人而已。

○

"这回就当作是小津玩过火了，你能接受这个解释吗？"师父说道，"我们也不希望事情发展到这个地步。"

"反正香织也平安回来了，我可以不计较，但我要找小津算账，他居然非法闯入我家。"

城崎学长语气强硬，但我的怒火丝毫不逊于他。

"小津应该很快就会过来，要蒸要煮随你的便，不过就算把他弄熟了你也啃不动。"师父不负责任地说道。

"是啊，这一切都是小津学长捣的鬼，他罪有应得。"明石同学说道。

我了解了事件的来龙去脉后，对小津重新燃起怒火。看到惨遭厄运的城崎学长，我的愤慨之情愈发浓烈。

"啊，这不是蜂蜜蛋糕吗？"

小津的师父看见被我啃得七零八落的蛋糕，露出了垂涎欲滴的表情，于是我将自己没咬过的部分切下来递给他，他便大口吃了起来。

城崎学长瞪了一眼狼吞虎咽的师父。

"真是岂有此理，还以为小津投靠我了呢。"

"你太天真了，他可不是省油的灯。"师父微笑着站起身，"我该回去了。"

"话说回来，我要怎么把香织带回家？"城崎学长问道。

"小津学长好像是问别人借了车。"明石同学回答道。

"真受不了他……不好意思，在我把车开过来之前香织能先放在你这里吗？今晚我就能弄到车。"城崎学长向我请求道。

"没问题。"我点了点头。

小津的师父率先走出我的房间，在过道上看着玄关抽了几口烟，忽然喊了一声："哟，小津，你过来，过来！"他边说边招手。

我和城崎学长几乎同时站了起来，攥紧拳头打算等小津进屋后让他粉身碎骨。

"师父，你怎么跑到这种脏兮兮的公寓来了？"

小津说着朝我屋里瞄了一眼，一见到怒气冲冲的我们便立刻转身向外飞奔，看来他感知到了危险。他跑着跑着踢翻了被我拔掉插头的电饭煲，电饭煲在过道上咣当咣当地滚来滚去。

"对不起，对不起！"

小津边跑边道歉。早知如此，何必当初？

"臭小子！"

我和城崎学长咆哮着追了上去，明石同学和师父紧随其后。

○

小津逃命的速度堪称世上一流，只见他像一只妖怪一般轻快地飞奔过夜晚的下鸭泉川町。尽管使出了全力，我还是被城崎学长远远地甩在身后。等经过在黄昏中亮着灯光的下鸭茶寮，来到出町柳车站时，我已经筋疲力尽了。

明石同学骑着车从后面追了上来。

"我们在贺茂大桥上夹击他，请你到桥的西侧去。"

她说话的语气沉着冷静，只听嘎吱一声，她骑上自行车上前包抄小津去了。看着她的背影，我感觉有些心跳加速。

险些趴在地上站不起来的我总算来到葵公园，恨不得狠狠地赞美自己一番。小津和城崎学长好像已经绕到了川端街。鸭川三角洲近在眼前，我向西穿过出町桥，沿着鸭川的河堤往南跑上贺茂大桥西侧。

四周已经埋没在深蓝色的暮色之中，鸭川三角洲今晚依旧被大学生占据着，热闹非凡。因为前段时间总是下雨，鸭川水位高涨，浪声滔滔，在星星点点的路灯映照下，摇曳的河面宛如一层锡箔。落日后的今出川街上人来人往，汽车的头灯和尾灯布满整座贺茂大桥。零星路灯装点着桥上粗壮的栏杆，在黄昏中闪烁着神秘的橙色光线。今晚的贺茂大桥显得格外雄伟。

就在我气喘吁吁地走到桥上时，小津正向我迎面跑了过来，看来明石同学顺利地将他引上贺茂大桥了。我很高兴看到小津落入圈套，挥舞双手大喊他的名字。小津苦笑着停下了脚步。

从东侧赶来的城崎学长同样气息奄奄，明石同学也紧随而至。我堵住小津的地方刚好位于桥中央，脚下是湍急的鸭川。向南望去，在暗淡无关的河流尽头，远处的四条夜景宛如宝石般熠熠生辉。

"就凭咱俩的交情，帮我一把。"小津双手合十求我道。

"樋口景子小姐，谢谢您一直和我通信，我很开心。"我回答。

小津有一瞬间摆出了听不懂的表情，很快就放弃了挣扎。

"我没有恶意，从来都是这样。"

"你竟敢戏弄我的纯情，少啰唆，信不信我打死你？"

"打我就算了，你还想让我死？好可怕啊。"

城崎学长和明石同学走了过来。

"小津，我有话对你说。"

城崎学长的语气十分严肃。

明明已经无路可逃，小津依旧露出不屑的笑容。

他突然抓住贺茂大桥的栏杆，轻盈地跳了上去，栏杆上的橙色灯光从下往上照映着他那近年罕见的诡异表情，令人联想到即将展翅逃亡的天狗。

"你们要是对我不利，我就从这里跳下去。"小津莫名其妙地说道，"如果不能保证我的人身安全，我是不会下来的。"

"你有什么资格要求人身安全？蠢货！"我说道。

"想想自己都干了些什么吧！"城崎学长与我异口同声地说道。

"明石同学，替我说句话啊，我可是你的师兄。"

小津撒娇似的哀求道，明石同学却耸了耸肩。

"你没有辩解的余地。"

"我就喜欢你这份干脆。"

"给我戴高帽子也没用。"

小津把脚往栏杆边缘挪了挪，张开双手作势要跳入夜空，大喊大叫道："算了，我现在就跳下去！"

"好啊，你倒是跳啊，现在，马上！"我回答。

我恨不得他被鸭川的浊流吞噬，这样一来，我的日子总算可以清静了。

"像你这么自私自利的人是不可能往下跳的。"城崎学长带着蔑视的口吻说道。

"谁说的？我就要跳！"小津虽然嘴上还在逞能，却迟迟不往下跳。

就在双方僵持不下之时，大桥北面的鸭川三角洲突然传来一阵惨叫，原本兴高采烈的大学生们立刻手忙脚乱地四下逃窜。

"那是什么情况？"

站在栏杆上的小津疑惑不解。

我也下意识地扶着栏杆闻声望去，只见一大片黑雾状的东西从葵公园的森林向鸭川三角洲蔓延开来，即将淹没我们眼前的河堤。年轻人们在黑雾中东奔西跑，有人挥舞双臂，有人抓耳挠腮，看上去疯疯癫癫的。黑雾继续顺着河面前进，眼看就要到我们跟前了。

鸭川三角洲的喧哗声有增无减，松树林不断向外冒着黑色的雾气，事情似乎非同小可，不停窜动的黑雾如地毯一般在我们眼前铺开，接着从河面上腾空而起，瞬间越过栏杆，以雪崩之势扑向我们所在的贺茂大桥。

"啊啊啊啊——"明石同学像漫画人物一样发出一声惨叫。

原来，那是一大群飞蛾。

〇

虽然这件事上了次日的《京都新闻》，但飞蛾异常爆发的原因依旧未能查明。人们只能根据行进轨迹倒推，判断飞蛾的来源似乎位于纠之森，也就是下鸭神社。看起来是森林中的飞蛾因为某种缘故突然同时开始移动，但这种解释还不足以让人信服。与官方调查的结果不同，有传闻说飞蛾并非来自下鸭神社，而是来自附近的下鸭泉川町，但是这样一来，事情就显得更加匪夷所思了。正好当天晚上，我所租住的公寓一角突然出现了大量飞蛾，引起了一时的骚乱。

那天夜里回到公寓时，迎接我的是过道上随处可见的飞蛾尸体。因为忘了上锁，房门半开，我的房间里也大同小异。于是，我恭恭敬敬地让它们入土为安了。

〇

我拨开不断撒到脸上的鳞粉，驱赶着差点钻进嘴里的大量飞蛾，同时来到明石同学身边，像个绅士一样保护她。曾经的我也是一个都市男孩，不愿与昆虫共居一室。可经历了两年学生公寓生活，我早已和五花八门的节肢动物一回生二回熟，对虫子见怪不怪了。

话虽如此，当时的飞蛾数量仍然远超常识可以解读的范畴。震耳欲聋的振翅声将我与外界完全阻隔，仿佛从桥上飞过的不是飞蛾，而是一大群长了翅膀的小妖精。我几乎看不见任何东西，微微睁开眼也只能勉强看见围绕着桥栏上的橙色路灯使劲扑腾翅膀的飞蛾，以及明石同学泛着光泽的黑发。

等了一会儿，飞蛾大部队终于过去了，只剩下一些掉队的散兵游勇还在到处乱窜。明石同学面无血色地站起身，发了疯似的拍打着全身，大声问道："我身上还有吗？还有吗?!"

为了躲开在地上挣扎的飞蛾，她一路向贺茂大桥的西侧狂奔而去，最后全身无力地停在夜色中的一家散发着柔和光晕的咖啡厅门口。后来我才知道，明石同学最讨厌飞蛾。

蛾群再次化身黑色地毯，离开鸭川，朝着四条的方向挺进。

不知不觉间，城崎学长已经站在我的身旁，丝毫不在意被卷入乱发、不断扑腾的飞蛾。

我的视线扫过点缀着橙色光芒的贺茂大桥，发现小津不见了踪影，就好像随同飞蛾大军华丽退场一般。

"小津那家伙居然真的掉下去了。"

城崎学长跑到栏杆旁边嘀咕道。

〇

我和城崎学长向西跑下贺茂大桥，来到河堤上，眼前的鸭川从左往右滔滔而去。因为水位上涨，原本的草丛也被淹没了，河面看起来比平常更宽阔了。

我们一路走到水里，渐渐靠近贺茂大桥桥底，发现桥墩的阴影处有一团东西正在蠕动。小津正像烂泥一般趴在那里，似乎动弹不得。尽管深度一般，水流却相当湍急，就连城崎学长都脚底打滑，差点被水冲走。

我们费了九牛二虎之力，终于接近了貌似小津的物体。

"蠢货！"

浑身是水的我冲着小津怒吼道，只听小津带着哭腔笑着说道："你们瞧我这么可怜，就饶了我吧。"

"闭嘴。"城崎学长说道。

"是，学长。我的右脚好疼啊。"小津老实了下来。

在城崎学长的帮助下，我把他扛了起来。

"疼死了，你们轻一点啊！"

我们无视了小津过分的要求，先带他上了岸。明石同学晚了一步下来，虽然在飞蛾的冲击下她面色苍白，但她仍然周到地替我们叫了救护车。她打完急救电话后，坐在河边的长椅上，用双手覆盖住苍白的脸庞。我们像摆弄木桩一般给小津翻了个身，一边拧着衣服上的水，一边在寒风中瑟瑟发抖。

"疼疼疼，疼死人了，快想想办法啊！"小津还在呻吟。

"闭嘴，谁让你爬上栏杆的？"我说道，"救护车快到了，再忍一忍。"

城崎学长跪在哼哼唧唧的小津旁边，似乎无法宣泄怒火，连我也没心情把摔断腿的小津带回下鸭幽水庄用咖啡机碾成粉末了。

不一会儿，小津的师父来到河边，似乎是从下鸭幽水庄优哉游哉地走过来的。

"你们在这里啊？"他问道。

"樋口，"城崎学长回应道，"小津受伤了，应该是骨折。"

"丢人现眼。"

"师父，我是为了你才受这份罪的呀。"小津哭丧着脸说道。

"小津，阁下很有前途啊。"

"多谢师父夸奖。"

"虽说是为为师两肋插刀，但你也不用真的玩命啊，真是蠢得离谱。"小津又哭哭啼啼起来。

大约过了五分钟，一辆救护车停在贺茂大桥下。

城崎学长奔上河堤，带着急救人员过来。真不愧是专业人士，急救人员手脚麻利地用毛毯裹住小津，将他抬上担架。要是把他扔进鸭川倒也让人省心了，可他们是一群对所有人一视同仁、救死扶伤的天使，即使面对无恶不作的小津，也只能将他小心翼翼地抬上救护车。

"我去陪他吧。"

小津的师父说完不紧不慢地上了车，救护车很快便开走了。城崎学长好像已经把小津的事抛到九霄云外，说是要去准备迎接香织小姐的车，也离开了河岸。

这里只剩下在长椅上捂着苍白脸庞的明石同学和浑身湿透的我。

"你还好吧？"我问明石同学。

"我真的受不了飞蛾。"她坐在长椅上呻吟道。

"喝杯咖啡放松一下吧？"我接着问道。

我可不是在乘人之危，更没有非分之想，只是不忍心看她继续面无血色。

我在附近的自动售货机里买了罐装咖啡，和她一块喝着。明石同学渐渐平静了下来，我与她聊起我和小津之间的孽缘以及他这几天东窗事发的累累恶行。我认为小津罪该万死，因为他虚构了一个名叫樋口景子的少女来玩弄我的感情。见我义愤填膺，明石同学冷不防地向我道歉：

"对不起，这件事我也有份，最近他一直拜托我代笔。"

"什么？"

"我也读了你推荐的《海底两万里》。"她爽朗地笑道，"你的信写得真好，尽管谎话连篇，但文笔还是很棒的。"

"露馅了啊。"

"当然，我也没有说出实话，我们算是扯平了。"

脸色依旧苍白的她露出微笑，问了我一个出乎意料的问题："其实我们在下鸭神社的旧书市上见过，你还记得吗？"

○

那是一年前的夏天，下鸭神社正在举办旧书市。

神道中途连接着南北向的狭长马场，其中兜售旧书的帐篷鳞次栉比，迎接着络绎不绝的读者。这里距离下鸭幽水庄也不远，当时的我每天都会来逛一逛。

沐浴着透过树梢的阳光，我喝着波子汽水，边走边浏览着道路两旁的旧书摊，尽情感受着夏日风情。地上四处堆放着装满旧书的木箱，多少令人眼花缭乱。周围还放着一排排铺着毡子的马扎，坐在上面的人和我一样都在旧书市里晕头转向，不得不稍事休息。我也有样学样，坐在马扎上发着呆。八月闷热的暑气中，我掏出手帕擦拭着额头的汗珠。

我眼前是一家名叫"峨眉书房"的旧书摊，一个女生坐在门口的折叠椅上双眉紧锁，神情中透着睿智。

我起身去浏览峨眉书房的商品，目光和那个女生相遇，她朝我点了点头。我买了一本儒勒·凡尔纳的《海底两万里》，刚要离开时，她却起身追过来说道：

"请拿去用吧。"

说着，那个女生递给我一把印着"纳凉旧书市"字样的团扇。

原来她就是明石同学。

我还记得，那时我朝汗津津的脸上扇着风，带着《海底两万里》走出了纠之森。

○

城崎学长当天晚上就把香织小姐接回家，继续享受宁静甜蜜的二人世界。

小津告诉我，城崎学长的女人缘很不错，在退出社团前经历过无数风流韵事。这也难怪，毕竟他有着英俊的长相。让我感到奇怪的是，女人缘向来不错的他为何会执着于香织小姐？他既然已经和香织小姐生活了两年，应该不是出于心血来潮。

"对他来说，人偶就是共同生活的重要伙伴。至于和异性交往，又是另一回事了。像你这种把情趣娃娃当成发泄工具的野人是不会懂的，那可是极为高尚的爱的形式。"小津如此讲解道。

以我和香织小姐一起生活的经验来看，他说的这些话也有几分道理，只不过像我这种粗人恐怕难以达到那样的境界。我还是会选择有生命的黑发少女，比如明石同学那样的人。

小津的师父依旧住在下鸭幽水庄的二楼，我时不时会遇见他。他总是穿着一件蓝色浴衣，悠然自得的样子很像一位隐者。明石同学经常出入他家，她说"师父算是个了不起的人，仅仅只能'算是'"。小津的师父也要我拜他为师，我还在考虑。最让我感觉不爽的是我根本不知道这个师父能教我什么，另一个让我不爽的是，我得当小津的师弟了。

前几天在樋口师父家里吃火锅时我碰到了羽贯小姐。

"世界真小啊。"她说道。

"香织小姐诱拐案"起因于城崎学长和樋口师父之间的斗争，其中的详情我就不得而知了。总之，偷盗香织小姐的行为算是触犯了禁忌。在小津住院的时候，明石同学出色地接下了他的担子，在一夜之间将城崎学长的自行车改装成了手推车。

○

从那件事以后，我和明石同学越走越近。

从结果来看，小津干的坏事让我因祸得福，可我仍然不打算宽恕他——这仅仅让我在英语会话班上多了一些闲聊的话题，身为受害者总觉得太不解气。不过，这条最新消息还是换来了同学们的鼓掌喝彩。

后来，我和明石同学关系的发展脱离了本书的主旨，请恕我不再一一详述那段既甜蜜又腼腆的时光。诸位读者也不必浪费宝贵的时间，去读那些令人皱眉的内容。

终成眷属的恋情，不提也罢。

○

即使我的大学生活如今有了些许新气象，也请别以为我会天真地肯定自己的过去，像我这样的男人是不会轻易对曾经的错误网开一面的。的确，我也想以宽大的爱去拥抱自己，可是谁会想去抱一个二十出头的臭男人？换成豆蔻年华的少女还差不多。我心中的愤懑无从宣泄，在怒火的驱使下，我断然拒绝救赎从前的自己。

我很后悔在命运的钟塔下选择加入垒球社团"暖暖"，如果那时候我选择了不同的道路，又会有怎样的际遇呢？不管是选择报名电影社团"襖"，还是选择回应征集弟子的古怪宣传，抑或是进入秘密组织"福猫饭店",想必都会给我带来截然不同的两年时光。至少我不会像现在这样扭曲,甚至有可能得到传说中的至宝——玫瑰色的校园生活。无论怎样视而不见,我都犯下了种种错误,荒废了整整两年的岁月。

更重要的是,结识小津这个污点将伴随我一生。

○

小津在学校旁边的医院里住了一阵子。

看着他被囚禁在洁白病床上的模样,我感到心情舒畅。他的面色本来就不好看,现在看上去简直就像得了不治之症一样。其实他只是骨折而已,也算是不幸中的万幸吧。如今无法为非作歹,小津比吃不到三餐还难受,我在一旁倒是挺幸灾乐祸的。不过嘛,他的牢骚让我听得实在厌烦,于是我拿出给他带的慰问品——蜂蜜蛋糕,把他的嘴堵上了。

"你也该学乖点,别再没事儿去招惹别人了。"

我边吃蛋糕边说,小津摇摇头:

"恕难遵命,因为除此之外我也没什么事可做。"

这家伙简直坏到骨子里了,玩弄我纯洁的灵魂竟会如此有趣吗?

○

小津仍旧摆出那副妖怪般的嘴脸,不知廉耻地笑道:

"这是我的爱啊。"

我回答:

"谁稀罕那种脏兮兮的东西啊!"

第四话

....

八十天环游四叠半

我可以斩钉截铁地说，直到大三春天的整整两年里，自己没做过哪怕一件有意义的事情。我为什么要放弃和异性的正常交往、学业有成、强身健体这些成为社会有用之才的必要条件，反而选择了被异性疏远、学业荒废、体魄退化这条不归路呢？

必须有人为此负责，可那人又是谁呢？

我并不是生来就这般狼狈的，据说襁褓中的我一尘不染，可爱得仿佛婴儿时期的光源氏，凭借天真无邪的笑容将爱的光芒洒遍故乡的山野。可现在我又成了什么样子呢？每每面对镜子中的自己，我就对如今的状况愤愤不平。难道说，这一切都是我罪有应得？

或许有人会说我现在还年轻，是可以改变的，鬼才信呢。

俗话说，三岁看到老。身为大好青年的我今年已经二十一岁，眼看就要在这世上度过四分之一个世纪了，再想强行纠正自己的人格，又能怎样呢？我的人格已然坚挺在虚空之中，强行扭转的话只会造成拦腰折断的后果。

我只能带着这样的自己度过漫长的下半辈子，这是我必须正视的现实。

我是绝对不会视若无睹的。

可是，情况多少有些不堪入目。

○

春天，刚升入大三的我在四叠半公寓里闭门不出。

我可没得什么五月病[1]，也不是恐惧外面的世界。我只是想待在房

1　注：乏力或轻度忧郁等的不适症状。在日本，常见于非自愿或无目的入学的大学生和新参加工作者，因多于五月"发病"而得名。

间里与世隔绝，在宁静的空间中重塑自我。我度过了两年浑浑噩噩的时光，学分远远不够，前途一片黑暗。茫茫然迎来大学生涯的第三年，我对大学生活已然没有任何期待。我确信，所有艰苦的修炼必须在这个四叠半房间里完成。

记得寺山修司[1]曾说过："丢掉你的书本，出门去！"

可当时的我想的是，我这种人出门又能做什么呢?

○

这份手记的目的是思考四叠半房间究竟是一种怎样的存在。对世人而言，这种思考是毫无意义的。前段时间，我在机缘巧合之下不停地穿梭于无数四叠半房间之间。在这过程中，我不得不去思考四叠半存在的意义，甚至一度想从华严瀑布[2]一跃而下。

酷爱四叠半房间的我，被一部分人尊称为"四叠半主义者"，所到之处人们都怀着敬意向我投来崇拜的目光。

"他就是传说中的四叠半主义者。"

"哎呀，果然透着高贵的气质……"

黑发少女们窃窃私语道。

然而，身为四叠半主义者的我也终于迎来了离开房间的那一刻。

既然如此醉心于四叠半房间，我又为何会被赶出自己的家园呢?

现在就让我来告诉你们吧。

○

这份手记的主要登场人物是我，而且很遗憾，里面几乎都是我。

1　注：日本剧作家、导演、歌人，前卫戏剧的代表人物，代表作品有《草迷宫》《狂人教育》。

2　注：日本栃木县日光市的著名游览地，高约 99 米，曾一度为自杀胜地。

〇

事情发生在大三那年的五月。

我租住的学生公寓位于下鸭泉川町，名为下鸭幽水庄。听说自从幕府末年烧毁重建后，这里就一直保持着原样。要是没有阳光照进来，这里就和废墟没什么两样。被大学生协介绍来这里的时候，我甚至怀疑自己走失在了九龙城的街头。摇摇欲坠的三层木楼看得人提心吊胆，活脱脱就是一处文化遗产嘛。但是不难想象，就算这里因为一场大火化为灰烬，也不会有人扼腕叹息，甚至能让隔着东墙居住的房东大为畅快。

我绝不会忘记，就在"冒险之旅"开始的前一天晚上，小津来到下鸭幽水庄110号房拜访闷闷不乐的我。

自从在大一那年认识小津，我和他就维持着一段孽缘。自打脱离了秘密组织"福猫饭店"，我便拒绝与人交流，始终保持着孤傲的态度，唯独和他这个如一摊烂泥的无用妖怪有所往来。虽然我痛恨自己的灵魂被他污染，但也很难与他彻底分道扬镳。

下鸭幽水庄二楼住着一个叫樋口清太郎的人，小津称他为"师父"，并时常来拜访他，顺便也会来我这里露个面。

"你还像个闷葫芦似的。"小津对我说，"不谈恋爱，不去上课，还没朋友，你究竟想干什么？"

"说话小心点，信不信我打死你？"

"打我就算了，你还想让我死？真没良心。"小津嬉皮笑脸地说道，"话说回来，前天晚上你没在家，亏我特地来看你。"

"我去漫画咖啡厅学习了。"

"我本想给你介绍那天带来的香织小姐，偏偏你不在，我只好领她走了，真遗憾。"

"我才不要你介绍。"

"这个送给你，别闹脾气了。"

"这是什么？"

"蜂蜜蛋糕。樋口师父送了我很多，分给你一个吧。"

"你还会送东西给我？真稀奇。"

"形单影只地品尝一大个蜂蜜蛋糕，那滋味简直寂寞到家了，我就是想让你明白你有多寂寞。"

"原来如此，那我就吃给你看，吃到吐为止。"

"听羽贯小姐说你去看牙医了？"

"嗯，去看了一下。"

"你肯定有蛀牙。"

"不是，没你想的那么简单。"

"少骗人，羽贯小姐都说了，拖到那种程度还不去看，真是蠢到不行。你的智齿只剩一半了吧？"

虽然我逃出了"福猫饭店"，但小津依旧留在那里，现在已经处于能呼风唤雨的地位了。不仅如此，我隐约觉得，他在其他领域也是大展拳脚。不管是谁，要是有他这样的精力都会拿出来为世人做贡献，然而他说自己一想到要为世人做贡献，四肢就会动弹不得。

"真好奇你怎么会变成现在这样。"

"多亏了师父的教导。"

"他都教你些什么了？"

"一句话也说不清楚，反正没你想的那么简单。"小津打了一声哈欠，"对了，上次师父想要海马，我就从垃圾场搬去了一只大号水缸。我们试着装水进去，没想到装着装着就漏得一塌糊涂，把师父的整个房间搞成水漫金山。"

"等等，你师父门牌号多少？"

"他就住在你头顶。"

我突然气不打一处来。

有一回我不在家，二楼往下漏水。我一回来就发现自己的宝贵书籍（不管是否猥琐）都被水浸得皱巴巴的，泡了水的电脑里那些宝贵的资料（不管是否猥琐）也都化为了电子垃圾。无须赘述，那场灾祸对我荒废的学业来说可谓雪上加霜。我差点就想冲上去找邻居理论，又怕和来路不明的二楼租户纠缠不清，最终只能忍气吞声。

"原来是你捣的鬼?!"

"不就是个猥琐图书馆被水泡了嘛，多大个事儿啊。"小津满不在乎地说道。

"快给我滚，我还忙着呢。"

"走就走，我今晚在师父那里吃'摸黑火锅'。"

我一脚把嬉皮笑脸的小津踹出门，内心终于重归平静。

于是，我回想起了大一春天的事情。

○

当初的我还是一个如假包换的大一新生，校园里的樱花树落英散尽，枝头绿意盎然，令人心情舒畅。

大一的新生只要在校园里走上几步就一定会收到同学们派发的传单，我也只好怀揣着那些远远超出个人信息处理能力的纸张，不知何去何从。传单的内容形形色色，其中让我很感兴趣的有这么四份，分别是电影社团"禊"、古怪的弟子征集宣传、垒球社团"暖暖"，以及秘密组织"福猫饭店"。虽然它们各自散发着不同程度的可疑气息，但刚刚迈入未知大学生活的我依旧怀揣着心中仅存的一点点好奇。我居然会相信，不管自己选择哪一个都将打开一扇趣味盎然的未来大门，真是愚蠢到家了。

下课后，我来到校园的钟塔下，因为各类社团都在这里举行面向新人的介绍会。

热闹非凡的钟塔周围聚集了跃跃欲试的新生和摩拳擦掌的社团引路人。我以为这里到处都是通往传说中的至宝——玫瑰色的校园生活的入口，于是眼神迷离地四下徘徊。

我就是在那里遇见秘密组织"福猫饭店"的，按理说不会有哪个秘密组织到处宣传自己的秘密身份，可让人难以置信的是，我后来才得知他们真的是一个秘密组织。

在钟塔下招呼我的是他们的下级组织"图书馆警察"的干部相岛学长，他看上去是个聪明人，镜片后的双眸透着理性的光芒。学长说话客气，却暗含着瞧不起人的态度。

"你可以认识各色各样的人，积累有意思的经验。"

相岛学长把我领到法学院的中庭，劝说我道。

我也觉得自己没见过世面，在大学校园里和不同类型的人接触、增长见闻是很重要的。这些积累起来的经验会让我的未来越发光鲜亮丽。当然，我脑子里并不只有一本正经的想法，另一方面，我也被他们神秘的氛围深深吸引。再重复一遍，当时的我真是愚蠢到家了。

"福猫饭店"究竟是个什么样的组织？虽然他们从来不肯透露自己的目的，但我可以断言，他们多半没有什么明确的目的。

它只是统帅下级组织的一个象征性名称而已，就连那些下级组织的头衔和活动内容，都让人觉得很可疑。

其中主要的组织有：软禁优秀学生并让他们代笔大量论文的"印刷厂"、强行回收逾期不还的图书的"图书馆警察"，以及努力整理校园内停放的自行车的"微笑自行车整理军"。除此之外，还有隶属于文化节办事处的"叡山电铁研究会""闺房调查团青年部""诡辩社"这些古怪的社团与研究会。就连从事可疑活动的宗教社团，也与"福猫饭店"有着千丝万缕的联系。

从历史上看，大家一致认为"福猫饭店"的源头是"印刷厂"。所以，"印刷厂"厂长拥有整个组织的最高指挥权，不过此等人物究竟是否存在还得打个问号。有人猜厂长是一位妙龄黑发少女，也有人说是法学院的老教授，甚至有人认为是二十年前就住在钟塔地下的好色怪人，还戴着面具。不管怎样，作为"图书馆警察"底层跑腿人员，我是不可能有机会接触那种大人物的。

在相岛学长的邀请下加入"图书馆警察"后，我在法学院中庭被要求和一个男人搭档。樱花树下的他面相晦气，让我误以为那是只有我这种心思细腻之人才看得见的地狱使者。

那便是我和小津的初次见面。

○

在某本文学名著的开头，一个平凡的男人早上醒来发现自己变成了一条毒虫。我倒是没遇上这么戏剧性的变化，我依然是我，眼前还是那个浸透男人汁水的四叠半房间。当然，有人可能会认为我本来就是一条毒虫。

也不知道时钟上的六点指的是早晨还是晚上，我在被窝里琢磨了一会儿，实在搞不清自己睡了多久。

被窝里的我像一条毒虫一般蠕动了一会儿后才慢吞吞地爬了起来。

周围很安静。

我煮完咖啡，吃了一块蜂蜜蛋糕。胡乱对付完早餐后，一股尿意驱动我前往房门口不远的公共厕所。

于是，我踏进了门外的四叠半房间。

奇怪。

我回头看去，自己那间乱糟糟的屋子还在那里，然而面前半开着的门后同样是我那乱糟糟的四叠半房间，就像映照在镜子里一样。

我钻过门缝，来到隔壁的四叠半房间。毫无疑问，这正是我的屋子。破旧的榻榻米、杂乱无章的书架、苟延残喘的电视机、从小学用到现在的书桌、满是灰尘的水槽，无一不展现着浓浓的生活气息。

我又从门口退回之前的房间，那里同样也是我的屋子。尽管经过多年修行，我已练就了不为风吹草动所扰的胆魄，但此刻还是有些不知所措。我的房间居然成了双胞胎，简直是天方夜谭。

既然没办法从门口出去，就只好开窗了。

我拉开了紧闭多日的窗帘，毛玻璃的另一侧透着荧光灯的光亮。我一把打开窗，将脑袋探出去，看到的又是自己的四叠半房间。我翻窗进去仔细地检查了一番，确认那就是我的屋子。

我回到了原先的四叠半房间，打算抽支烟冷静冷静。

就这样，我开始了自己长达八十天的四叠半世界探险。

○

接下来的冒险几乎都发生在同一个四叠半房间里，所以在讲述这段冒险之前，请允许我先向诸位读者详细介绍自己的屋子。

首先，屋子北侧有一扇薄得像婴儿威化饼干的房门，门上被前租户贴满了密密麻麻的色情贴纸。

房门的旁边是肮脏不堪的水槽，上面堆着积满灰尘的发胶瓶和电热锅等杂物，再好的厨师看到了都提不起劲来。我坚决拒绝在这种荒凉的厨房做饭，遵循着"君子远庖厨"这一原则。

北面的墙上有大半是壁橱，里面塞满了一大堆东西，像土气的衣服、来不及看或不忍心丢的书、过冬用的电暖炉，就连猥琐图书馆也在里面安家。

东边的墙基本被书架占据着，书架旁是吸尘器和电饭煲，不过都不怎么用得上。

屋里的窗户位于南侧，窗边摆着一张从小学就一直陪伴我的书桌。我很少打开桌子的抽屉，不记得里面有什么了。

东边的书架和书桌之间的缝隙中堆着各种无处可去的破烂玩意儿，我把扔东西进去的动作称为"流放西伯利亚"。我知道自己早晚要整理那个混沌的空间，却因为那里过于可怕而迟迟不敢动手。因为一旦迷失其中，生还的可能性就微乎其微了。

西侧是坏掉的电视机和小冰箱的领地。

最后回到北边来。

房间小到只需短短数秒就能转上一圈，和我的脑容量难分伯仲。

○

归根结底，我为什么要住在四叠半房间里呢？

我只认识一个住在三叠出租屋的人，那位同学和我一样孤傲不羁，也不去学校上课，成天捧着一本《存在与时间》，性格怪异，自视甚高，坚决不流于世俗，去年被家人接回了家乡。

　　听说京都也不是没有二叠大小的房间。虽然令人难以置信，但净土寺附近还真的存在仅有两叠榻榻米并排放置的屋子。每晚躺在那种如过道一般的地方肯定可以长高。

　　根据我道听途说来的恐怖传闻，有个学生亲眼见到北白川浸信会医院附近的某某庄有一叠的房间。几天后，那个学生便神秘失踪了，与他相关的人也都遭遇惨祸。

　　所以还是四叠半好。

　　和一叠、二叠、三叠相比，四叠半的格局是最具美感的——三叠榻榻米平行放置，搭配一叠垂直摆放的榻榻米，剩下的空间用半叠榻榻米填充，形成完美的正方形。这不是很美吗？二叠布局虽然也能摆成正方形，但面积过于狭窄；大于四叠半的正方形会让人联想到武田信玄的厕所——大到一不留神就要遭遇不测。

　　上大学以后，我便成了四叠半房间的铁杆粉丝。那些住在七叠、八叠甚至十叠房间里的人，真的支配得了那么大的空间吗？他们真的能照顾到房间的每个犄角旮旯吗？对空间的支配权越大，责任也就越大。四叠半是人类可支配的最大空间，那些人心不足蛇吞象的家伙最终会遭遇来自房间角落的恐怖报复——这是我一贯以来的观点。

〇

　　虽然我已经开始探索四叠半世界，但并不急于有所行动。我总是习惯先对事物进行深入骨髓的分析，再慢慢悠悠地想出万全之策。当然，过于强调万无一失，往往导致错失良机。

　　回到原本的四叠半房间后，我开始研究下一步的行动。

　　精英总是能沉着地应对各类突发状况，冷静思考对策。经过反复的冷静思考，我决定使用小津两周前忘在我家的空啤酒瓶。方便之后，我重归气定神闲。

手忙脚乱也于事无补。尽管名义上是一个大三学生，但我的生活重心基本都在这个房间里。既然从来都不热衷于出门，现在又何必急着走出去呢？那样做只能暴露自己的浅薄。只要危机尚未迫在眉睫，像我这样的人就没必要采取行动。何不稳如泰山地等下去，期待船到桥头自然直？

下定决心后，我开始气定神闲地读起儒勒·凡尔纳的《海底两万里》，将思绪投向远方的海底世界。没过多久，我就读不下去了。我瞥了一眼猥琐图书馆的收藏品，随意取了一些，将思绪投向官能世界。我不断将思绪投出去，投着投着就感到有些累了。

我打开一直接触不良的电视机，那画面仿佛在台风中不停旋转的风车，除非你具有动态视力，否则只能看得一头雾水。我盯着屏幕看了一会儿就觉得头昏脑涨，后悔当初没有早点修理电视机。

不知不觉间一小时过去了，我烤了点鱼肉饼吃，发现手头只剩下蜂蜜蛋糕了。虽然家里还有几块萝卜，但我暂时没有动它们。睡前我又确认了一遍——窗门外面依旧是四叠半房间。我关掉电灯，钻进被窝，盯着天花板，思索自己为何会迷失在这样一个世界里。

于是我有了一个假设，姑且将其称为"木屋町算命师的诅咒"。

○

几天前我去河原町散心，浏览了一番专卖旧书的"峨眉书房"后，又走去木屋町闲逛，然后就碰到了那个算命的。

在一众酒吧和秦楼楚馆的簇拥之中，我看到了一栋不起眼的昏暗民宅。

民宅的屋檐下有张铺着白布的木桌，后面坐着一位算命的老太太。桌边耷拉下来的和纸上写满了意义难明的汉字，旁边一盏看起来很像灯笼的小灯散发着橙色的光芒，映照着老太太的脸。她的表情带着难以形容的威严，使她看起来仿佛一只对行人的灵魂垂涎欲滴的妖怪。

我不禁幻想，自己一旦求她算命，便会被这个老太太缠上身，从此厄运连连——等不到人、寻不回失物、错失十拿九稳的学分、即将完成的毕业论文自燃、落入琵琶湖水渠、在四条街被人坑蒙拐骗……在我的注视之下，老太太很快察觉到了我的存在。夜色中，她观察我的双目闪闪发光。我被她周身散发出的妖气深深吸引，那股来路不明的妖气相当具有说服力，于是我做出了一番逻辑推理：可以肆无忌惮地释放此等妖气的神人算命怎么可能不准？

出生至今，我已度过了将近四分之一个世纪，虚心接受他人意见的次数却屈指可数，很可能因此选择了一条本不必踏足的荆棘之路。如果能早一点认清自己判断力不足的事实，想必我会过上与现在截然不同的大学生活——既不会被奇怪的组织"福猫饭店"盯上，也不会被关在四叠半的城堡中，更不会认识性格扭曲得仿佛迷宫一般的小津。在益友和学长的帮助下，我将尽情发挥满腹才能，文武双全，顺理成章地与美丽的黑发少女做伴，拥有金光璀璨的未来，甚至能得到传说中的至宝——有意义的玫瑰色校园生活。对我这样的人才而言，获得这样的结果可谓当之无愧。

没错，现在还来得及尽快听取客观意见，把握住不一样的人生可能性。

仿佛被老太太的妖气吸引了一般，我踏出了脚步。

"学生哥，你想咨询什么？"

老太太口齿不清，嘴里像含着棉花似的，这腔调让我更加庆幸自己的决定。

"嗯，我该怎么说呢……"

见我一时语塞，老太太微笑着说道：

"我从你的表情上看得出你很纠结，不满于现状。我想是因为你没能发挥自己的天赋，如今的环境也不适合你。"

"是啊，您说得对。"

"让我替你瞧上一瞧。"

老太太拉过我的双手注视着，心领神会地点着头。

"嗯，你是一个很认真的人，也很有天赋。"

老人家的慧眼立刻令我为之钦佩。为了贯彻"深藏不露"这四个字，我始终不轻易向他人展示自己的聪慧与天赋，甚至这几年来，连我自己都快忘记它们去哪儿了。没想到见面不到五分钟，老太太就看破了这一切，果然不是泛泛之辈。

"总之，最重要的是别错过良机。所谓良机，就是好机会的意思，懂了吗？只不过，良机这种东西是很难逮住的，有些看似不那么好的机会实则是良机，有些自以为不错的机会到头来会让你空欢喜一场。不过，你一定要抓住良机并拿出行动来。你的寿命很长，准能办到的。"

她说的话饱含深刻的道理，与那股妖气相得益彰。

"我不想一直等下去，希望现在就能抓住良机，可以请您再说得具体一点吗？"

在我的逼问下，老太太皱了皱眉，一开始我还以为她只是右脸发痒，怎料对方原来是在微笑。

"详细情况不便透露，就算我都说出来，良机也有可能在命运的变化中失去光芒，那样反倒对不住你了。毕竟命运无常啊。"

"可是，这样下去我一点头绪都没有。"

见到我疑惑的模样，老人家坏笑了一声。

"好吧，虽然不能说得太远，但我还是可以告诉你一些短期内的事。"

我把耳朵拉得像小飞象一样大。

"斗兽场。"老太太突然压低了声音。

"斗兽场？什么意思？"

"斗兽场就是良机的记号，等你遇见良机时，就会出现斗兽场。"

"您是让我去罗马吗？"

然而，老太太只是一个劲儿地冲我笑。

"你可别错失良机哦，学生哥。当机会来临时，不要漫不经心，犯同样的错。试试看，豁出去，用前所未有的方式逮住它。到时候不满的情绪便会消散，你也可以走上不同的道路。不过，不用我说你也知道，到时候又会有新的不满。"

虽然我听得一头雾水，但还是点了点头。

"即使错失良机，你也没必要担心。我心里有数，你是一个了不起的人，总能把握住机会的。切记不要冲动。"

说完，老太太结束了算命。

"非常感谢。"

我恭恭敬敬地支付了酬劳，像迷途的羔羊一般钻进木屋町的人流。

请务必记住那位老太太的预言。

○

莫非这就是她的诅咒？也许解除恐怖诅咒的关键就隐藏在她提到的"斗兽场"中。我决心在破解这一谜题之前绝不合眼，想着想着便沉沉地睡去了。

醒来时时针已经指向十二点。我起身拉开窗帘。窗外既没有大白天的日光，也不见黑夜的幽暗，只有来自隔壁四叠半房间的乏味的荧光灯光线。亏我以为睡一觉一切便会恢复如初，谁知起床后状况依旧。门外同样是另一个四叠半房间。

为了方便读者，后面我会将自己最初所在的房间称为"四叠半（0）"，门外的房间称为"四叠半（1）"，窗外的房间称为"四叠半（-1）"。

我闷闷不乐地坐在房间中央，听着煮咖啡的咕嘟声。肚子实在饿得不行，蜂蜜蛋糕和鱼肉饼又都吃完了。要是食物能自己出现就好了——我一边祈祷着一边打开冰箱门，却只找到了一块萝卜、酱油、胡椒、盐和七味粉，连大学生必备的方便面都没有，这真是常年依赖便利店的报应啊。

我把萝卜煮熟，加入点酱油和七味粉，配着咖啡果腹。

差不多第二天，我的食物便消耗殆尽，手头只有咖啡和香烟。就算我优雅地与它们为伴，尽量逃避饥饿感，早晚也会饿得前心贴后背，死在四叠半房间中，化为一副无人知晓的白骨。

我躲在房间角落，抱着头假装什么都没发生，可肚子还是咕咕叫，无奈之下只得寻找解决粮食问题的根本对策。

○

一提到大学生，就会联想到"不讲卫生"；一提到"不讲卫生"，就会联想到"菌菇"。我本想拿生长在壁橱角落的菌菇来充饥，然而，当我把猥琐图书馆、纸箱和快要发霉的衣物搬出来时，却发现里面的干燥环境不足以让菌菇茁壮成长。要不要在壁橱里塞满脏衣服，洒上水来人工栽培呢？可是，我宁可有尊严地挨饿，也不愿品尝被自己脏衣服的养分喂大的菌菇。

我也考虑过把榻榻米煮来吃，里面浸透了男人身上的汁水，或许有很高的营养价值。可是榻榻米的粗纤维含量过高，会导致我很快就像彻底堵塞的水渠一样便秘致死。

几天来，始终有只飞蛾莫名其妙地停留在天花板的一角，我犹豫着要不要将它作为动物蛋白源吃掉。虽然昆虫也属于动物的一种，被困深山的人们也会把毛虫和甲虫烤着吃，但要我烹调包裹在鳞粉中蠕动的蛾子，还不如让我去舔房间角落的灰。

假如能将身体多余的部位作为紧急口粮，想必可以上演一场惊心动魄的生存好戏，可惜食量向来不大的我浑身上下除耳垂以外找不到一块赘肉，瘦得像一只烤麻雀，让人啃都啃不动。我也不想被别人指指点点，说我是靠吃自己的耳垂活下来的。

我在电视机和书桌之间找出一瓶脏兮兮的威士忌，那是半年前我和小津买来的，因为太难喝了，还剩一半。在食物匮乏的当下，哪怕只是便宜货，威士忌也算得上宝贵的营养源。另外，我还在药箱里发现了过期的维生素。

既然选择放弃栽培菌菇，不吃榻榻米、飞蛾和耳垂，那我就只能依赖威士忌、维生素、咖啡与香烟活下去。我仿佛成了漂流到无人四叠半房间的鲁滨孙·克鲁索。他手上有枪，还能打猎，而我最多想办法逮住在天花板游荡的飞蛾。不过我还有自来水和家具，更不必担心被野兽袭击，很难说到底是不是在经受生存考验。

这一天，我再次悠闲地阅读《海底两万里》。我心中有股傲气，好像要对抗在暗中观察我的残酷神明。既然看不到阳光，也就没法判断此刻是白天还是夜晚，所以我只能估算度过的时日。

只要拉上窗帘、关上门，房间里的景象就和平常一般无二了。就算小津突然踹门进来给我找麻烦，我也不会感到意外。两周前我去找牙医拔掉了智齿，算是不幸中的万幸了。要不然疼得死去活来的我就会满房间找牙医，最后在痛苦中死去。

我在御荫街窟塚牙科诊所拔掉的智齿，至今仍被我小心翼翼地摆在书桌上。

○

四月末，我的下巴疼了起来，甚至影响到了睡眠。

我怀疑自己得了颞下颌关节紊乱，据说那是一种压力造成的疾病。我既像蒲公英的绒毛那般纤细敏感，又如比叡山的学僧一样呕心沥血于思辨之道，像我这样的人至今都没得过颞下颌关节紊乱，反倒叫人百思不得其解。一想到这里，我便感觉心满意足，认定那是天选之子才有资格承受的磨炼。即使如此，我依旧痛得在屋里满地打滚，神志恍惚。

"你这种人会有压力？鬼才信呢。"小津像在看变态一样看着我说道，"你都退出组织了，还过得吊儿郎当的。"

我表示自己虽然表面上无所事事，但其实每天都在废寝忘食地进行着得不到答案的思辨，自然压力沉重，罹患颞下颌关节紊乱便是我成天冥思苦想的最好证明。

"你只是蛀牙了。"小津毫不留情地说道。

"胡说八道，我是下巴疼，又不是牙疼。"

见我痛苦不堪的样子，小津向我推荐了窟塚牙科诊所的医生——一位名叫羽贯的美女大夫。可我不想去，我的人生虽然谈不上波澜壮阔，但也算五味杂陈、久经考验，即使如此，我还是不敢看牙医。

"我才不去看牙医。"

"让年轻女孩把手指塞进你嘴里还不高兴？你压根儿没那样的机会吧？我想你这辈子都不可能了。以蛀牙的名义名正言顺地尝尝那种滋味，对你来说可是千载难逢的机会。"

"别以为我像你这么变态，我才不想品尝那种滋味。"

"老狐狸，你就给我装吧。"

"你才老，你全家都老！"

"总之快去看病。"

小津难得这么热心。

某天晚上，下巴的疼痛终于在上下牙缝间纵横驰骋，形成一种共鸣，仿佛无数小胖精灵在我的牙齿上举办哥萨克舞比赛。无奈之下，我只能听从小津的建议。

原来我的病因既不是心灵的敏感也和冥思苦想无关，而是智齿蛀牙，真被小津说中了。自从脱离了组织，我就过上了几乎与世隔绝的孤傲生活，一不留神就容易忘记刷牙。

虽然我没有舔别人手指的坏心思，但牙医羽贯小姐的确是个大美女。她接近三十岁，在头顶盘起发髻的样子令她更加英姿飒爽，颇有几分古代将军夫人的气质。她皱起豪放的浓眉，巧妙运用嘎吱作响的机器替我祛除牙石，让我很是佩服。

治疗结束后，我告诉羽贯小姐自己是小津介绍来的。羽贯小姐似乎和他很熟，还说他怪有趣的。然后，她像捧着婴儿似的将包裹在脱脂棉中的智齿递给了我。

因为舍不得扔掉，我用餐巾纸垫着那颗值得纪念的智齿，将它放在家中的书桌上日日观赏。

○

其实我仍旧有几分侥幸心理，以为自己只是在做梦而已。

然而三天过去了，门窗背后依然是四叠半房间，这让我实在没心情悠闲地阅读《海底两万里》。食物都吃完了，香烟只剩下几根。虽然我集中精力不去做那些有损尊严的事情，但那点仅存的尊严和生命相比又有什么价值呢？

　　我空腹喝下咖啡，一点一点地舔着碟子里的酱油，希望能缓解饥饿感。

　　接下来的话题可能有些粗俗，但现在已经不是在意这些细节的时候了。就算食物摄入量再小，便意仍是难免的。液体的话尚且还能装在啤酒瓶里，满了就倒进水槽冲走，有这样的好办法倒不至于泛滥成灾，而固体才是真正让人伤脑筋的。

　　在便意的驱使下，我开门进入四叠半（1），那里也有窗户。我带着企盼拉开窗帘一看，果然窗外还有四叠半（2）。我回到最初的房间，又翻窗进入隔壁的四叠半（–1），打开房门后看见了四叠半（–2）。

　　四叠半房间究竟有没有尽头？

　　不过远水解不了近渴，绞尽脑汁的我只得将旧报纸铺在地上，三下五除二完事后把旧报纸装进塑料袋，最后把袋口扎紧。

　　最紧迫的危机是化解了，可香烟和粮食的问题依旧存在。到了这个份上，我不得不迎难而上，自行铲除障碍。不管这是一个怎么样的世界，最后靠得住的只有自己。

〇

　　香烟和粮食问题的根本解决方案如下：

　　我搬进了四叠半（1）。

　　房门背后的四叠半房间明显是我的屋子，所以我应该有资格任意使用它。

　　我在四叠半（1）发现了一盒香烟，房间里面甚至还有我以为这辈子都不会再见到的鱼肉饼、蜂蜜蛋糕，以及萝卜。我不管三七二十一，先烤了鱼肉饼，又在上面撒满胡椒，尽情享受时隔三日的动物蛋白。

我从没想过原来鱼肉饼能这么好吃。我又拿了一小块蜂蜜蛋糕当甜点，体内的活力如同死而复生般高涨。

我又从那个房间的窗户眺望四叠半（2）。

四叠半（3）、四叠半（4）、四叠半（5）……我的四叠半房间仿佛连绵不绝，将一直延伸到四叠半（∞）。这样的无限序列未免也太过寒酸，而我此刻就生活在比地表面积还要庞大的学生公寓里。

眼下的状况固然令人绝望，不过换个角度看也未尝不是一种幸事，毕竟就算吃完这个房间的食物，我还能到下一个房间去。虽然鱼肉饼和蜂蜜蛋糕的营养算不上均衡，但至少让我不至于立刻饿死。

话说回来，小津给我的蜂蜜蛋糕可真是雪中送炭。自从大一春天意外相识，两年来我们始终保持着剪不断理还乱的孽缘，没想到他终于立功了。

○

上了大学后，我在"图书馆警察"耗费了整整一年半的时光。

如上所述，"图书馆警察"的行动目的是不由分说地追缴超过借阅时间的图书。有必要的话，他们会采用非人道手段——不，应该说在大多数情况下他们都会那样做。请不要追究他们为什么要承担这样的责任以及他们和大学之间究竟保持着怎样的关系，否则我无法保证你的人身安全。

除了收回出借图书，"图书馆警察"还负责收集大量嫌疑人的个人情报，并将这些情报运用在各种场合。原本收集个人情报只是为了方便强制收书，因为只有了解借书人的行动轨迹，才能找到对方的藏身之处，而且面对那些不怕当面对质的老赖，就必须掌握他们的弱点。然而，随着储藏的情报越来越多，组织也渐渐被这些情报带来的好处和魅力俘虏。据说从几十年前起，"图书馆警察"对情报的收集就远远偏离了最初的目标，变得一发不可收拾。大学校园自不必说，"图书馆警察"的情报网甚至北至大原三千院，南达宇治平等院凤凰堂，不放过京都的里里外外。

举例来说，假如"图书馆警察"长官心血来潮想拆散A同学（二十一岁男性）和B同学（二十岁女性），只需打个响指就能得到这样的内部情报——"A同学虽然在和B同学交往，但又与网球社团的C同学暧昧不清，而C同学又因为学分不足连毕业都成问题"。同样，长官也能随心所欲地利用个人情报，在背后控制C同学为拆散那对恋人做出致命一击。

"印刷厂"依靠大量生产代笔论文赚得盆满钵满，只有"图书馆警察"可以与之抗衡。既然"印刷厂"厂长的身份神秘莫测，"图书馆警察"长官就成了"福猫饭店"实质上的头号人物。

当时的我从未见过"图书馆警察"长官，因为我只是个底层喽啰。

喽啰的任务就是收回图书，可我是不善此道的。因为我要么被目标人物骗得团团转，要么和他们意气相投、交杯换盏。如此不称职的我之所以还能完成任务，全靠小津的协助。

小津收起书来不择手段——蹲点、打感情牌、设卑鄙的陷阱、恐吓、暗算、盗窃，这些都占全了。他的业绩自然没得说，也顺便让我这个搭档的业绩水涨船高。那时的我已经开始对"图书馆警察"产生了怀疑，只是在里面得过且过，而他的战果反倒成了我的负担。

再加上小津本就喜欢探听各种情报，于是他不断拓展不可思议的人脉关系，成长为相岛学长的左膀右臂。

升入大二那年的春天，相岛学长当上了"图书馆警察"长官。

相岛学长想提拔我和小津，但小津拒绝了他的邀请，投奔"印刷厂"而去。无奈当上干部的我浑浑噩噩到了极点，没过多久就成了徒有虚名的干部。

相岛学长再也瞧不上我，开始拿我当成路边的石子。

○

身处"图书馆警察"的那些日子里，我认识了一个奇妙的人物。

事情发生在大一的冬天。

有人借了一本名为《神无月》的画家传记，整整半年不曾归还。奉命收书的我尝试与那人接触，才发现原来他是我的邻居，就住在二楼，名叫樋口清太郎。他给人的印象很神秘，既不像学生又不似社会人，就连几时在家都叫人捉摸不透。就算他待在自己的四叠半房间里，我也很难逮住他。有时我以为他在家，进门却只见到屋里晃荡的鸭子，他本人不知道去哪里了。他总是穿着深蓝色的旧浴衣，茄子般的脸上长满了络腮胡。虽然他模样奇特，走在外面很容易被我认出来，但当我想要和他说话时，他就会像一阵烟一样消失得无影无踪。有好几次我都在下鸭神社和出町商业街跟丢了他。

　　某天深夜，我总算在猫咪拉面摊上将他逮了个正着。

　　"知道你近来总在我身边出没，"他微笑着说，"我也想还书，就是看得慢。"

　　"早就超过还书期限了。"

　　"好吧，我还就是。"

　　一起吃完拉面后，我紧跟着他回到了下鸭幽水庄，他说要去公共厕所方便一下。然而我左等右等都不见他出来，进厕所一看，人不见了。我走上二楼，看见他房间门上的窗户透出灯光，这脱身的本领真是神乎其神。

　　我拼命敲门，喊他的名字，屋里没有回音，让我顿时觉得自己被要了。在门外闹腾了一阵子，当时还是我搭档的小津跑了过来。

　　"不好意思，他是我的师父，请你网开一面。"

　　"开什么玩笑？"

　　"你别白费工夫了，师父借的东西从来不还。"

　　既然小津说得如此斩钉截铁，那我只好放弃追究。也不知道这所谓的师父教的是什么学问，不过能受到小津这种人的尊敬，想必也不是什么好鸟。

　　"师父，晚上好，我带食物来了。"

　　小津瞥了我一眼，走进樋口的房间。他一边转身关门，一边奸笑着对我说了声"抱歉"。

○

　　我在四叠半（–3）和四叠半（3）之间来回迁徙了两天，但情况并未发生好转。

　　我好歹还有事可做，比如做俯卧撑和不太合标准的深蹲、喝满满一脸盆咖啡、一口气吃六块蜂蜜蛋糕、研究萝卜搭配鱼肉饼的新食谱、反复阅读《海底两万里》中鹦鹉螺号上丰盛的菜肴，直到流下口水。

　　我之前都是自愿闭门不出的，可那时候至少想走就走。一出房门就是脏兮兮的过道，穿过脏兮兮的过道还有脏兮兮的厕所，经过脏兮兮的鞋柜就能走出这栋脏兮兮的学生公寓。正因为随时可以离开，我才会选择家里蹲。

　　无止境的四叠半世界很快就压得我喘不过气来，再加上膳食不均衡导致缺钙，我变得越来越焦躁。既然再怎么耐心等下去也等不到转机，那我只得下定决心，在这不断重复的四叠半世界展开一场寻找尽头和破解谜题的大冒险，运气好的话没准还能脱身。

　　在这个荒芜的地方被关了整整一个星期后，某天六点（依旧不知道是早晨还是晚上），我正式出发。

　　以四叠半（0）为起点，有门和窗两条出路，我选择从门的那边出发，每经过一个房间就在括号的数字上加一。

　　我不需要什么走到天涯海角的悲壮决心，毕竟只是——穿过自己的房间而已。我既不用担心遭遇野兽，也不可能被暴风雪围困，更不用担心食物的问题。我甚至不需要准备，因为沿途每一处都是自己的房间，累了可以随时钻进那张从不收拾的被窝。

　　尽管没遇上凶猛的野兽，但我还是经历了几件可怕的事。

　　第一天，我走过了二十个房间，仍然没有到头，便有些心灰意冷地选择就地休息。

〇

第三天，我发现了"炼金术"。

之前在介绍自己房间的时候，我提到过书桌和书架之间存在空隙。那天我试着在里面寻找有用的东西，见到了曾经被自己"流放西伯利亚"的干瘪钱包，里面只有一张一千日元的钞票。我坐在四叠半房间里，抚摸着皱巴巴的一千日元，露出无可奈何的微笑。在这个与资本主义社会完全隔离的四叠半世界中，我手头的钞票就是一张废纸。

可是，我在隔壁房间也发现了同样的钱包和钞票，让我有种醍醐灌顶的感觉。这就意味着，我经过一个房间就能赚到一千日元，十个房间就是一万日元，一百个房间就是十万日元，一千个房间就是……这是什么买卖啊！等我有朝一日脱离了四叠半世界，我不仅可以一次性付完学费，甚至可能不必为生活开支发愁，去京都祇园挥霍也不再是遥不可及的梦想。

从那以后，我就背起了背包，每走到一个新的房间都不忘在其中塞进一张一千日元的钞票。

〇

刚开始我走一点路就嫌烦，会把一天剩余的时间耗费在读书、幻想和发呆中。实在无所事事的时候我也会冒出用功读书的念头，然后被薛定鄂方程打回原形。

有一次，我突然想起算命老太太说的话——"斗兽场"究竟是什么意思？

我一直相信她对我下了诅咒，很显然，破解诅咒的关键就在于"斗兽场"，但我的四叠半房间里不可能有"斗兽场"。在漫长的旅途中，我试图寻找能让人联想到斗兽场的东西，结果却一无所获。

○

在枯燥乏味的征途中，我想起这一年来慰藉我心灵的"饼熊"。在心灵得不到滋润的当下，我尤其怀念那只海绵小熊布偶的柔软触感。

去年夏天，我在下鸭神社的旧书市场得到了饼熊，从此它就成了我的精神支柱。灰色的海绵小熊摸上去软得就像婴儿的皮肤，身高和饮料罐差不多。只要用力捏它，我就会露出由衷的微笑，所以我总是把它带在身边。自从脱离组织，我就一直在家中闭关修炼，只有小津那个像妖怪一样的家伙会来看我——如此遗世独立的生活也是需要伴侣的。

然而，可爱的小熊布偶在我开始旅行的几天前在洗衣店神秘失踪了。那天洗完被我的汗液污染的小熊后，我打开了洗衣机盖一看，却发现布偶不见了，里面只剩下煞风景的男士内衣裤。我检查之后发现，那正是我眼看就要被磨破、脏到洗都洗不干净的内衣裤。

我不禁猜想，自己其实只是因为痛恨烦琐的洗涤、为了逃避不得不清洗内衣裤的残酷现实而臆想出所谓的小熊布偶。如果真是那样的话，我岂不是病入膏肓了？

可回到公寓后，我发现自己的衣物还在原处，面对多出的内衣裤，我感到无所适从。这起事件的谜团至今尚未解明，饼熊仍然踪迹全无。

不知它现在何处，是否安好……

我一边思索着，一边在四叠半的世界漫无目的地流浪。

○

起初我会记录自己经过的房间数量，后来却没有坚持下去。

开门、进屋、穿过四叠半（n）、开窗、翻窗、穿过四叠半（n+1）、开门、进屋、穿过四叠半（n+2）、开窗……形成一个周而复始的过程。虽然钞票的数量还在不断增加，但目前找不到出路，在希望与绝望的

四叠半神话大系

影响下，钞票的价值忽高忽低，毕竟出不去的话，我积攒的这些钱就是一堆废纸。可不管钞票如何贬值，我依旧坚持收集钞票，也不知是因为顽强的精神还是因为穷怕了。

我一边烤着鱼肉饼大吃蜂蜜蛋糕，一边继续孤独的旅程。

一个天马行空的猜想抓住了我——莫非我已经堕入四叠半地狱，在痛苦的折磨中永世不得超生？我回忆着过去犯下的桩桩罪行，顿时感到羞愧难当，甚至大声嚷嚷自己罪有应得。

终于，不堪重负的我像一根木桩一般倒在地上，拒绝挪动半步。

我沉浸在《半七捕物帐》的故事中，用廉价威士忌灌醉自己，吞云吐雾，也不忘记对着天花板哀叹命运的不幸。因为害怕这个压迫着自己的无声世界，我纵情高歌，反正也没人会找我抱怨。我甚至想在身上涂满粉色油漆，一边裸奔一边咆哮，可就算这里只剩自己一个活人，我的理智仍然存在。只不过我也不知自己离疯狂还有多远，寻常人可忍耐不了这么久。

不过，旅途并非一无所获。

走了十来天后，我在看似一模一样的四叠半房间里渐渐发现了些许不同——书架上的书会有细微的差别，当我想读《半七捕物帐》的时候竟发现它不在那里。

这件事究竟意味着什么呢？我对此仍然一无所知。

○

来介绍一下四叠半世界旅行中的卫生问题吧。

对讨厌洗涤的我来说，不用洗衣服真是再好不过了。每个房间里都有同样的衣服，穿脏了换掉便是。现在的我每天都会换内衣，与被迫去洗衣店的日子相比居然更干净了。

一开始我还会刮胡子，后来嫌麻烦就放弃了。现在连便利店都不用去，胡子留长了也无伤大雅，头发也一样。于是，我仿佛变成了漂流到四叠半孤岛的鲁滨孙·克鲁索。

虽然毛发不必担心，但身上脏了总觉得不舒服。下鸭幽水庄过道的尽头有投币式淋浴房，可我现在身处的世界连"过道"的概念都不复存在，更别提什么淋浴房了。我只能用水壶烧开水装进脸盆，拿毛巾沾湿了擦身。我哼着小曲，假装自己在冲澡，其实洗的就是寂寞。

〇

头脑空空的我回忆起自己碌碌无为的两年时光，这才后悔自己把时间都荒废在了愚不可及的过家家上。

上大二以后，小津不再是我的搭档。我化身成史无前例的废物干部，成为"图书馆警察"历史上最怠惰的人，无人不知无人不晓。然而，好吃懒做的我既没有被赶走更没有被威胁。因为替"图书馆警察"创下辉煌业绩，小津成了"印刷厂"的干部，并且频繁出入我的房间。或者是考虑到我和他的这层关系，才没有人来追究我的责任。

我告诉小津自己打算不干了，他却不当回事地笑道：

"别这么说，你待在那个位置上也挺开心的。"

站着说话不腰疼。

无所事事的大二生活令我心烦意乱、忍无可忍，我名义上是组织的干部，还会参加某些秘密会议，装模作样地策划一些阴谋，可不论做什么，我都觉得那样很蠢。其他人都把我当成昏庸的干部，身为"图书馆警察"长官的相岛学长连话都懒得跟我说，这让我对他更反感了。

每天晚上我都琢磨着要怎么逃离组织，光退出还不够，我一定要做出一番流芳百世的大反抗。

大二的初秋，我在酒桌上和小津提起了这件事，他不建议我那样做："就算只是在校园里过家家，'图书馆警察'的情报网也是货真价实的，得罪他们的话有你受的。"

"我才不怕。"

小津一边捏着地上的饼熊一边对我说：

"看你变成它这样，我于心不忍啊。"

"你会在乎我？"

"又说这种话……你的风评那么差，现在还在靠我发挥天才手腕罩着呢，也不知道感谢。"

"谁稀罕啊？"

"说声谢谢又不会怎样。"

锅里煮东西的声音给这寂寥的秋夜带来了一丝温暖。在这样的夜晚里，只有小津与我相伴，不禁让我对自己的人生深感担忧。我不应该留在一个古怪的组织里虚度光阴，外面还有正常的校园生活在等着我呢。

"你想过上正常的校园生活吧？"小津突然一针见血地说道，"你最近有点不安分，是不是谈对象了？恋爱中的人最容易发现自己糟糕的一面。"

"不是你想的那样。"

"你在下鸭神社的旧书市打过工吧？准是在那里有艳遇了。"

我没搭理这个机灵鬼，只是说道：

"我在另找出路。"

"我也不是要安慰你，只是直觉告诉我，无论你选择哪条路都会碰上我。无论如何，我都会尽全力把你变成废物，你就别向命运做无谓的挣扎了。"小津竖起了小指，"咱俩是被命运的黑线联系在一起的。"

我想象着两个男人如同无骨火腿一般被漆黑的丝线缠得密不透风、沉入幽暗水底的恐怖画面，不禁打了个寒战。

他看着我的模样，愉快地嚼着猪肉。

"相岛学长也让人很伤脑筋，我都转去'印刷厂'了，他有事儿没事儿还要找我商量。"

"他为什么会喜欢你这种人？"

"无可挑剔的人品、三寸不烂之舌、睿智的头脑、俊俏的脸蛋、对邻居无边无际的爱——这些就是我被人喜欢的秘诀，你也该向我学习学习。"

"闭嘴。"

小津露出一副嬉皮笑脸的样子。

〇

回忆完过去，四叠半的旅程仍要继续。

地质学里有个概念叫"地质年代"。按照时间顺序大致可以划分为前寒武纪、古生代、中生代，以及新生代。作为古生代的起点，寒武纪出现了形形色色的生物，这段时期也被称为"寒武纪爆发"。一提到中生代的"侏罗纪"和"白垩纪"，则让人联想到童年时期热衷的恐龙画像。

在古生代的最后，有一段时期被命名为"二叠纪"。

根据字面上的意思，我们可以想象，在遍布奇怪生物的地球表面上覆盖着一叠叠榻榻米。在那个年代，世界是由无数二叠房间组成的。从中生代开始，每个房间里又多加了一叠榻榻米，于是我们迎来了"三叠纪"。随后登场的恐龙踩烂了原本整整齐齐的榻榻米，将时代带进了"侏罗纪"。

我总觉得如今的世界格局变成了四叠半——被称为现代的新生代第四纪走到了尽头，等待着我们的就是"四叠半纪"了。地球上的生物大规模灭绝，在看不见尽头的四叠半世界里，只剩下我和停在天花板边缘的飞蛾，生物多样性已然不复存在。

作为人类最后的一分子，我在这个四叠半世界里日复一日地流浪，就算想化身新时代的亚当，也无奈找不到夏娃。

正在我为此心怀不满之际，让人大跌眼镜的夏娃出现了。

〇

事情大概发生在开始旅行后的第二十天。

因为我不再给房间编号，姑且将事发地点称为四叠半（k）吧。走了大半天，感觉有些疲惫的我停下来休息，往嘴里塞进最讨厌的蜂蜜蛋糕。

大概是接触不良，隔壁房间的荧光灯一闪一闪的。一路走来有几个房间确实比较昏暗，我把它们称为"多云世界"。因为觉得有些害怕，我总会加快脚步离开。

休息得差不多了，我起身开窗朝隔壁看了一眼，却发现有一个人正坐在房间里读书。

用一句老套的话说就是"我吓得心都跳到嗓子眼了"。

在这个没有交流对象的世界里走了二十来天，我居然碰见了一个人！我还来不及高兴，就先感到一阵恐惧。

那个人是个女生，正安安静静地低头阅读膝盖上的《海底两万里》。她美丽的黑发披在背后，散发着光泽。尽管有人开窗窥探，但是她连头都不抬一下，真是气定神闲，不禁让我怀疑她其实是在这个世界掌权的魔女。也许我该小心一点，不然会被做成人肉包子吃掉。

"打扰一下……"

我的声音有些沙哑。

然而，不管我怎么打招呼，对方都没有任何反应。

我小心翼翼地走进房间，来到她的身边。

她相貌可爱，皮肤的颜色与人类一般无二，轻触之下还富有弹性。精心梳理的头发和整整齐齐的服装都让她看上去像一位出身高贵的女性，然而她的身体一动不动，仿佛在目视远方的瞬间被冻结住了一样。

"这是香织小姐？"

我下意识地嘀咕了一声，当场愣住。

○

那是去年的秋末。

没人知道身为"图书馆警察"长官的相岛学长为什么要动员所有手下来扳倒一个叫城崎的人，明明对方只是区区电影社团"禊"的头子。

据说城崎和相岛学长之间有些私人恩怨，也有人认为他们是为了电影社团中某个女生争风吃醋。无论如何，相岛学长下定决心要让城崎再也翻不了身。

一切都从收集情报开始。

在遍布整座大学的情报网面前，城崎的个人情报被搜刮得一干二净，其中甚至包括他女友的照片。那张照片还在密谋整垮城崎的会议上被传阅，引起了众人的一阵惊叹。

"这就是香织小姐，我们的目标。"

相岛学长策划了一场卑鄙到无可辩驳的行动。他认为，既然城崎将香织小姐视为无上珍宝，那只要诱拐了香织小姐，他就会答应自己的一切条件。

行动当晚正值文化节的前夜祭[1]，大学校园彻夜欢腾，城崎也因为电影社团有事不在家。虽然有几名"图书馆警察"的干部背地里抱怨参与不了学校活动，但大家还是趁着夜色聚集在吉田神社，其中也包括我。和代号为"钥匙男"的人会合后，我们赶去了城崎的公寓。

我们最初计划先让钥匙男打开房门，再由我们这帮干部闯入城崎家中盗取情趣娃娃香织小姐。不过，我们一来到公寓门口就碰到了麻烦事——一个没半点忠心的胆小鬼听说要冒犯罪的风险就立刻打起退堂鼓来，而那个人正是我。

我抱住水泥墙，死活不肯从命。其他的成员本来就没有多少积极性，见我这样也开始犹豫起来。在我维护正义与尊严的顽强抵抗下，相岛学长的计划差点就化为泡影了。

就在这时，相岛学长居然亲临现场。

"你们在磨蹭什么呢？"

在他的一声怒吼之下，成员们站成了两队。其中一队主张立刻执行计划，另一队主张立刻逃走。不用说，主张逃走的人是我，但我认为那应该叫战略性撤退。

"谁要和你们干这种傻事?!"

1　注：节日前夜举行的庆祝或纪念活动。

我丢下这句话，趁着夜色逃跑了。相岛学长的眼睛宛如毒蛇一般闪着光，害得我以为自己要没命了。我飞奔过晚间的街道，混迹在参加前夜祭的人群中，后悔自己说了不该说的话。

我的抵抗于事无补，香织小姐还是被相岛学长带走了。

深夜，一场交易在学校地下的某个角落中达成，城崎不得不屈从于相岛学长的要求。短短几天之内，城崎就将自己一手创办、从不肯放权的电影社团交到了相岛学长手里，还对他大肆吹捧，并在众目睽睽之下拥抱了对方。

我对这种天理难容的行径义愤填膺，发誓绝不放过"图书馆警察"的长官。

不是我自夸，我这人做事向来雷厉风行。为了躲避相岛长官的追杀，一转眼的工夫，我就躲进了小津替我安排好的藏身处，像一只刚出生的小鹿一样气得瑟瑟发抖。

〇

那天，我选择在四叠半（k）落脚。

一夜过去，我还是没有启程的念头。我喝着咖啡，看着电视机后方脏兮兮的墙壁，一边抓挠着和鬓角连在一起的络腮胡，一边思索着。

突然，我灵光乍现。

在这二十来天，我始终重复着进门和翻窗出去的单调动作，现在想想这种做法未免太一根筋了。如果真要逃，何不试试砸墙呢？那样一来，说不定所有问题都会迎刃而解。虽然隔壁房间住着中国留学生，但就算我破墙而入，他应该也会发扬大国风度，一笑了之吧？希望如此。

想到这里，我突然来劲了。

我仔细观察了墙壁。我之所以能在这个没有空调的房间里大汗淋漓地度日，不仅是因为我拥有顽强的精神和高尚的品质，也与公寓单薄的墙壁有关。公寓的墙壁和廉价舞台的隔板一样漏洞百出，薄得要命，每当隔壁的留学生带女友回来互诉衷肠，我都能清清楚楚地听见他们的对话。要是我装上空调，从墙缝渗透过去的冷气一定会为隔壁109号房的租户带来舒适的生活。109号房的冷气还会一路渗透到108、107、106，形成连锁舒适圈，而我将会为一楼所有住户的舒适生活支付天文数字般的电费。

我一直忍受着单薄墙壁带来的烦恼，现在终于有所回报了。

我做完俯卧撑和不太合标准的深蹲，抓起扳手砸向墙壁。墙壁很快就凹陷开裂，让我感觉自己仿佛成了神话故事中的大力士。我在飞扬的尘土中兴致勃勃地砸了片刻，然后不耐烦地朝裂缝踢了一脚，踹出一个直径十五厘米左右的大洞，一束荧光灯的光线从里面透了出来。

"成了！"

我兴奋地大喊一声，破洞而出。

然而，墙的后面还是同样的四叠半房间。

○

在接下来的日子里，我一时起兴就会继续砸坏墙壁，甚至试图破坏天花板，最后无功而返。在时好时坏的心情中开门、喝酱油、翻窗，有时一躺就是两天，有时喝酒喝到吐，来劲了又去砸坏墙壁，在广阔的四叠半世界里一路流浪。

以下内容节选自我此后二十来天心血来潮写下的日记。上面的日期是从我在四叠半世界醒来的那一天开始计算，以我的睡眠时间来划分的，谈不上有多精确。

第二十四天

两点起床。

早饭吃的是撒盐的咖啡和维生素。今天也砸了不计其数的墙壁，虽然这里的墙壁很单薄，但不管砸了多少次都毫无意义，只能用来散散心。我总觉得希望之光就在墙的另一边，根本就是在做梦吧。可是，这个永无尽头的四叠半世界难道不是一场梦吗？我还没有醒来吗？梦，梦想，我的梦想，有意义的玫瑰色校园生活……

我越想越觉得憋屈，就着威士忌吞下鱼肉饼，倒头便睡。梦里的我仍然在吃鱼肉饼，真是受够了！不管是醒是睡，吃的都是鱼肉饼！如今我的身体就是鱼肉饼和蜂蜜蛋糕组成的。

第二十五天

四点起床。今天没什么干劲，只走了一点点。威士忌很难喝，我却适应了那种味道，真够可悲的。

第二十七天

感觉身体得到了锻炼，明明我没有离开房间半步。大概是因为自己经常砸墙又时长做不太合标准的深蹲来发泄情绪吧。话说回来，真正的深蹲是什么样的呢？我靠自己的想象做的那套不太合标准的深蹲，说不定比做正确的深蹲还有效。等以后离开这里，我一定要分享自己的健身心得。

第三十天

今天经过的四叠半房间里有件好玩的东西，是装在泡桐木小盒子里的龟之子棕毛刷。我试着拿它擦了擦水槽，连洗涤剂都没用，污垢一下子就没了。那真是一把好刷子，引得我这个过客兴致大发，把水槽擦得干干净净。真够蠢的。

为什么有的四叠半房间会不一样呢？里面到底有什么文章？上次遇见的香织小姐也是如此，明明一眼看去都是自己的房间，却在细节上存在着微妙的差异。我既没兴趣也没钱买什么情趣玩偶，甚至没听说过质量好到离谱的龟之子棕毛刷。

真是太诡异了。

第三十一天

三点起床。

有人能告诉我现在到底是白天还是晚上吗？我愿意花三千日元打听。今天的前进路线毫无章法，可是像个没头苍蝇一样到处乱窜也不是办法。我觉得以后还是别砸墙了，就从门进，翻窗户出。不过，我想自己忍不了多久又会因为好奇去破坏墙壁了。

午睡时我做了个梦，梦见万里长城从正中央将四叠半世界一分为二。我之所以能不费力地爬上去，也是因为那是在梦里吧。要不然，我怎么可能轻而易举地翻过万里长城呢？小津在长城对面美滋滋地吃着烤肉，眼看我就要吃到香葱盐烤牛舌了，他却从中作梗，把我来不及塞进嘴里的肉吃了个精光。肉还没烤熟就被他吞下肚了，弄得我一口也没吃到。不知不觉间，我醒过来了，心中懊恼不已。小津那家伙在梦里都要坏我的好事……说是这么说，我倒还挺想他的。

四叠半世界的神明啊，给我点肉吧！不，哪怕只有烤茄子、半生不熟的洋葱，甚至烤肉调料都行啊。

第三十四天

今天我选择提前停止前行，专心做饭。

我把蜂蜜蛋糕切碎，和鱼肉饼放在一起煮，味道虽然古怪，但好歹算是新花样。只有咖啡喝不腻，但我不知道咖啡里有多少营养。一想到营养这个大问题，担心蔬菜吃得太少的我就狂吞了几片维生素。好想吃健康的食物，好想吃羊栖菜啊。

我在水槽洗了头后就去睡了。不知为何，用冷水洗头的时候我难过得很想大哭一场。也许只是因为头部受凉，情绪不好吧。

第三十八天

按理说遇险时应该静待救援，可是在这种状况下，有多少人能耐心等待呢？原地不动的话，食物也支撑不了多久。我是个为了获取鱼肉饼和蜂蜜蛋糕的四叠半世界游牧民，既不伟大也不自由。

再说了，现在有谁会来找我？我甚至不知该如何解释自己的处境。失踪的究竟是世界还是我自己？

假如失踪的是我，那么原来的世界已经过去了一个月，如今应该是六月底了。我像是四叠半版本的浦岛太郎[1]，可他在龙宫逍遥快活，比我强多了。

我的家人应该会想办法找我。我感觉自己对不起父母。

不过，小津想必一点儿也不在乎我的行踪，还会拿我失踪的事情作为勾搭可爱学妹的谈资。没错，在梦里没吃到牛舌的事情依旧让我耿耿于怀。

第三十九天

要是真的走不出去，我该怎么办？

那我只得作为这个四叠半世界的开拓者坚强地独自活下去，利用蜂蜜蛋糕和鱼肉饼开发各式各样的新菜品，着手栽培菌菇，打破所有的墙壁，修建保龄球馆、电影院、游戏机房等娱乐设施，创造出理想中的世界。

我越想越兴奋，不知为何偏偏眼泪还在往下掉。

○

在艰苦卓绝的冒险旅程中，粮食问题总是令我伤透脑筋。

好想吃大米啊，哪怕只是便利店的饭团，就算又冷又硬也没关系。只要能让我吃上大米，我愿意用一百块鱼肉饼作为交换。要是眼前有一碗刚出锅的米饭，我一定会痛哭流涕。

大学生协清淡的味噌汤、温泉蛋、煎蛋卷、凉拌菠菜、盐烤竹夹鱼、炒牛蒡丝、纳豆、鳗鱼饭、鸡肉鸡蛋饭、牛肉饭、猪肉鸡蛋饭、什锦菜饭、羊栖菜、照烧青甘鱼、盐烤三文鱼、蟹黄饭、叉烧拉面、鸡蛋

1　注：日本古代传说中的人物。此人为一渔夫，因为搭救了龙宫中的海龟，被带到龙宫中，受到仙女的热情款待，并得到仙女赠与的玉匣。仙女告诫浦岛太郎不可打开玉匣，但他破了仙女的禁规，打开了玉匣，玉匣中冒出的一股白烟将他变成了一个老翁。

乌冬、葱花鸭肉荞麦面、水饺、炸鸡、必不可少的烤肉、咖喱饭、红豆饭、蔬菜沙拉、酱黄瓜、凉拌西红柿、甜瓜、桃子、西瓜、梨、苹果、葡萄、温州橘……

或许我再也无法品尝这些美味了——我越这么想就越嘴馋。这些天来，我总是被四叠半世界不存在的各样美食幻影折磨着。

其中最让我心心念念的还是猫咪拉面。

猫咪拉面是一家路边摊，有流言说他家拉面的高汤是用猫熬煮出来的，也不知是真是假，不过他们家的浓汤配粗面堪称一绝。还能自由外出那会儿，我常常在夜里心血来潮去解馋。

能在夜里心血来潮去吃猫咪拉面的世界，难道不是天堂吗？

○

另一件让我心驰神往的事情就是泡澡。

好想把全身都泡在澡堂的大浴缸里啊。下鸭街西边的居民区里有一家上年纪的澡堂，心情好的时候我就会抓起一条毛巾去泡澡。一到傍晚就去澡堂独占没人的浴缸，在热水中发呆的片刻真是一种享受。

真是怀念那样的生活……

有一次，我一整天都没前进，而是试着搭一个简易的浴室。

我从壁橱中取出几个纸箱，清空了里面的东西，把它们拆分开来，花了两个小时做了一个浴缸。水壶能烧的水很有限，为了方便伸展四肢，我将浴缸尽量做平，又在里面铺了用于防水的垃圾袋。

我一次又一次地将水壶中烧开的水倒进自制浴缸中。

虽然有那么点洗澡的感觉，但浴缸里的水很快就变凉了，身体也不能完全泡在里面。我在用纸箱做的小浴缸里蜷缩着瘦弱的身躯，顿时觉得自己可悲至极。没多久浴缸就坏了，害得整个屋子水漫金山。

更可悲的是，无论我做多少无用功，都没人笑话我。小津要是在这里，一定会把我嘲笑得体无完肤。

"你在干吗？脑袋里长虫了？"

他准会这么说。

〇

某天早上，我感觉脸上有鸡毛掸子扫过，便醒了过来。

我钻出从来不整理的被窝，发现房间里到处都是飞蛾，可把我吓坏了。平常只有一只飞蛾停在天花板的角落，今天居然来了这么多它的同类。飞蛾是从我昨天敲开的墙洞中飞进来的，我朝洞外看了一眼，铺天盖地的飞蛾大军挤在一起播撒鳞粉，黑压压的，望不到头。

我急忙抓起背包跑去隔壁房间，并把窗户堵死。

哪怕每个房间只有一只飞蛾，当它们凑在一起时也会化身成庞大的群体。想必飞蛾也会觉得寂寞，所以它们才会和分散在其他房间里的同伴一起交流，寻找相互扶持的同胞，然后成群结队地从一个房间飞往下一个房间，真是让人羡慕。

我长叹一声。

飞蛾们不仅可以交流荤段子，还能坠入情网，甚至还能嘲笑其他讲段子和坠入情网的同伴。再看看我，只能独自讲段子，独自胡思乱想，自己嘲笑自己，也太"自给自足"了吧。

看着飞蛾室友尽情享受眼前的四叠半世界，我感觉更孤独了。

〇

让我们把时钟拨回去年秋天。

在"香织小姐诱拐计划"中临阵逃跑的我正躲在藏身处瑟瑟发抖。

既然我表明了造反的立场，那相岛学长一定会动用全部"图书馆警察"对我疯狂报复。昨日的城崎就是明日的我。我那些见不得人的秘密会被张贴到大学论坛上，不管走到哪里，我都会成为别人的笑柄。再过不久，就会有歹徒把我全身染成粉红色，然后丢进南禅寺水路阁。

小津告诉我，相岛学长费尽心机想要找到我的所在：

"真受不了他，简直像个疯子一样，'印刷厂'也觉得不能纵容他。"

我一步也不敢离开藏身之处。

我藏在一个四叠半的房间内，房间的主人是我曾经的强制收书对象——樋口清太郎。当初小津安排我躲在公寓二楼的时候我还不屑一顾，因为我原本打算逃离京都，前往室户岬出家。

"盲目逃窜还不如藏在这里，正所谓，最危险的地方就是最安全的地方。"

听了小津的建议后，我便寄居在樋口的家中，天天沉浸在樋口自制的海战棋游戏中。小津有段时间没去找我，我想自己的学生生涯反正也快到头了，不如就此遨游在海战棋的世界中。闷闷不乐的我击沉了一艘潜艇，樋口掏出烟卷，优哉游哉地说道：

"放宽心便是，小津会帮你渡过难关的。"

"他不会出卖我吧？"

"也有可能。"樋口笑嘻嘻地说道，"没人猜得到他会干什么。"

"别开玩笑了。"

"不过，他拍着胸脯说，会拿自己的身家性命来保护你。"

○

我被困在这个世界将近五十天了。真难以置信，外面已是盛夏了。

在这一千二百个小时里，我的食物只有蜂蜜蛋糕、鱼肉饼、维生素片、咖啡，以及萝卜。没有阳光，没有新鲜空气，没有可以说话的人。对炼金术失去兴趣的我不再认认真真地收集钞票，甚至想就此丢弃塞满钱的背包。

这究竟是个怎样的世界啊？

地上是无边无际的榻榻米，没有白天黑夜，也不刮风下雨。昏暗的荧光灯是世界的唯一光源。与孤独为伴的我漫无目的地走向天涯海角，不知砸坏了多少堵墙，翻越了多少扇窗，打开了多少扇门。

有时我会在同一个房间里待上好几天，读书、唱歌、抽烟，再怎么挣扎也只是在浪费时间，何不就此停下脚步呢？然而，要是在这如同人类灭绝的死寂中盯着破破烂烂的天花板看上一整天，那种令人窒息的空虚感便会将我淹没。哪怕用有限的食材制作天马行空的菜肴，用数不尽的纸张折出几十只纸人和纸鹤，安抚强尼，写文章，做俯卧撑，再安抚强尼，用橡皮筋做的枪玩射击游戏……用尽一切可以打发时间的手段，我也依然忘不了现实的处境。

就算功夫深，铁杵难成针。

去年秋天退出组织后，我在四叠半城堡里坚守了整整半年时间。我原以为自己是一个耐得住寂寞的人，真是太肤浅了。和现在相比，那时的我根本谈不上寂寞，最多只是在寂寞的海边轻轻沾湿了脚趾，还像个婴儿一样抱怨自己没人陪伴。

我再也受不了这种寂寞的感觉了。

无论如何，我都必须离开这里。

于是，我摇摇晃晃地站起身，又开始横穿四叠半世界。

〇

一个人也没有。

一个可以说话的对象也没有。

我不记得最后和小津说话是在什么时候了。

旅行中怀揣的希望一天比一天渺茫，连翻窗都仿佛成了一件困难的事。我也不再自言自语，不再唱歌，不再擦身，甚至不想碰鱼肉饼。

反正下一站还是四叠半房间。

反正都一样。

都一样。

不管走到哪里，都是一样的景象。

这就是我内心的声音。

○

去年秋天，当我躲在樋口家沉迷海战棋时，小津像只妖怪般在暗中大显身手。

首先，他趁"印刷厂"副厂长去参加北海道学术研讨的机会行使代理权限暂停了"印刷厂"的活动，因为第一次出现这样的情况，相岛学长只能先把我的事撂在一边，赶去"印刷厂"。

小津露出如奸商般的贪婪表情，对相岛学长说道：

"我怀疑'福猫饭店'里有人想造反，申请召开会议。"

相岛学长万万没想到，小津正打算篡夺一切权力。在与他交涉的同时，小津也在勾结别的组织。

小津和一个来自宗教系垒球社团"暖暖"的校友关系密切，而那位校友又在其他社团拥有不为人知的影响力，可以帮助他顺利推进计划。不仅如此，小津还和文化节办事处的负责人有些交情，对那些可疑的研究会知根知底。为了拉拢那些人，小津许诺将"印刷厂"原本分配给"图书馆警察"的部分收入挪给他们使用。他又利用自己在"图书馆警察"积累的人脉，把能拉拢的人通通拉入自己的阵营。假如有人不服从，他就在会议当天派"微笑自行车整理军"把他们堵在家里。

他八面玲珑的本事令人叹为观止，也让相岛学长踏进了万无一失的陷阱中。

会议刚一召开就结束了。

相岛学长因为私人恩怨动用"图书馆警察"整蛊城崎的丑事被当众揭发，在场的所有人一致同意将他逐出组织。在目瞪口呆的相岛学长被"微笑自行车整理军"轰出会议室后，会议在和谐的气氛中继续进行。

"小津，你来坐这个位子吧。"

垒球社团"暖暖"的与会代表推荐道。

"我怕自己难以胜任啊。"

在一番虚情假意的推脱后，小津当上了"印刷厂"副厂长兼"图书馆警察"长官。

○

在小津就任"图书馆警察"长官的当天晚上，一个星期都大门不出的我离开了藏身处，战战兢兢地来到学校。在这段时间里，天气变得更冷了，红叶也飘落殆尽。我趁着夜色穿过法学院，来到了被当作会议室的地下教室，亲眼看见小津成功发动政变并轻而易举地赶走了相岛学长。

散会后，学生们各自离去，唯独小津还坐在讲台上。我坐在课堂一角，看着他的脸。地下教室只剩我们两个人，气温越来越低，呼出的气息都变白了。"印刷厂"副厂长兼"图书馆警察"长官的小津没有一丝身居高位的气魄，依旧像一只滑瓢怪一般神情诡异。

"你这人真可怕。"

我由衷地说道。小津打了个哈欠。

"这种都是过家家。不管怎么说，你总算解放了。"

我们走出地下教室，结伴去吃猫咪拉面。不用说，自然是我请客。

就这样，我退出了"福猫饭店"，向新世界扬帆起航。然而，荒废的两年时光可不是轻易就可以弥补的。于是，我开始在下鸭幽水庄过起家里蹲的日子。

我很想早日和小津这种可怕的人分道扬镳，却很难做到，因为只有他会来看一个在四叠半房间中闭门不出的人。

○

小津与我同级，就读于工学院电力电子工程系，却对电力、电子、工程都深恶痛绝。他大一的学分和成绩就不堪入目，让人不得不怀疑他留在大学里的意义。不过，他本人却毫不在意。

不爱吃蔬菜的他和方便食品形影不离，脸色差得就像来自月球背面的外星人，看上去令人毛骨悚然。要是在大晚上撞见，十个人有八个会误以为他是妖怪，剩下的两个会认定他就是妖怪。欺软怕硬、我行我素、趾高气扬的小津不光脾气古怪，还好吃懒做、厚颜无耻，可以就着别人的不幸吃下三碗饭。如果没认识他，想必我的灵魂也会比现在纯洁几分。

这个可以说是一无是处的家伙，却是我唯一的朋友。

○

我继续着可悲的旅程。

一天，我在停留的四叠半房间的书架上找到了与电影有关的资料，还在书桌和书架之间的空隙处看到了一堆不属于我的奇怪录像带。我喝着咖啡抽着烟，从里面翻出了一盒录像带，上面写着"贺茂大桥决斗"几个潦草的字，标签上还写有"禊"的字样。在好奇心的驱使下，我把它塞进了录像机。

那是一部异常诡异的电影。

里面的演员只有我和小津，故事讲述的是两个男人继承了从太平洋战争前延续至今的恶作剧大战，耗尽自身的智慧和体力，只为粉碎对方的尊严的故事。电影中，小津像戴着能乐面具一样自始至终保持着一副一成不变的诡异表情，我的演技则过度饱满，还充斥着大量毫不留情的恶作剧设计。片尾高潮处是全身染成粉红色的小津和剃成阴阳头的我在贺茂大桥上决斗的场面，虽然紧张刺激，但看完之后我还是感觉无地自容。

时隔整整七十天再度见到小津的我感动不已，心中充满了怀念。

影片末尾还收录了化装时的录像，但一看就是演出来的。小津和我面对镜头探讨剧本，还做着特别煞风景的造型。虽然还有一个"听听观后感"的俗套环节，但都没什么人发表意见，除了一个女生，她说了这么一句话："又拍这种傻乎乎的电影。"

等等，我对那个女生有印象。

"是明石同学。"我嘀咕道。

〇

旧书市、明石同学、饼熊、《海底两万里》。

大二的夏天，我突然想做一份轻松一点的兼职。正好河原町的旧书店"峨眉书房"在为旧书市招聘临时帮手，见我来面试，长得像水煮章鱼的老板冷冰冰地说道："薪水和没有差不多。"

那段时间和我一起在店里打工的就是明石同学。老板虽然对我没有好脸色，但在她面前仿佛成了找到辉夜姬的竹取翁，和水煮章鱼判若两人。

神道中途连接着南北向的狭长的马场，其中兜售旧书的帐篷鳞次栉比，迎接着络绎不绝的读者。地上四处堆放着装满旧书的木箱，多少令人眼花缭乱，周围还有一排排铺着毡子的马扎，坐在上面的都是在旧书市里晕头转向的顾客。虽然天气闷热难当，蝉鸣声却颇有诗意。休息时间我会靠在小桥栏杆上喝波子汽水，感觉加入"图书馆警察"那种愚蠢组织的自己简直就是个笨蛋。

我每天都能见到明石同学，她留着飒爽的短发，眉宇间透出睿智，眼神十分锐利，仿佛毫不掩饰自己聪慧过人的一面。她的主要任务是防止有人顺手牵羊，小偷要是被她瞪了一眼，估计也没胆量出手。

与她犀利的目光不同，她的包上总挂着一只可爱的海绵小熊布偶。有一天傍晚，结束了一整天的工作后，我看见表情严肃的明石同学正专心致志地揉捏着小熊。

"那是什么？"我问。

她展眉笑道："是饼熊。"

她说自己有同款不同色的五只宝贝小熊，名叫"软软饼熊战队"。"饼熊"这个有趣的名字固然令人难忘，但是她介绍时的笑容更让我记忆犹新。

简而言之，正如诸位所想的那样，我喜欢上了明石同学。

结束打工的前一天，我在黄昏时分的小桥旁捡到了一只饼熊，是明石同学不小心落下的。我本想第二天还给她，可她最后一天没来。黑着脸的峨眉书房老板告诉我，明石同学有急事来不了了。作为留念，我在旧书市买了一本《海底两万里》后便离开了下鸭神社。

半年来，我一直珍藏着那只饼熊，打算找机会还给明石同学。可想而知，当它在洗衣店神秘失踪时我受到的打击有多大。

"多么青涩的过去啊。"

看着电视机里的明石同学，我不禁发出了感叹。

○

再次看到明石同学后，我又有了活力。

第二天，我又开始砸墙前进。我一边默默挥舞扳手，一边思索着那盘录像带。我从没和小津一起拍过电影，但那部影片明显出自我俩之手，我内心深处也的确隐藏着拍摄那种作品的阴暗冲动。看见录像带标签上的"禊"字，我遥想起大一那年在命运的钟塔下的情景。那个我差点加入的电影社团也叫"禊"。

房间里微妙的细节变化、自己从没拍过的影片录像、书架上陈列着曾经想买却没买成的书、不属于我的龟之子棕毛刷、不曾同室而居的香织小姐……

某一天，我停下了前进的脚步，站在四叠半房间的正中央望着天花板。看着看着，我发现自己终于掌握了这个四叠半世界的构造。我真是太傻了，怎么没有早点注意到呢？

这个世界里无穷无尽的四叠半房间确实都属于我，但每一个房间的主人又是做出不同选择的我。这几十天来，我一直游走在各个平行世界里的生活碎片中。

我感觉浑身都没了力气。我不知道这个世界的排列方式，不清楚它出现的原因，更不明白自己为何会被困在里面。

然而我意识到，一个小小的决定就能改变自己的命运，而我每天做出的无数个决定，创造出了无数种不同的命运，所以才会有无数个我，才会有无数个四叠半房间。

　　因此，从理论上说，这个四叠半世界是无边无际的。

○

　　我躺在从不收拾的被窝里侧耳倾听，这个四叠半世界一片死寂，没有任何活人的气息。

　　没有人和我谈心，没有人让我倾诉，我甚至连牢骚都不知该向谁发泄。这样的我既没有过去，也没有未来。没有人看到我，没有人嘲讽我、尊敬我、漠视我、喜欢我。这些人根本不会出现。

　　我仿佛成了四叠半房间里灰蒙蒙的空气。

　　无论失踪的是世界还是我，对我而言，只有活在这个世界里的我是真实存在的。即便穿过了数百个四叠半房间，我也依然没有碰到任何人。我是世上仅存的人类，这样活着究竟有什么意义？

○

　　假如能从这里走出去，我想做很多事情。

　　我想大快朵颐，去吃一碗猫咪拉面；我想去四条河原町，还想去看电影；我要去和峨眉书房的章鱼大叔干一架，去大学听一节课也不赖；我可以去下鸭神社跳一次祭祀的舞蹈，或者去找二楼的樋口聊上不了台面的话题；去窟塚牙科诊所检查牙齿顺便舔舔羽贯小姐纤细的手指，去安慰一下被组织赶出来的可怜的相岛学长。大伙都过得怎么样呢？在那个热热闹闹的世界里还健康快乐吗？城崎和香织小姐幸福吗？小津还会靠他人的不幸吃下三碗饭吗？明石同学会不会因为丢了一只"软软饼熊战队"的成员而手足无措？或许她又在某个意想不到的地方把它给捡回来了？我想知道这一切的答案。

然而，我再也不可能如愿以偿了。

○

我感觉后背顶到了什么东西，一摸才发现是我在窟塚牙科诊所拔掉的智齿。我发出一阵讪笑，连我自己听着都觉得可怕。我捧着那颗蛀牙，让它在手心里滚来滚去。

它为什么会在这里？因为这是我出发的地方——四叠半（0）。

也不知在哪里走错了方向，长途跋涉几十天的我又回到了起点。我多半是拼尽全力在这个宽阔无垠的四叠半世界的一角绕了一周。

这个世界的房间并非全部一模一样，门窗后面的房间会和上一个房间形成镜像翻转，所以前进的途中有时会因为错觉走偏了路，即使我会谨慎地选择前进的方向，也难免马失前蹄。

我觉得这一圈走下来一无所获。不过，既然已经够绝望了，那这点打击又算得了什么呢？我十分平静地接受了这一切。

我躺在被窝里摸了摸长长的胡子，决心忘掉外面的美好回忆，就在这个世界安家。我要放弃毁坏墙壁的野蛮行径，像个绅士一样按部就班地生活，多读好书，适当地看点成人书籍，专心丰富精神世界。反正我也走不出这座无边无际的监狱，不如挺起胸膛在榻榻米房间里等死。

想着想着，我就睡着了。这是第七十九天。

○

醒来时，时针指向六点，也不知是早晨还是晚上。我在被窝里琢磨了一会儿，也没想明白自己睡了多久。

我像一条毒虫一样扭了一会儿，然后慢慢地爬了起来。周围很安静。

喝过咖啡，抽完烟，我不想马上开始一天的计划，又回到被窝里陷入思考。我拿起枕边蛀坏的智齿，用荧光灯照出它可怕的模样，想起了木屋町算命师说的话。

我敢肯定就是那个老太太害我陷入这种不可思议的境地。是她用什么"认真""有天赋"之类的溢美之词来糊弄我，让我妄想过上不一样的生活，对我施加了诅咒。

"斗兽场。"

一派胡言。对我来说，有意义的玫瑰色校园生活就像正仓院中重重守护的秘宝，已经失去了现实的意义。

话说回来，我这颗牙蛀得还真厉害，亏我能忍这么久，真是蠢得可以。牙齿上面像被挖去了一块，露出如同科学模型的内切面。仔细看的话，那根本不像一颗智齿，简直就是古罗马的庞大建筑……

"斗兽场。"我嘀咕道。

就在这时，我听到有什么东西在噼里啪啦地撞击窗户。转眼间，一阵蠕动的黑风从虚掩的窗缝中钻进屋来。看来是在四叠半世界集体迁徙的飞蛾大军碰巧路过四叠半（0），只见它们成群结队地涌了进来，淹没了整面天花板。即使如此，还是有飞蛾不断涌入。

惊恐不已的我急忙逃往隔壁的四叠半（1），一打开门，扑面而来的却是过道里的冰冷的空气。

潮湿的木地板积满灰尘，昏暗的过道一路向前延伸。头顶上的小灯泡忽明忽暗，在荧光灯的映照下，远处的公寓大门显得格外惨白。

○

我一步步走向大门，全然不在意从房间里涌出的飞蛾。

过道角落传来吱吱的声响，想必是有人在偷电做饭。虽然我险些经不住现煮米饭的诱惑停下脚步，但终究还是继续向前。我打开鞋柜，看见自己的鞋还在老地方。

我走出下鸭幽水庄，来到夕阳下的下鸭泉川町。

深蓝的暮色笼罩街头，小巷里的凉风拂过我的脸颊，裹挟着难以形容的清香。这不是某种具体的气味，而是户外的味道，是世界的味道。

不仅是味道，我还能听见世界的声音——喧闹的纠之森、潺潺的溪流、在黄昏中疾驰的摩托车。

我脚步踉跄地走过了泉川町，坚硬的柏油路面一路延伸。街边的路灯、千家万户门前的灯光、从窗户内流淌出的温暖光线——在我眼前闪现，陪伴我走过照亮室外街道的下鸭茶寮。接着，我漫步到下鸭神社的神道上，两边的房屋安静地排列着。不一会儿，我听见了飞奔而过的汽车引擎声和学生们叽叽喳喳的喧闹声。我看见了鸭川三角洲上黑黝黝的松树林，以及趁着夜色举办派对的大学生。

我穿过马路，来到鸭川三角洲。走在岸边的松树林里时，我心中百感交集，突然跑了起来。我一边奔跑一边拍打着凹凸不平的树干，还撞到了一个玩得正起劲的大学生。他向我投来不满的视线，可一看到我那乱蓬蓬的头发和胡须就假装没看见了。

走出树林，眼前便是深蓝色的美丽天空。

我连滚带爬地跑下河堤，向鸭川三角洲的尖端奔去。浪声滔滔，站在尖端的我仿佛一位挺立船头的船长。自东而来的高野川和自西而来的贺茂川在我面前相聚后形成鸭川，一路向南，滔滔而去。

在星星点点的路灯映照下，摇曳的河面宛如一层锡箔。眼前是雄伟的贺茂大桥，桥栏杆上点缀着整齐划一的橙色电灯，闪烁不绝的车辆你来我往。形形色色的人或在贺茂大桥上漫步，或在鸭川三角洲涌动，目之所及皆为人影。无论是栏杆上的电灯、璀璨纯白的京阪出町柳站、两侧的街灯、远方下游的四条夜景，还是车水马龙的照明，都宛如宝石般熠熠生辉，在我的视野中变得模糊。

这是何等美景啊！真热闹，就好像祇园祭一样。

深吸一口芬芳的空气，望着从粉色转为深蓝的天空，五官扭曲的我发出一声意义不明的咆哮。

○

鸭川三角洲上的人们向我投来恐惧与厌恶的视线，而此刻的我正陶醉于重获新生的喜悦中。

也不知陶醉了多久，耳边传来了贺茂大桥上的喧哗声。我从鸭川三角洲的尖端抬头望去，只见一大群吵吵嚷嚷的学生从东西两侧涌来，看得我一头雾水。

不一会儿，一名男子站上了大桥粗壮的栏杆，和下面的学生争执不下。借着桥上的灯光，我认出那人正是小津。站在桥栏上的他面露奸笑，猥琐地弯着腰，好像下一秒就要往下跳。八十天过去了，他还是像妖怪一般为所欲为。在我消失的这些日子里，他依旧头也不回地走在自我诅咒的路上。

"小津——"在怀念之情的驱使下，我大喊了一声他的名字，他却好像没听见。

他们在那里搞什么鬼？这是什么节庆活动吗？

正当我迷惑不解之际，一阵尖叫声从我身后传来。

我回头望去，只见河堤上的松树林被一大片黑雾状的东西覆盖，年轻人们在黑雾中东奔西跑，有人挥舞双臂，有人抓耳挠腮，看上去疯疯癫癫的。黑雾不断扩散，眼看就要来到我所在的尖端了。

松树林不断向外冒着黑色的雾气，事情似乎非同小可，不停蠕动的黑雾如同一层铺开的地毯，沿着河堤一路冲向我所在的尖端。

原来，那是一大群飞蛾。

○

虽然这件事上了次日的《京都新闻》，但飞蛾异常爆发的原因依旧未能查明。人们只能根据行进轨迹倒推，判断飞蛾的来源似乎位于纠之森，也就是下鸭神社。看起来是森林中的飞蛾因为某种缘故突然同时开始移动，但这种解释还不足以让人信服。与官方调查的结果不同，有传闻说飞蛾并非来自下鸭神社，而是来自附近的下鸭泉川町，但是这样一来，事情就显得更加匪夷所思了。正好当天晚上，我所租住的公寓一角突然出现了大量飞蛾，引起了一时的骚乱。

那天夜里回到公寓时，迎接我的是过道上随处可见的飞蛾尸体。因为忘了上锁，房门半开，我的房间里也大同小异。于是，我恭恭敬敬地让它们入土为安了。

读到这里，想必诸位读者已了然于心了。以下是我的答案：

在我生活了八十天的四叠半世界里聚集着成群的飞蛾，而其中一部分飞蛾就从我的房间涌入了这个世界。

○

我拨开不断撒到脸上的鳞粉，驱赶着差点钻进嘴里的大量飞蛾，仍然雄赳赳气昂昂地挺立在鸭川三角洲的尖端。

话虽如此，当时的飞蛾数量仍然远超常识可以解读的范畴。震耳欲聋的振翅声将我与外界完全阻隔，仿佛从桥上飞过的不是飞蛾，而是一大群长了翅膀的小妖精。我几乎看不见任何东西，微微睁开眼也只能勉强辨认出波光粼粼的鸭川、贺茂大桥的栏杆，以及从上面坠向河里的人影。

等了一会儿，飞蛾大部队终于过去了，鸭川三角洲上的人们大声讨论着刚才的恐怖经历，只有我沉默地注视着鸭川。贺茂大桥的桥墩旁有一团像海带一样又脏又黑的东西，那正是小津。

"那家伙真的掉下去了。""糟糕。""快去救他。""死了算了。""杀都杀不死的家伙。"

一群学生挤到桥栏旁，七嘴八舌地嚷嚷道。

我踏入水位涨高的鸭川，在湍急的流水中走向小津，好几次都差点滑倒。许久没洗过澡的身体顺便被冲干净了。

我好不容易走到桥墩旁，问他要不要紧。

小津仔仔细细地打量了我一番，开口道："请问您是哪位？"

"是我啊！"

小津眯起眼睛想了一会儿，终于恍然大悟。

"你怎么搞得像《鲁滨孙漂流记》一样？"

"我可遭罪了。"

"彼此彼此。"

"你还能动吗？"

"好疼！动不了，我肯定骨折了。"

"先上岸再说。"

"疼啊，别动我！"

贺茂大桥上的人群中有几个跑下来帮忙。

"把他搬上去！""你抬那边！""我抬这边！"他们分工明确，三两下就将央求轻点放的小津搬上了河岸。

熙熙攘攘的人群从贺茂大桥挤到鸭川西岸，乱作一团。我似乎在人堆里看见了相岛学长，心里不禁一阵发怵，不过我现在没理由再怕他了。

人们聚集过来，把像滚到河岸上的圆木头一样的小津围了起来。

樋口不慌不忙地赶了过来，问道："救护车呢？"

"明石同学已经叫了，一会儿就到。"城崎回答。站在他旁边的羽贯小姐看着哼哼唧唧的小津，说道："也算是咎由自取。"

"疼疼疼，疼死人了，快想想办法啊！"小津躺在黑漆漆的河边，还在呻吟。樋口在他身旁蹲下。

"我被推翻了。"小津小声道。

"小津，阁下很有前途啊。"他的师父接着道。

"多谢师父夸奖。"

"但你也不用真的玩命啊，真是蠢得离谱。"

小津又哭哭啼啼起来。

围观人群中走出几个自以为是的家伙，你一言我一语地说个不停。

"放心，我可以担保，小津不会跑的！"樋口冲着他们怒吼道。

大约过了五分钟，一辆救护车停在贺茂大桥下。

城崎奔上河堤，带着急救人员过来。真不愧是专业人士，急救人员手脚麻利地用毛毯裹住小津，将他抬上担架。要是把他扔进鸭川倒也让人省心了，可他们是一群对所有人一视同仁、救死扶伤的天使，即使面对无恶不作的小津，也只能将他小心翼翼地抬上救护车。

"我去陪他吧。"樋口说完，就和羽贯小姐一起坐上了救护车。

○

据我事后了解，小津被逼到贺茂大桥的过程错综复杂，要想事无巨细地解释，就非得写成一整个故事不可，所以还是长话短说吧。

长期以来，樋口和城崎之间持续进行着一场名为"自虐代理代理战争"的神秘斗争。今年五月中旬，樋口的浴衣被染成粉红色，于是他命令自己的手下小津展开报复。为了让城崎付出代价，小津模仿相岛学长去年秋天的做法偷走了城崎的香织小姐。小津本想把香织小姐寄放在我屋里，却发现我不在，只好将她交给"图书馆警察"的干部A。不料，A转眼间就和香织小姐坠入禁忌之恋，打算双双逃离京都，把事情闹大了。小津私自动用"图书馆警察"的力量，抓住了租车私奔的A，总算夺回了香织小姐。然而，小津公权私用的行为大白于天下后，对于这位独揽"福猫饭店"大权的"印刷厂"副厂长兼"图书馆警察"长官，一些心怀不满的社团和研究会趁机收买了"微笑自行车整理军"，占领了"印刷厂"和"图书馆警察"总部。在此过程中，众人还发现了小津挪用"印刷厂"的部分收益作为樋口的餐饮费的事，打算向他追缴非法所得。一直在伺机报复小津的相岛学长听说他被推翻，便打算将他抓住并献给"福猫饭店"，以此来争取重回组织，还指使电影社团"禊"的学弟学妹们追查小津的行踪。事发当晚，小津在回去的途中警觉到危机将至，便没有去公寓，而是躲进了净土寺附近民宅的庭院里。他用手机和羽贯小姐取得联系，通过她向樋口求救。于是，樋口命令明石同学立刻潜入净土寺一带援救小津。从净土寺到银阁寺，小津的公寓周围被布下天罗地网。即使如此，小津依旧凭借明石同学的妙计游过琵琶湖水渠，穿越了封锁线。小津在明石的帮助下男扮女装，避开了鸭川以东、丸太町以北宛如红外线监视器一般的耳目，趁着天黑之际穿过蓼仓桥，抵达了下鸭幽水庄。可正当樋口将小津窝藏进自己房中之时，因香织小姐失窃而怒发冲冠的城崎偏偏闯了进来。被赶到街上的小津没能躲过"福猫饭店"的巡逻员。面对渐渐聚集起来的追兵，哪怕是天生逃跑速度过人的小津也应付得很勉强。最终，小津还是被逼上了贺茂大桥，情急之下只好爬上栏杆。

小津昂然挺立，露出天狗般的表情。

"你们要是对我不利，我就从这里跳下去。如果不能保证我的人身安全，我是不会下来的。"

最后，小津落得个骨折的下场。

○

小津被送走后，河边的人群也如退潮般四下散去。刚过完孤孤单单的八十天，突然又被卷进这么大的骚乱中，我一时之间反应不过来，只好一刻不停地抚摸着自己的胡须。

我下意识地扫了一眼河岸，看见一名女子坐在长椅上，只见她眉头紧锁，用双手捂住脸。

"你还好吧？"

听我这么一问，她勉为其难地笑道："我真的受不了飞蛾。"

原来如此。

"来了这么多人，到底出什么事了？"

"小津学长他……说来话长，不想解释了。"

"你也认识小津？"

"嗯，你也是他朋友？"

"是啊，老朋友了。"

我告诉她自己住在下鸭幽水庄一楼，大一的时候就认识小津。

"你就是他在'图书馆警察'里的搭档吧？就是那位海马事件的受害者。"

"海马事件？"

"樋口师父想养海马，小津学长替他弄来了水缸，没想到水还没装满水缸就破了。"

"啊，我知道，那次可倒大霉了。"

"听说他们最后也没养成海马。"

"为什么？"

"事情拖到后来，师父又说要养大王乌贼。"

"那玩意儿没法用水缸养吧。"

"连小津学长都弄不来，无奈之下，他只好买了法拉利的旗子蒙混过关。"她边说边揉搓着苍白的脸颊。

"喝杯咖啡放松一下吧？"我提议道。

我可不是在乘人之危，更没有非分之想，只是不忍心看她继续面无血色。我在附近的自动售货机里买了罐装咖啡，和她一块喝着。

"对了，你的饼熊还好吧？"我问。

"嗯，不过丢了一只……"她话说到一半，仔细打量了我一番后才反应过来，"你之前在旧书市的峨眉书房打过工吧？真不好意思，我刚才没有认出你来。"

"你还记得？"

"嗯，你的胡子真浓密啊。"她盯着我的脸说道。

事到如今，不用多费笔墨来描述我对明石同学的感情了，我只希望这份感情能开花结果。绞尽脑汁后，我提议道：

"明石同学，要不要去吃碗拉面？"

〇

可想而知，尝到猫咪拉面的我泪流满面，连老板都被吓到了。这可是时隔八十天的猫咪拉面啊。

"真的有这么好吃吗？"明石同学问。

"嗯，嗯！"我感叹着。

"那真是太好了。"

她平静地点了点头，继续吃着碗里的面。

○

以上便是我经历的"八十天环游四叠半"。

那天晚上，实在没心情继续睡在四叠半房间的我选择去过道打地铺。后来，我在元田中找到了新的学生公寓，很快就搬过去了。虽然这次我选择了自带卫生间的六叠房间，但还是会不自觉地用啤酒瓶来解手，可见那八十天给我带来的影响有多恐怖。

奇怪的是，我明明在四叠半世界流浪了这么久，现实世界中的日期却丝毫未动。我没有成为浦岛太郎，不过是经历了南柯一梦。但这并不完全是梦，飞蛾群、长长的胡子，以及一背包的千元钞票都是最好的证明。我搬家的费用就是从背包里拿的。

○

后来，我和明石同学关系的发展脱离了本书的主旨，请恕我不再一一详述那段既甜蜜又腼腆的时光。诸位读者也不必浪费宝贵的时间，去读那些令人皱眉的内容。

终成眷属的恋情，不提也罢。

○

即使我的大学生活如今有了些许新气象，也请别以为我会天真地肯定自己的过去，像我这样的男人是不会轻易对曾经的错误网开一面的。的确，我也想以宽大的爱去拥抱自己，可是谁会想去抱一个二十出头的臭男人？换成豆蔻年华的少女还差不多。我心中的愤懑无从宣泄，在怒火的驱使下，我断然拒绝救赎从前的自己。

我很后悔当初在命运的钟塔下选择加入"福猫饭店"，如果那时候我选择了不同的道路，我必将过上另一种学生生活。

但是，当我在广袤无垠的四叠半世界里流浪了整整八十天后，我发现，无论我选择怎样的道路，都很可能度过平淡无奇的两年时光。最可怕的是，无论怎么选，我多半都会认识小津。就像他说的，我们是被命运的黑线联系在一起的。

所以，我既不会拥抱过去的自己，也不愿肯定那些错误，但至少可以怀抱宽容之心。

〇

小津在学校旁边的医院里住了一阵子。

看着他被囚禁在洁白病床上的模样，我感到心情舒畅。他的面色本来就不好看，现在看上去简直就像得了不治之症一样。其实他只是骨折而已，也算是不幸中的万幸吧。如今无法为非作歹，小津比吃不到三餐还难受，我在一旁倒是挺幸灾乐祸的。不过嘛，他的牢骚让我听得实在厌烦，于是我拿出给他带的慰问品——蜂蜜蛋糕，把他的嘴堵上了。

樋口、城崎、羽贯小姐、明石同学、电影社团的朋友和学弟学妹、垒球社团的朋友、文化节办事处负责人、酒馆老板、猫咪拉面摊主，以及大批"福猫饭店"成员相继前来探病。就连相岛学长都来了，着实让我吃了一惊。"福猫饭店"的人一直守在医院门口，防止小津逃跑。

一天，我和明石同学正陪小津聊天，一位清秀的女子带着亲手做的饭走进病房。小津显得异常紧张，求我们先走。离开病房后，明石同学发出一阵小妖精般的坏笑。

"那个女生是谁？"我问。

"她是小日向学姐，以前在我和小津学长的电影社团里待过，大一的时候就和小津学长在一起了。"

"小津也有女朋友？真是岂有此理。"

"他成天为非作歹，还能挤出时间跟女生约会。"明石同学笑嘻嘻地说道，"小津学长最讨厌别人接触小日向学姐，应该是想在她面前装老实人吧。"

这时，我突然看见医院走廊尽头拐角处站着一名男子，只见他抓着公共电话的听筒，将一枚十日元的硬币投进去又拿出来，重复着无意义的动作。我认出他是曾和我一起去诱拐香织小姐的"图书馆警察"干部。见我盯着他，他急忙放下听筒，躲进背光处。我叹了一口气。

"明石同学，小津树敌太多，还是先躲一阵子为妙。"

"嗯，"明石会心一笑，"包在我身上。"

○

看见两年来唯一的朋友小津身处窘境，我大方地向他伸出了援助之手。

"你就算出院了也不会有好日子过的。"

"这不是明摆着的事情吗？"

"那就先找个地方避避风头，开销算我的。"

小津狐疑地看着我。

"你在打什么鬼主意？以为我很好骗吗？"

"你该学会相信别人，要知道这世上也有像我一样的慷慨之士。再说了，你身上有钱吗？"

"轮不到你来笑话我。"

"少废话，让我来出。"

"你跟钱有仇啊？"

○

我得意地笑道：

"这是我的爱啊。"

他回答：

"谁稀罕那种脏兮兮的东西啊！"

原作名：四畳半神話大系；作者：森見登美彦 著；封面插画：中村佑介；原版封面设计：鈴木久美
YOJOHAN SHINWA TAIKEI
©Tomihiko Morimi 2008
First published in Japan in 2008 by KADOKAWA CORPORATION, Tokyo.
Simplified Chinese translation rights arranged with KADOKAWA CORPORATION, Tokyo.
Translation copyright ©2022 by Guangzhou Tianwen Kadokawa Animation & Comics Co.,Ltd.
著作权版权合同登记号：01-2021-4553

图书在版编目（CIP）数据

四叠半神话大系 /（日）森見登美彦著；冯锦源译. —— 北京：新星出版社，2022.4
ISBN 978-7-5133-4811-9

Ⅰ.①四… Ⅱ.①森… ②冯… Ⅲ.①长篇小说—日本—现代 Ⅳ.①I313.45

中国版本图书馆CIP数据核字（2022）第031576号

本书为引进版图书，为最大限度保留原作特色，尊重作者写作习惯，酌情保留了部分外来词汇。特此说明。

四叠半神话大系

［日］森見登美彦 著；冯锦源 译

责任编辑：李文彧
特约编辑：邱建菲
责任印制：李珊珊
装帧设计：杨　玮

出版发行：新星出版社
出 版 人：马汝军
社　　址：北京市西城区车公庄大街丙 3 号楼　100044
网　　址：www.newstarpress.com
电　　话：010-88310888
传　　真：010-65270449
法律顾问：北京市岳成律师事务所

读者服务：010-88310811　service@newstarpress.com
邮购地址：北京市西城区车公庄大街丙 3 号楼　100044

印　　刷：凸版艺彩（东莞）印刷有限公司
开　　本：890mm×1240mm 1/32
印　　张：7.25
字　　数：129千字
版　　次：2022年4月第一版　2022年4月第一次印刷
书　　号：ISBN 978-7-5133-4811-9
定　　价：48.00元